ralph waldo emerson

• 이 도서의 국립중앙도서관 출판시도서목록(CIP)은 서지정보유통지원시스템 홈페이지(http://seoji. nl.go.kr)와 국가자료공동목록시스템(http://www.nl.go.kr/kolisnet)에서 이용하실 수 있습니다. (CIP제어번호 : CIP2014008279)

emerson
ralphwaldo

랄프 왈도 에머슨 자연

서동석 옮김

차례

일러두기

1 이 책의 번역 대본은 Ralph Waldo Emerson, *The Complete Works of Ralph Waldo Emerson*, ed. Edward Waldo Emerson, Boston: Houghton, Mifflin and Co. 1903~1904으로, 이 중 에머슨 사상을 요약할 수 있는 다섯 편을 골라 번역하였습니다.

2 본문의 주는 모두 옮긴이의 것입니다.

자연

셀 수 없는 고리들의 미묘한 사슬은
끝없이 이어진다.
눈은 가닿을 곳을 예감하고
장미는 모든 언어를 말하지.
그리고, 인간이 되려 애쓰는 벌레는
모든 나선형의 탑들을 기어오르는구나.

서론

우리 시대는 회고적이다. 우리 시대는 선조들의 무덤을 쌓는다. 우리 시대는 전기, 역사, 그리고 비평을 쓰고 있다. 앞선 세대들은 신과 자연을 마주 바라보았다. 반면 우리는 그들의 눈을 통해서 보고 있다. 왜 우리는 우주와의 원초적 관계를 누릴 수 없는가? 왜 우리는 전통이 아닌 통찰에 의한 시와 철학, 그리고 그들의 종교의 역사가 아니라 우리에게 계시된 종교를 가질 수 없는가? 자연의 계절에 둘러싸인 채 생명의 도도한 물줄기들이 우리 주변을 휘감고 우리를 관통하여 흐르며, 그것들이 공급하는 힘에 의해 자연과 조화된 행위를 하도록 이끄는데, 왜 우리는 과거의 생기 없는 유골들을 더듬거나, 혹은 현세대를 과거의 빛바랜 의상을 걸친 가장 무도회에 참가시키고 있는가? 태양은 오늘날도 역시 빛나고 있다. 들판에는 더 많은 양털과 아마(亞麻)가 있다. 새

9

로운 땅, 새로운 사람, 새로운 사상이 있다. 이제 우리 자신의 일과 법과 신앙을 요구하자.

의심할 바 없이, 우리가 대답하지 못할 질문이란 없다. 만물의 질서가 우리의 마음속에 일깨우는 호기심이 무엇이든 간에 그 질서가 만족시킬 수 있다는 것을 믿는 한, 우리는 창조의 완벽성을 신뢰해야 한다. 모든 인간의 조건은 그가 제기하려는 질문들에 대해 상형문자로 나타낸 해답이다. 인간은 그것을 진리로 이해하기 전에 삶으로 실천한다. 같은 방식으로, 자연은 이미 그 형상과 성향 속에서 그 자체의 목적을 드러내고 있다. 우리 주위에 매우 평화롭게 빛나는 그 거대한 환영을 심문해 보자. 무슨 목적으로 자연이 존재하는가를 문의해 보자.

모든 과학은 한 가지 목적, 즉 자연법칙의 발견이라는 목적을 갖는다. 우리는 인종과 기능에 대한 이론들을 가지고 있지만, 창조의 개념에 이르기에는 아직 요원하다. 우리는 현재 진리의 길에서 너무도 떨어져 있어 종교 지도자들은 서로 싸우고 시기하며, 사려 깊은 사람들은 불건전하고 천박하게 여겨지고 있다. 그러나 건전한 양식으로 볼 때, 가장 추상적인 진리가 가장 실질적인 진리이다. 참된 이론이 나타날 때마다, 그것은 그 자체의 증거가 될 것이다. 그 시금석은 바로 그것이 모든 현상들을 설명할 것이라는 사실이다. 현재 많은 것들이 설명되지 않을 뿐만 아니라 설명할 수 없는 것으로 생각되고 있다. 언어, 잠, 광기, 꿈, 짐승, 성(性)이 바로 그러한 것들이다.

철학적인 관점에서 우주는 '자연'과 '영혼'으로 구성되어 있다. 그러므로 엄밀히 말해 우리에게서 분리된 모든 것, 철학이 객체로 구별하는 모든 것, 즉 자연뿐만 아니라 인공적인 것, 다른 모든 사람들과 나 자신의 육신은 '자연'이라는 명칭 아래 분류되어야 한다.[1] 자연의 가치들을 열거하고 그 대의를 끌어냄에 있어서, 나는 그 단어를 두 가지 의미—일반적인 의미와 철학적인 의미—로 동시에 사용할 것이다. 현재 우리가 하고 있는 것과 같은 매우 일반적인 논의에서 부정확성은 중요하지 않다. 어떤 혼란스러운 생각도 일지 않는다. 자연은 보편적인 의미에서, 이를테면 공간, 대기, 강, 나뭇잎처럼 인간에 의해 변하지 않는 본질들을 가리킨다. 기술은 주택, 운하, 동상, 그림의 경우에서 보듯 유사한 자연물들과 인간 의지의 결합에 쓰이고 있다. 그러나 동시에 이루어지는 인간의 작용은 나무를 조금 깎는다거나 빵을 굽거나 옷을 꿰매거나 씻는 등의 매우 하찮은 것들이기에, 세상이 인간의 마음에 일으키는 것과 같은 거대한 인상 속에서 그것들은 결과를 변화시키지 않는다.

---

1 에머슨은 자연을 외부적 자연과 내면적 자연으로 분류하고, 전자를 일반적인 자연으로, 후자를 영혼으로 부르고 있다.

01

자연

혼자 살고자 한다면, 인간은 사회에서 물러나는 것과 마찬가지로 그의 방에서도 물러날 필요가 있다. 아무도 내 곁에 없다 해도 읽고 쓰는 동안은 나는 혼자가 아니다. 그러나 만약 누군가 홀로 있기를 원한다면 그에게 별을 보게 하라. 천상에서 쏟아지는 빛이 그와 그의 손길이 미치는 곳을 갈라놓을 것이다. 천체 속에 숭고함이 영원히 존재한다는 걸 인간에게 알리기 위해 대기가 투명하게 만들어졌다고 누군가는 생각할지도 모른다. 도시의 거리에서 보는 천체는 얼마나 대단한가! 만약 별들이 천 년에 한 번, 단 하룻밤에만 나타난다고 생각해 보라. 사람들은 얼마나 별들을 신봉하고 숭배할 것이며, 이렇게 드러난 신의 도시에 대한 기억을 잊지 않으려 수많은 세대에 걸쳐서 얼마나 애쓸 것인가! 하지만 그 미의 사절들은 매일 밤마다 나타나 훈계의 미소로 우주를 밝혀 주고 있다.

별들은 경의의 마음을 일으킨다. 왜냐하면 언제나 존재하기는
하나 접근하기 어렵기 때문이다. 그러나 마음이 자연물들이 미
치는 영향을 순순히 받아들인다면, 모든 자연물들 역시 유사한
인상을 준다. 자연은 결코 천한 모습을 띠고 있지 않다. 가장 지혜
로운 자도 자연의 비밀을 빼앗을 수 없고, 자연의 모든 것을 모조
리 찾아낸다 해도 그의 호기심을 잃지 않을 것이다. 자연은 결코
현자의 장난감이 되지 않는다. 꽃, 짐승, 산은 유년시절 그의 순
진한 마음에 기쁨을 주었던 것처럼, 그의 전성기의 지혜를 반영
한다.

자연에 관해 이와 같이 말할 때 우리는 분명하고도 가장 시
적인 의미를 마음속에 갖게 된다. 우리가 말하려는 것은 다양
한 자연물들에 의해 만들어진 인상의 완전성이다. 나무꾼의 나
무토막과 시인의 나무를 구분하는 것은 바로 이것이다. 오늘 아
침 내가 본 아름다운 풍경은 의심할 바 없이 약 20~30여 군데
의 농장으로 이루어져 있다. 밀러는 이 들판을, 로크는 저 들판
을, 매닝은 저 너머 숲을 소유하고 있다. 그러나 어느 누구도 그
풍경을 소유하지 못한다. 모든 부분들을 통합할 수 있는 눈을 가
진 자, 바로 시인을 제외하고는 아무도 가질 수 없는 소유물이 지
평선 위에 있다. 이것이야말로 이들의 농장들 중에서 최고의 부
분이지만, 이 부분에 대해 그들의 담보 증서는 어떤 권리도 보장
하지 못한다.

사실 자연을 볼 수 있는 어른들은 매우 적다. 대부분의 사람들은 태양을 보지 않는다. 기껏해야 그들은 극히 피상적인 시각을 갖고 있다. 태양은 단지 어른의 눈을 비출 뿐이지만, 아이의 경우 눈과 마음속까지도 비춘다. 자연을 사랑하는 사람은 여전히 내부와 외부의 감각들이 진실로 서로 순응되어 있는 사람이다. 또한 그는 성인기에 접어들어도 유아기의 정신을 간직하고 있는 사람이다. 하늘과 땅과의 소통은 그가 일용할 양식의 일부분이 되고 있다. 자연 앞에서 마주하는 열광적인 기쁨은 현실의 슬픔에도 불구하고 그 사람을 휘감아 흐른다. 자연은 이렇게 말한다. '그는 나의 피조물이요, 온당치 않은 그의 모든 슬픔에도 불구하고 그는 나와 함께 있음으로써 기쁠 것이다.' 단지 태양이나 여름만 그러한 게 아니라, 모든 시간과 계절이 기쁨의 선물을 생산하고 있다. 사실 모든 시간과 변화는 숨 쉴 틈 없는 정오에서 지루한 한밤중에 이르기까지 마음의 상이한 상태에 상응하고 그것의 근거를 이룬다. 자연은 희극이나 비극 작품에 똑같이 잘 어울리는 배경이다. 몸이 건강할 때 공기는 엄청난 효능을 가진 강장제이다. 황혼 무렵의 흐린 하늘 아래, 어떤 특별한 행운이 일어날 것이라는 아무런 예감도 없이 눈으로 질퍽해진 텅 빈 공유지를 가로지를 때 나는 극도의 환희를 느꼈다. 나는 두려울 정도로 기뻤다. 숲 속에서 또한 인간은 뱀이 허물을 벗듯이 자신의 나이를 벗어던지고, 인생의 어떤 시기에 있든 간에 언제나 어린아이가 된다. 숲 속엔 영원한 청춘이 있다. 신의 이러한 재배지들 안에는 예의와 신성이 지배하고, 영원한 축제가 장식되어 있으며, 손님은 천년이 지나도 싫증 내는 법을 모른다. 숲 속에서 우리는 이성과 신앙으로 돌아간다. 그곳에서 나는 우리의 삶 속에서 자연이 치료할 수 없는 것은(두 눈이 있는 한) 그 무엇도—어떤 치욕도, 어떤 불행도—없음을 느낀다. 적나라한 대지 위에 서면—나의 머리는 상쾌한 대기에 씻기고 무한한 공간 속으로 올라가며—하찮은 자기중심주의는 모두 사라진다. 나는 투명한 눈동자가 된다. 나는 무(無)이고, 나는 모든 것을 본다. 우주의 보편적 존재의 흐름은 나를 통해 순환하고, 나는 신의 단편 또는 일부분이 된다. 가장 가까운 친구의 이름도 그땐 낯설고 부수적인 것으로 들린다. 형제, 친척, 주인, 하인과 같은 것들은 이제 사소해지고 방해물이 된다. 나는 채워지지 않는 영원불멸한 아름다움의 애호가이다. 거리나 마을보다는 들판에 있을 때 나는 소중하고 천부적인 어떤 것을 발견한다. 평온한 풍경 속에, 특히 저 멀리 지평선 위에 있는 사람은 자신의 본성과 같은 아름다운 무언가를 바라보게 된다.

들과 숲이 주는 가장 커다란 즐거움은 인간과 식물 사이의 신비한 관계에 대한 암시이다. 나는 외롭지도 낯설지도 않다. 그들은 나에게 고개 숙이고, 나는 그들에게 고개 숙인다. 모진 바람 속에 나뭇가지가 흔들리는 것은 나에게 새롭고 동시에 오래된 일이다. 그것은 나를 놀라게 하지만 전혀 알 수 없는 일은 아니다. 거기에서 오는 효과는 내가 올바르게 생각하며 제대로 행동하고 있다고 여길 때 나에게 떠오르는 보다 높은 수준의 생각 또는 더 나은 감정이 주는 효과와 같은 것이다.

하지만 이 즐거움을 만들어 내는 힘이 자연 속에 존재하는 것이 아니라 인간 속에 혹은 둘의 조화 속에 존재한다는 사실은 분명하다. 이러한 기쁨들을 누리는 데는 엄격한 절제력이 필요하다. 왜냐하면 자연은 언제나 휴일에 입는 나들이옷으로 치장하고 있지 않으며, 어제는 숲 속 요정들의 떠들썩한 모임을 위해 향기를 뿜어내고 반짝이던 동일한 풍경도 오늘은 우울한 기운으로 덮여 있을 수 있기 때문이다. 자연은 언제나 영혼의 색을 지니고 있다. 불행으로 어려움을 겪고 있는 사람은, 자신이 쬐는 불의 온기 속에서도 슬픔을 느낀다. 그리고 죽음으로 친한 친구를 방금 잃은 사람에게는 풍경에 대한 일종의 경멸감이 깃들어 있는 법이다. 하늘은 그 가치를 못 느끼는 사람들에게 드리울 때는 장대함이 줄어든다.

02

자연의 효용

세상의 궁극적 '원인'을 생각하는 사람이라면 누구나 많은 용도들이 그 '결과'의 부분들임을 인식할 것이다. 그것들 모두는 다음의 분류들, 즉 자연의 효용, 미, 언어, 자연의 훈련 중 하나에 속한다.

나는 자연의 효용이라는 일반적인 명칭 아래 우리의 감각들이 자연에 빚지고 있는 모든 이점들을 포함시켰다. 이것은 물론 일시적이고 중간적이며, 영혼에 대한 자연의 봉사처럼 궁극적이지는 않다. 하지만 비록 낮은 수준일지라도 그것은 그 종류에 있어서 완벽하고, 모든 사람들이 이해하는 자연의 유일한 효용이다. 천체를 가로질러 인간을 떠다니게 하는 이 푸른 지구 위에서 인간을 양육하고 기쁨을 주기 위해 만들어진 한결같고 아낌없는 양식을 우리가 찾아본다면, 인간의 고통은 어린아이의 심술 같

은 것이다. 대체 어떤 천사들이 이렇듯 빛나는 장식들, 풍요롭고
도 편리한 것들, 위로는 공기의 바다, 아래로는 물의 바다, 그사이
대지의 창공을 만들었을까? 빛의 황도대, 드리워진 장막 같은 구
름, 줄무늬 코트 같은 기후, 네 겹으로 된 한 해는 또 어떠한가. 짐
승들, 불, 물, 돌, 곡물은 인간에게 편의를 제공하고 있다. 들은 인
간의 마루이자 작업실이고 놀이터이며 정원이고 침대이다.

많은 하인들이 인간을 섬기노라.
인간이 알아차릴 수 있는 그 이상으로.

인간에게 봉사하는 데 있어서 자연은 재료일 뿐만 아니라 과정
이며 또한 결과이기도 하다. 모든 부분들이 인간의 이익을 위해
끊임없이 서로의 일손이 되어 일하고 있다. 바람은 씨를 뿌리고,
태양은 바닷물을 증발시키고, 바람은 그 증기를 들판으로 불어
대고, 지구의 저편에 있는 빙하는 이쪽의 비를 응축시키고, 비는
식물을 먹이고, 식물은 동물을 먹여 살린다. 그리하여 신의 자비
는 끊임없이 순환하면서 인간을 양육한다.
　유용한 예술이란 바로 그 자연의 혜택들을 인간의 재치로 재생
산하거나 새로이 조합한 것들이다. 인간은 더 이상 순풍을 기다
리지 않으며, 증기를 이용해 아이올로스의 바람 주머니[2] 이야기
를 실현시키고, 온갖 바람을 배의 증기 기관 속에 넣고 다닌다. 마
찰을 줄이기 위해 인간은 도로에 철근을 깔고 배 한 척을 가득 채

울 만큼의 사람들과 동물들, 물품들을 객차에 싣고서 마치 하늘을 나는 독수리나 제비처럼 이 마을에서 저 마을로 전국을 빠르게 돌아다닌다. 이런 모든 보조물들의 도움으로, 노아의 시대로부터 나폴레옹의 시대에 이르기까지 세계의 표면은 얼마나 변했던가! 이름 없는 가난한 이도 그를 위해 지어진 도시, 배, 운하, 다리를 갖고 있는 셈이다. 그가 우체국에 가면 세상 사람들이 심부름꾼이 되어 달린다. 그가 서점에 가면 세상 사람들이 그간 일어난 모든 일들을 그를 위해 읽고 기록해 준다. 그가 법정에 가면 사람들이 그의 손해를 배상해 준다. 그가 길가에 집을 세우면 사람들이 매일 아침 와서 눈을 치우고 그를 위해 길을 낸다.

하지만 이러한 효용 부분에 있어서 세세한 것들을 열거할 필요는 없다. 그 목록은 끝이 없고 그 예들도 너무 명백하므로 구체적인 것들은 독자의 고찰에 맡기고, 대략적으로 말해서 실질적인 이득은 그 이상의 이익과 관련되어 있다고 덧붙이고자 한다. 인간이 먹는 것은, 단지 먹기 위함이 아니라 일하기 위함이다.

2 《오디세이아》제10부를 보면, 아이올로스는 오디세우스가 고향으로 가는 여정에 방해가 되는 온갖 바람을 가득 채운 바람 주머니를 그에게 준다.

03

미

자연은 인간의 보다 고상한 욕구, 즉 아름다움을 사랑하는 마음을 채워 준다.

고대 그리스인들은 세상을 코스모스, 즉 '미(美)'라고 불렀다. 만물의 구성 혹은 인간의 두 눈이 갖는 형성력이 그러하기 때문에 자연 본래의 형상들, 이를테면 하늘, 산, 나무, 동물은 그 자체로 우리에게 기쁨을 준다. 윤곽, 색채, 움직임, 무리 지음에서 생겨나는 즐거움 역시 제공한다. 이것은 부분적으로 눈 자체에 기인한다. 눈은 최고의 예술가이다. 그 구조와 빛의 법칙이 상호작용하면서 원근이 생기고, 그것은 모든 대상을 그 특성에 맞게 채색과 음영이 잘 조화를 이룬 원구로 통합한다. 따라서 특정 대상들이 보잘것없고 감흥을 주지 못하는 경우에도 그것들이 만들어내는 풍경은 원만하고 균형 잡혀 있다. 그리고 눈이 최고의 구성

작가라면, 빛은 제일가는 화가이다. 강렬한 빛이 아름답게 만들지 못할 만큼 추한 것은 없다. 빛이 감각에 주는 자극과 그것이 갖고 있는 일종의 무한성은 공간과 시간처럼 모든 물질을 밝게 만든다. 심지어 시체에도 그 자체의 아름다움이 있다. 그러나 자연에 일반적으로 퍼져 있는 우아한 아름다움 외에도 거의 모든 개별적 형상들이 눈을 즐겁게 한다. 이 점은 이를테면 도토리, 포도, 솔방울, 밀 이삭, 달걀, 새들의 날개와 형체, 사자의 발톱, 뱀, 나비, 조개, 불꽃, 구름, 싹, 잎, 야자수와 같은 많은 나무들의 모습 등을 우리가 끝없이 모방하는 것으로 입증된다.

보다 나은 고찰을 위해, 우리는 미의 양상을 세 가지로 분류할 수 있다.

1. 첫째, 자연 형상을 단순히 지각하는 것만으로도 기쁨이 된다. 자연의 모습들과 움직임은 인간에게 매우 긴요한 것이기 때문에, 가장 낮은 수준의 기능을 지녔다 해도 자연의 효용과 미의 범위 안에 있는 것 같다. 해로운 일이나 사람 사이의 교재로 인해 속박되었던 몸과 마음에 자연은 치료 효과를 주어 심신을 정상으로 회복시킨다. 상인이나 변호사도 거리의 소음과 술책으로부터 벗어나 하늘과 숲을 보면 다시 인간이 되는 법이다. 영원한 고요 속에서 그는 자신을 발견한다. 눈의 건강을 위해서는 지평선이 필요한 것 같다. 우리는 멀리 볼 수 있는 한 결코 지치지 않는다.

그러나 다른 시간에는 어떠한 물질적 이익이 결부되지 않아도 자연은 그 자체의 아름다움만으로도 만족을 준다. 나는 집 위쪽의 언덕 꼭대기에서 여명이 밝아오고 해가 떠오를 때까지 아침 광경을 바라보며 천사가 느낄 법한 감정을 함께 가져 본다. 길고 가느다랗게 띠를 이룬 구름들이 진홍빛 바닷속을 물고기들처럼 떠다닌다. 마치 해안가에 있는 것처럼 나는 지상에서 그 고요한 바다를 바라다본다. 그 급격한 변환에 내가 동참하는 것만 같다. 생동하는 황홀감이 나의 육신에 이르면 나는 아침 바람과 함께 마음이 넓어지면서 숨을 내쉬게 된다. 자연은 몇 가지 값싼 요소들만으로 얼마나 우리를 신성하게 하는가! 건강과 하루의 시간이 주어진다면, 나는 황제의 화려함도 우습게 만들 수 있다. 새벽은 나의 아시리아이고, 일몰과 월출은 나의 파포스[3]이자, 상상할 수 없는 선경(仙境)이다. 대낮은 나에게 감각과 오성(悟性)이 지배하는 잉글랜드가 될 것이고, 저녁은 신비 철학과 꿈의 나라 독일이 될 것이다.

우리의 감수성이 떨어지는 오후를 제외한다면, 어젯밤에 바라본 1월의 일몰이 지닌 매력도 이에 못지않게 멋진 것이었다. 서쪽 구름들이 연분홍빛 조각구름으로 나누어지면서 말할 수 없는 부드러움의 색조가 물들었다. 대기에는 생기와 감미로움이 너무도 가득해서 집 안으로 들어가는 것이 고통스러울 정도였다. 자연이 말하고자 하는 것은 무엇일까? 물방앗간 뒤에 있는 계곡의

---

3 비너스(아프로디테)의 신전이 있는 지중해 사이프러스 섬의 도시.

생동하는 고요 속에는 아무런 의미도 없는 것인가? 호메로스나 셰익스피어도 나를 위해 언어로 재창조할 수 없는 것인가? 잎이 진 나무들은 일몰 속에 불타는 첨탑이 되고, 푸른 동쪽은 그 배경을 이루며, 잔 모양의 시든 꽃 같은 별들과 서리로 덮인 마른 가지와 그루터기들은 모두 소리 없는 음악에 뭔가를 제공하고 있다.

도시에 사는 사람들은 전원의 풍경이 단지 한 해의 절반 동안만 즐거울 뿐이라고 생각한다. 나는 겨울 풍경의 아름다움에도 만족하며, 우리가 여름의 온화한 감화력 못지않게 그것에도 감응을 받는다고 생각한다. 주의 깊은 눈으로 보면 한 해의 매 순간은 그 자체의 아름다움을 갖고 있으며 동일한 들판에서도 매시간 지금껏 본 적이 없고, 다시는 볼 수 없을 풍광을 본다. 하늘은 순간순간 변하며 그 아래 평야에 빛이나 어둠을 투영한다. 주변 농장에서 자라는 농작물의 상태는 매주 대지의 표정을 변화시키고 있다. 목초지와 길가에 쉼 없이 자생하는 식물들은 여름날의 시간을 알리는 말 없는 시계가 되고, 그것으로 예리한 관찰자는 하루의 시차도 알 수 있다. 새와 곤충들도 시간을 정확하게 지키는 식물들처럼 서로를 따르며, 한 해는 그 모든 것들을 위한 공간을 갖추고 있다. 물가에는 변화가 더 크다. 7월에는 폰테데리아, 즉 물옥잠화가 즐거운 강의 야트막한 지대에 커다란 화단을 이루며 꽃을 피우고 끝없이 움직이는 노란 나비들이 가득 모여든다. 예술도 자주색과 금색이 자아내는 이 화려함에 필적할 수 없다.

참으로 강은 영원한 축제의 장이며, 매달 새로운 장식을 뽐낸다.

그러나 '미'로서 보이고 느껴지는 자연의 이러한 아름다움은 최소한의 부분일 뿐이다. 하루 동안의 갖가지 모습들, 이슬 맺힌 아침, 무지개, 산, 꽃이 핀 과수원, 별, 달빛, 고요한 물에 드리운 그림자 등등은 너무 열심히 찾으면 단지 쇼가 되어 그 비현실성으로 우리를 조롱할 것이다. 집 밖으로 나가 달을 보면 그것은 단지 반짝이는 은 조각에 불과하다. 그것은 가야만 하는 여행길을 비추는 달만큼 즐거움을 주지는 못할 것이다. 10월의 어느 날 노란 빛으로 물든 오후에 가물거리는 아름다움을 누군들 잡을 수 있겠는가? 그것을 찾아 나서 보라. 이미 사라져 버렸을 것이다. 그것은 단지 마차의 창문에서 본 신기루에 불과하다.

2. 미를 완성하려면 보다 높은, 말하자면 정신적인 요소의 존재가 반드시 필요하다. 유약한 성질을 배제하고 우리가 사랑할 수 있는 높고 신성한 아름다움은 인간의 의지가 결합될 때 발견되는 것이다. 아름다움은 신이 미덕에 새긴 표시다. 자연스러운 행동들은 모두 아름답다. 영웅적인 행위들 또한 훌륭하며 그 공간과 주변에 있던 사람들을 빛나게 한다. 위대한 행동들을 통해 우리는 우주가 그 안에 있는 모든 개별적 존재의 소유라는 사실을 배운다. 모든 이성적 피조물은 지참금과 자산으로 모든 자연을 소유한다. 그가 원한다면 그의 것이다. 그는 그것을 내버릴 수도 있다. 외딴 곳으로 몰래 들어가 대부분의 사람들이 그러하듯

이 자신의 왕국을 포기할 수도 있지만, 그는 자신의 세계를 가질 권리를 타고났다. 생각과 의지의 에너지에 비례해서 인간은 세상을 자신 속으로 받아들인다. "사람들이 경작하고 건설하며 항해하는 목적이 되는 모든 것들은 덕(德)에 순종한다." 살루스티우스는 그렇게 말했다. 기번은 "바람과 파도는 언제나 가장 유능한 항해사의 편이다."라고 말했다. 태양과 달, 하늘의 모든 별들도 마찬가지이다. 고귀한 행위가 이루어지면 아마도 자연의 장엄한 아름다움은 그 배경을 이룰 것이다. 레오니다스와 그를 따르던 3백 명의 순교자들이 죽어 가며 하루를 보내고 태양과 달이 번갈아 나와 테르모필레의 좁고 가파른 골짜기에서 그들을 바라볼 때, 또는 아르놀트 빙켈리트[4]가 알프스의 높은 봉우리에서 눈사태의 위험에 직면하면서도 전우들을 위해 전선을 돌파하고자 오스트리아 적군들이 던진 한 다발의 창을 그의 옆구리로 받아낼 때, 이 영웅들은 행위의 아름다움에 장면의 아름다움을 더했다고 할 만하지 않은가? 콜럼버스의 배가 아메리카 대륙의 해안에 접근했을 때—앞의 해변에는 야만인들이 그들의 오두막에서 뛰쳐나와 늘어서 있고 뒤에는 망망대해가, 주위에는 서인도 제도의 자줏빛 산들이 있을 때—우리가 그 사람과 살아 있는 풍광을 분리할 수 있을까? 신세계는 야자 숲과 대초원을 알맞은 옷으로 걸친 것이 아닐까? 언제나 자연의 아름다움은 공기처럼 스며들어 위대한 행위들을 감싸는 법이다. 해리 베인 경[5]이 썰매에 앉은 채 타워힐로 끌려와 영국법의 옹호자로서 사형을 당할 때, 군중의 한 사람이 그에게 외쳤다. "당신은 결코 이토록 영광스러운 자리에 앉은 적이 없을 것이오!" 찰스 2세는 런던 시민들을 위협하기 위해 애국자인 러셀 경을 무개 마차에 태우고서 도시의 주요 도로들을 통과해 단두대로 끌려가게 했다. "그러나 군중들은 자유와 미덕이 그의 곁에 앉아 있는 걸 보았다고 상상했다." 그의 전기 작가는 그렇게 말했다. 사람들 눈에 띄지 않는 곳에서나 미천한 대상들 사이에서 진실하거나 영웅적인 행동은 즉시 하늘을 그 사원으로, 태양을 그 촛불로 끌어들이는 것 같다. 자연은 팔을 뻗어 인간을 품에 안고서 그의 사상을 똑같이 위대하게 만들 뿐이다. 기꺼이 자연은 장미와 오랑캐꽃과 함께 인간의 발자국을 따라가며, 자연의 장엄하고 우아한 선을 구부려 사랑하는 아이의 장식이 되어 준다. 다만 인간이 그 사상을 같은 크기로 만들기만 하면 액자는 그림에 맞춰질 것이다. 덕을 지닌 사람은 자연의 창조물들과 하나가 되어 눈에 보이는 세계의 중심인물이 될 것이다. 호메로스, 핀다로스, 소크라테스, 포키온은 우리의 기억 속에서 그리스의 지리 그리고 기후와 알맞게 결합되어 있다. 눈에 보이는 하늘과 땅은 예수에 감응한다. 일상생활에서 강인한 성격과 즐거운 천성을 가진 사람을 만나 본 사람이라면 누구나 그가 모든 것 ―사람과 의견, 하루 등― 을 얼마나 쉽게 자신의 것으로 이용하

---

4 1386년 6월 9일 젬파하 전투에서 오스트리아군을 물리친 스위스의 전쟁영웅.

5 매사추세츠 식민지의 4대 지사. 영국 내란 시에 청교도의 지도자로 찰스2세의 왕정복고를 반대하다가 처형당했다.

는지, 그리고 자연이 인간을 얼마나 보조하는지를 보았을 것이다.

3. 세상의 아름다움을 고려하게 되는 또 다른 측면이 있다. 말하자면 그것이 지능의 대상이 되는 경우이다. 자연물들은 덕뿐만 아니라 사상과도 관련을 맺고 있다. 지능은 만물의 절대적 질서를 신의 마음속에서 아무런 감정의 색깔 없이 존재하는 그대로 탐색한다. 지력과 활동력은 서로 번갈아 일어나는 것처럼 보이는데, 전자의 배타적 활동은 후자의 배타적 활동을 부른다. 양자의 관계에는 비우호적인 면이 있다. 그러나 그것은 동물에게 섭생과 활동의 시기가 번갈아 찾아오는 것과 같다. 어떤 것이 준비하면 다른 것이 뒤를 잇는다. 따라서 우리가 보았듯이, 행동과의 관계에 있어서 찾지 않았는데 오고 찾지 않음으로써 오는 아름다움은 우선 지능의 이해와 추구의 대상이 된다. 그다음에는 활동력의 이해와 추구의 대상이되고, 신성한 것은 사멸하지 않는다. 모든 선은 영원히 재생산된다. 자연의 아름다움은 마음속에서 재현되는데, 그것은 메마른 관찰을 위해서가 아니라 새로운 창조를 위해서이다.

모든 사람들은 어느 정도 세상의 겉모습에 감명을 받는다. 어떤 이들은 심지어 희열에 이르기도 한다. 아름다움에 대한 이러한 애정은 '취향'이다. 또 다른 이들은 애정을 지나치게 갖고 있어서 찬미하는 데 만족하지 못하고 그것을 새로운 형태로 구현하고자 한다. 아름다움의 창조가 '예술'이다.

예술 작품의 생산은 인간성의 신비에 한 줄기 빛을 던진다. 예술 작품은 세계의 추상이거나 요약이다. 그것은 축소화된 자연의 결과이거나 표현이다. 왜냐하면 비록 자연의 창조물들은 셀 수 없이 많고 모두 다르지만, 그것들의 결과나 표현은 비슷하거나 단일하기 때문이다. 자연은 근본적으로 같으면서도 독특한 형태의 바다이다. 한 잎의 이파리, 한 줄기 햇빛, 한 폭의 풍경, 대양 등은 마음에 유사한 인상을 준다. 그것들 모두에게 공통적인 것, 즉 그 완전성과 조화가 아름다움이다. 미의 기준은 자연적 형태들의 전체 영역─자연의 전체성─이다. 이탈리아인들은 미를 '단일 속의 다수'라고 정의함으로써 그 점을 표현했다. 어떤 것도 홀로 아름답지 못하며, 단지 전체 속에서 아름다울 뿐이다. 단일한 대상은 그것이 보편적 아름다움을 암시하는 만큼만 아름다울 뿐이다. 시인, 화가, 조각가, 음악가, 건축가는 각자 세상의 이 빛을 한 점에 집중하여 각각의 작품들 속에서 자신의 창작욕을 자극한 아름다움에 대한 애정을 충족시키고자 한다. 그러므로 예술은 인간이라는 증류기를 통과한 또 다른 자연이다. 따라서 예술 속에서 자연은 그 첫 번째 창조물들의 아름다움으로 충만한 인간의 의지를 통해 작용한다.

세상은 이처럼 영혼이 지닌 아름다움에 대한 욕망을 만족시키기 위해 존재한다. 이 요소를 나는 궁극적인 목적이라고 부른다. 어찌하여 영혼이 아름다움을 추구하는지는 물을 수도 대답할 수도 없다. 아름다움은 가장 크고 심오한 의미에서, 우주에 대한 하나의 표현이다. 신은 완전한 아름다움이다. 진(眞), 선(善), 미

(美)는 단지 동일한 '전체'의 다른 모습일 뿐이다. 그렇지만 아름다움은 자연에서 궁극적인 것은 아니다. 그것이 내부의 영원한 아름다움의 전령이기는 하지만, 그것만으로 확고하고 만족스러운 선은 아니다. 그것은 자연의 궁극적 원인의 한 부분으로 존재할 뿐, 그 최후의 혹은 최고의 표현은 아직 아니다.

04

언어

언어는 자연이 인간에게 봉사하는 세 번째 효용이다. 자연은 3단계로 사상을 전달하는 매개자이다.

1. 말은 자연적 사실의 기호이다.
2. 특정한 자연적 사실은 특정한 정신적 사실의 상징이다.
3. 자연은 정신의 상징이다.

1. 말은 자연적 사실의 기호이다. 자연사의 효용은 초자연적 역사에 관해 우리에게 도움을 주는 것이고, 외적 창조의 효용은 내적 창조의 존재와 변화를 표현하는 언어를 우리에게 주는 것이다. 도덕적 사실이나 지적 사실을 표현하는 데 쓰이는 모든 말은 그 근원을 더듬어 가다 보면 물질적 외형으로부터 차용되었다

는 걸 알 수 있다. '바른(right)'은 '곧은(straight)'을 의미하고, '바르지 못한(wrong)'은 '뒤틀린(twisted)'을 의미한다. '정신(spirit)'은 원래 '바람(wind)'을 의미하고, '위반(transgression)'은 '선을 넘음(crossing of line)'을 의미하며, '오만한(supercilious)'은 '눈썹을 치켜세움(raising of the eyebrow)'을 의미한다. 우리는 감정을 표현하기 위해서는 '가슴(heart)'을, 생각을 나타내기 위해서는 '머리(head)'를 말한다. '생각(thought)'과 '감정(emotion)'은 지각할 수 있는 것들에서 차용되어 이제는 정신적 본성에 전용되고 있다. 이러한 변용의 과정은 대부분 언어가 형성된 아득한 시대에 이루어졌기에 우리에겐 베일에 싸여 있다. 하지만 동일한 경향이 매일 아이들에게서 관찰되고 있다. 아이들과 야만인들은 단지 사물의 명칭이나 명사를 사용하여 그것들을 동사로 바꾸고 유사한 정신적 사실에 적용한다.

2. 그러나 정신적 의미를 전하는 모든 말의 기원은—언어의 역사에서 매우 두드러진 사실이지만—우리가 자연에 진 최소한의 빚이다. 상징적인 것은 단지 말만이 아니다. 자연적 사실은 모두가 어떤 정신적 사실의 상징이다. 자연의 모든 외형은 마음의 어떤 상태와 대응하고, 그 마음의 상태는 자연적 외형을 그림으로 표현함으로써 묘사될 수 있을 뿐이다. 격노한 인간은 사자이고, 교활한 인간은 여우이며, 신념이 굳은 사람은 바위이고, 박식한 사람은 횃불이다. 양은 순진무구함, 뱀은 음흉한 악의, 꽃은 우

리에게 미묘한 감정을 표현한다. 빛과 어둠은 지식과 무지에 대한 익숙한 표현이고, 열은 사랑을 표현한다. 우리의 뒤와 앞에 보이는 거리는 각각 기억과 희망에 대한 우리의 이미지이다.

생각에 잠겨 강을 바라보는 사람의 머릿속에는 만물의 흐름이 생각나지 않겠는가? 강물에 돌을 던졌을 때 퍼져 나가는 동그란 파문들은 모든 작용의 아름다운 전형이다. 인간은 개인적 삶의 내부와 배후에서 보편적 영혼을 의식한다. 개인적 삶 속에는 하늘 속에서처럼 정의, 진리, 사랑, 자유의 본성들이 나타나고 빛난다. 이 보편적 영혼을 그는 '이성'이라 부른다. 그것은 나의 것도, 그대의 것도, 그의 것도 아니며 우리가 그것에 속할 뿐이다. 우리는 이성의 재산이자 종복이다. 미미한 지구를 품고 있는 푸른 하늘, 영원한 고요를 지닌 채 영원불멸의 천체로 가득한 하늘은 이성의 전형이다. 지적으로 고려하여 우리가 이성이라고 부르는 것을 자연과의 관계에서 고려할 때, 그것을 우리는 정신[6]이라 부른다. 정신은 창조자이다. 정신은 그 자체에 생명을 지니고 있다. 그리고 모든 시대와 나라에서 인간은 자신의 언어로 그것을 '아버지'라고 표현한다.

이러한 유추들은 요행하거나 변덕스러운 점이 전혀 없으며, 오

---

6 에머슨의 '영혼'은 내부적 자연에 깃들어 있는 본질이고, 그의 '정신'은 인체를 포함한 외부적 자연에 깃든 생명의 기운이다. 동양적 관점에서 그의 '정신'은 정기신(精氣神)의 정기(精氣) 또는 생기(生氣)와 관련된 것으로, '영혼'은 신(神)과 관련된 것으로 보면 이해하기 쉽다.

히려 그것들이 한결같이 자연 속에 스며 있음을 쉽게 볼 수 있다. 이것들은 몇몇 시인들만의 꿈은 아니다. 인간은 유추하는 자이고, 모든 대상에 있어서 관계를 연구하는 법이다. 그는 존재들의 중심에 자리하고 있고, 한 줄기 관계의 빛이 다른 모든 존재로부터 그에게 전해진다. 이러한 대상들 없이 인간이 이해될 수 없고, 또한 이러한 대상들도 인간 없이는 이해될 수 없다. 자연사에 있어서 모든 사실들은 그 자체로는 어떤 가치도 없으며, 암수 중 어느 한 쪽만 있는 것처럼 열매를 맺지 못한다. 하지만 인간의 역사에 결부시키면, 그것은 생명으로 가득 찬다. 모든 식물도감, 린네와 뷔퐁의 저서들은 사실들을 나열한 무미건조한 목록들이다. 그러나 이런 사실들 중 가장 사소한 것, 이를테면 식물의 습성, 또는 어떤 곤충의 기관이나 활동이나 소리가 지적 철학의 어떤 사실을 설명하는 데 적용되거나 인간의 본성과 결부되는 경우, 그것은 가장 생동적이고 기분 좋은 방식으로 우리에게 감동을 준다. 식물의 씨앗—인간의 시체를 씨앗이라고 부른 사도 바울의 말에 이르기까지, 모든 논의에서 그 작은 과일이 인간의 본성에 관한 감동적인 유추로 얼마나 많이 사용되었을까—은 자연의 육신에 뿌려지고 영혼의 육신으로 배양된다. 지축을 중심으로 회전하고 태양 주변을 도는 지구의 움직임은 하루와 1년을 만든다. 이것들은 일정량의 무정한 빛과 열이다. 그러나 인간의 삶과 계절 사이에는 어떤 유추를 이끌어 내는 의미라고는 조금도 없는 것인가? 그리고 계절은 그 유추로부터 일말의 장엄과 비애도 얻지 못하는가? 개미의 본능은 개미의 본능 자체로는 조금도 중요하지 않아 보인다. 그러나 관계의 빛이 그것으로부터 인간으로 확대되는 순간, 그 작은 단순 노역자는 감시자로 보이고 그 작은 몸과 강한 심장, 게다가 최근에 관찰된 바에 따르면 결코 잠들지 않는 그 모든 습성들도 숭고해졌다.

눈에 보이는 사물들과 인간의 생각 사이에는 근본적인 상응이 존재하기 때문에 꼭 필요한 것만 갖고 있는 야만인들은 형상을 통해 대화를 나눈다. 우리가 역사를 거슬러 올라갈수록 언어는 점점 그림에 가까워지고, 마침내 언어의 형성 초기에 이르면 그것은 모두 시(詩)다. 말하자면 정신적 사실들은 모두 자연적 상징들로 표현된다. 동일한 상징들이 모든 언어의 최초의 요소들을 이루고 있음이 발견되고 있다. 더욱이 모든 언어의 관용구들은 그 웅변과 힘이 최고조에 이르는 구절에서는 서로 근접하는 것으로 보인다. 그리고 이것은 최초의 언어이자 최후의 언어이기도 하다. 이처럼 언어가 자연에 직접적으로 의존하는 것, 즉 외적인 현상을 인간의 삶의 어떤 형식으로 전환하는 것은 결코 우리에게 감동을 주는 그 힘을 상실하지 않는다. 바로 이것 때문에 성격이 강한 농부나 시골 촌뜨기의 대화에 톡 쏘는 맛이 있으며, 그 점을 모든 사람들이 좋아하는 것이다.

생각과 그 적절한 상징을 연결하여 말할 수 있는 인간의 힘은 그 성격의 단순함, 즉 진리를 사랑하는 마음과 온전히 그것을 전하고자 하는 욕망에 달려 있다. 인간의 타락은 언어의 타락으로 이어진다. 성격의 단순함과 관념의 주도권이 이차적인 욕망들—부, 쾌락, 권력, 칭찬들에 대한 욕망—에 의해 무너지고, 표리부동함과 거짓됨이 단순성과 진실을 대신하면, 인간 의지의 해석자로서의 자연에 대한 지배력은 어느 정도 상실된다. 새로운 이미지가 더 이상 창조되지 않고, 해묵은 말들이 곡해되어 존재하지 않는 것들을 나타낸다. 지하 금고에 금괴가 떨어지면 지폐가 사용되는 법이다. 때가 되면 그 사기행위가 드러나기 마련이고, 말은 오성이나 감정을 자극하는 모든 힘을 상실한다. 자신이 진리를 보고 말한다고 믿고 다른 사람들도 믿게 만들면서도, 스스로는 단 하나의 사상도 자연의 의상으로 표현하지 못한 채 그 나라의 최고 작가들, 즉 주로 자연을 고수하는 작가들에 의해 만들어진 언어를 무의식적으로 사용하는 작가들이 오래된 문명국가 어디에서나 수백 명씩 존재한다.

그러나 현자들은 이 썩은 어법을 꿰뚫고 말을 다시 눈에 보이는 물상들에 고정시킨다. 그러므로 그림 같은 언어는 곧 그것을 사용한 자가 진리 그리고 신과 하나가 된 사람이라는 것을 입증하는 유력한 증명서이다. 우리의 이야기가 익숙한 사실들의 지평선 위로 올라와 열정으로 불타거나 사상으로 고양되는 순간, 그것은 이미지의 옷을 두른다. 진심으로 이야기하는 사람이 만일 자신의 지적인 과정을 본다면, 대체로 선명한 물질적 이미지가 마음속에서 떠올라 모든 생각과 동시적으로 생각의 의상을 제공한다는 사실을 발견할 것이다. 따라서 좋은 글과 뛰어난 담화는 영원한 비유이다. 이러한 형상화는 자발적이다. 그것은 경험과 현재의 마음의 작용을 결합하는 것이다. 그것은 바른 창조이다. 그것은 그가 이미 만들어 놓은 수단을 통해 최초의 원인이 작용하는 것이다.

이러한 사실들은 강한 마음을 지닌 자에게는 전원의 삶이 도시의 인위적이고 축소된 삶보다 이점이 있다는 것을 암시해 준다. 우리가 마음 내키는 대로 전달하는 것보다 우리는 자연으로부터 더 많은 것을 체험한다. 자연의 빛은 언제나 마음속으로 흘러들어 오지만 우리는 그 존재를 잊고 있다. 숲 속에서 자라나 어떤 의도나 분별 없이 숲의 아름답고 부드러움을 주는 변화에 의해 매년 자양분을 공급받는 감각을 지닌 시인과 웅변가는 도시의 소음이나 정치적 소동 속에서도 숲의 교훈을 완전히 잃지는 않는다. 오랜 시간이 흐른 뒤, 전국 지방 의회의 소요와 공포 속에서도—혁명의 시기에—이 장엄한 이미지들은 현재의 사건들이 불러일으키는 사상을 표현할 적절한 상징과 말로서 아침의 광채처럼 다시 나타날 것이다. 고귀한 감정의 부름에 응하여 다시 숲은 어릴 적 보고 듣던 대로 물결치며, 소나무는 속삭이고, 강은 굽이치며 빛나고, 소 떼는 산 위에서 음매 운다. 그러면 이러한 형상들과 함께 설득의 마술과 권능의 열쇠가 그의 손에 놓이게 된다.

3. 우리는 이렇듯 특정한 의미들을 표현하는 데 자연물들의 도움을 받고 있다. 그러나 그처럼 하찮은 정보를 전달하기에는 언

어가 얼마나 위대한가! 시정 연설에 쓰이는 사전과 문법을 인간에게 제공하기 위해 그토록 고상한 종의 생물들, 이 풍부한 형상들, 하늘의 이 무수한 천체가 필요했던가? 우리가 일상의 사소한 문제들을 신속히 처리하기 위해 이 장대한 기호를 사용하는 동안에도, 우리는 그것을 아직 사용해 본 적이 없으며 사용할 수 없을 거라고 느낀다. 우리는 계란을 익히기 위해 타다 남은 화산재를 이용하는 나그네와 같다. 그 장대한 기호가 언제나 우리가 말하려는 것에 비유를 제공할 준비가 되어 있는 것을 보면서도, 우리는 문자가 그 자체로는 중요하지 않은지 의문을 품지 않을 수 없다. 산과 파도와 하늘은 우리가 생각의 상징으로서 이용할 때 의식적으로 부여하는 의미 이외에는 아무런 의미도 없단 말인가? 세계는 상징적이다. 품사는 은유이다. 왜냐하면 자연 전체가 인간 마음의 은유이기 때문이다. 도덕적 본성의 법칙들은 얼굴이 거울 속에 비친 얼굴에 부합하듯 물질 법칙에 부합한다. '눈에 보이는 세계와 그 부분들의 관계는 눈에 보이지 않는 세계의 문자판이다.' 물리학의 공리는 윤리학 원칙을 알기 쉽게 설명한다. 따라서 '전체는 그 부분보다 크다', '반작용은 작용과 동일하다', '시간으로 무게의 차이를 보상하면 가장 작은 무게가 가장 큰 무게를 들 수 있다'와 같은 유의 많은 명제들은 물리적인 의미만큼이나 윤리적인 의미를 담고 있다. 이 명제들이 인간 생활에 적용되면 기술적인 사용에 국한된 경우보다 더 넓고 보편적인 의미를 갖는다.

마찬가지로 역사의 기억할 만한 말들과 전 세계의 속담들은 보통 자연적 사실로 이루어져 있는데, 도덕적 진리의 그림이나 우화로 선택된 것들이다. '구르는 돌은 이끼가 끼지 않는다.' '손에 쥔 새 한 마리가 숲 속의 두 마리 새보다 낫다.' '바른 길을 가는 절름발이가 잘못된 길에 있는 경주자를 이긴다.' '해가 비칠 때 건초를 말려라.' '가득 찬 컵을 가지고 가는 것은 어렵다.' '식초는 술의 아들이다.' '마지막 1온스가 낙타의 등을 부러뜨린다.' '오래 사는 나무는 뿌리부터 뻗는다.' 이 말들은 원래의 의미에서 보면 하찮은 사실들이지만, 우리는 그 유추적 의미의 가치 때문에 반복해서 말하는 것이다. 속담에서 그렇듯이 모든 우화, 비유, 풍유에서도 마찬가지이다.

　　마음과 물질의 이러한 관계는 어떤 시인이 상상한 것이 아니라 신의 의지 속에 있는 것이기에 모든 사람들이 자유롭게 알 수 있다. 이 관계는 사람들에게 보일 때도 있지만 보이지 않을 때도 있다. 행운이 깃든 시간에 우리는 이 기적을 깊이 생각해 보지만, 현자는 다른 시간에도 늘 자신이 눈멀고 귀먹은 것이 아닌가 생각에 잠긴다.

　　어찌 이러한 것들이
　　여름날의 구름처럼 우리를 압도하고
　　특별한 경이감을 불러일으키지 않을 수 있으랴?

왜냐하면 우주가 투명해지고 그 자체보다 높은 법칙의 빛이 그 것을 관류하여 빛나기 때문이다. 그것은 세상이 시작된 이래, 이집트인과 브라만의 시대로부터 피타고라스, 플라톤, 베이컨, 라이프니츠, 스베덴보리에 이르기까지 뛰어난 모든 천재들에게 경이감을 품게 하고 연구하게 만든 변치 않는 문제이다. 스핑크스는 길가에 앉아 있고, 시대마다 예언자가 지나가면서 스핑크스의 수수께끼를 풀어 봄으로써 자신의 운을 시험하고 있다. 정신은 물질적 형태로 자신을 드러낼 필요성이 있는 것 같다. 낮과 밤, 강과 폭풍우, 짐승과 새, 산과 알칼리는 신의 마음속에 필연적인 '이데아'로 이미 존재하고 있으며, 정신의 세계에서의 선행하는 영향들로 현재의 모습이 된 것이다. 하나의 사실은 정신의 목적 또는 최후의 결과이다. 눈에 보이는 창조는 보이지 않는 세계의 종착지이거나 그 원주(圓周)이다. "물질적 대상들은 필연적으로 창조자의 생각의 본체로부터 유출되어 나온 일종의 찌꺼기이므로, 언제나 그 최초의 기원과 정확한 관계를 유지할 수밖에 없다. 달리 말하자면, 눈에 보이는 자연은 정신적이고 도덕적인 면을 반드시 갖고 있다."고, 한 프랑스 철학자가 말했다.

이 학설은 너무 심오하다. 비록 '의상', '찌꺼기', '거울' 등의 이미지들이 공상을 자극할 수도 있지만, 그것을 쉽게 만들기 위해서 우리는 보다 고매하고 보다 생명력 있는 해설자들의 도움을 요청해야 한다. '모든 경전은 그것을 만들어 낸 똑같은 정신으로 해석되어야 한다.' 이것이 비평의 기본 법칙이다. 자연과 조화를 이루는 삶, 진리와 덕을 사랑하는 마음은 눈을 정화시켜 경전의 내용을 이해하게 만들 것이다. 점차 우리는 영원한 자연 만물의 원초적 의미를 알게 될 것이다. 그 결과 세계는 우리에게 한 권의 펼쳐진 책이 될 것이며, 모든 형상은 감추어진 생명과 궁극의 원인을 드러낼 것이다.

지금까지 암시된 관점에서 우리가 엄청나게 많은 수의 대상들을 관찰하는 동안, 우리의 마음에는 새로운 관심사가 갑자기 생겨난다. 왜냐하면 '제대로 보면 모든 대상은 영혼의 새로운 능력을 풀어 놓기' 때문이다. 무의식적인 진리였던 것이 하나의 대상으로 해석되고 정의될 때 지식 영역의 한 부분, 즉 권능의 무기고 속의 새로운 무기가 된다.

05
자연의 훈련

자연의 의미를 관찰하면서 우리는 곧바로 새로운 사실, 즉 자연이 하나의 훈련이라는 사실에 도달한다. 세계의 이러한 효용은 앞서 본 효용들을 그 부분으로 포함한다.

공간, 시간, 사회, 노동, 기후, 음식, 교통 기관, 동물, 기계적 에너지 등은 매일 무한한 의미를 지닌 가장 진지한 교훈을 우리에게 주고 있다. 그것들은 오성과 이성을 모두 교육한다. 물질의 모든 고유한 특성, 그 결속력이나 저항력, 관성, 확장, 형태, 가분성(可分性)은 오성을 위한 학교이다. 오성은 가치 있는 무대에서 활동하기 위한 자양분과 공간을 더하고 나누며 결합하고 측정하며 발견한다. 한편 이성은 물질과 마음을 결합시키는 유추관계를 지각함으로써, 이 모든 교훈들을 이성의 사고 영역으로 옮긴다.

1. 자연은 지적 진리에 있어서 오성을 훈련한다. 우리가 지각할 수 있는 대상들을 다루는 것은 차이, 유사성, 질서, 존재와 현상, 점진적 배열, 특수한 것에서부터 일반적인 것으로의 상승, 다양한 힘들을 하나의 목적으로 결합하기 등의 필수적인 교훈을 끊임없이 연습하는 것이다. 형성될 기관의 중요성에 비례하여, 그 교육에는 극도의 주의—어떤 경우에도 등한시할 수 없는—가 주어진다. 날마다 해마다 끊임없이 상식을 만들기 위해 얼마나 지루한 훈련을 하며 성가심, 불편, 딜레마가 얼마나 계속적으로 재현되고, 소인들이 우리의 모습에 얼마나 즐거워하며, 가격 흥정을 위해 얼마나 언쟁하고, 이익을 얼마나 계산하는가. 이 모든 것들은 마음의 손을 만들기 위함이고, '좋은 사상도 실천하지 않으면 좋은 꿈에 불과하다!'는 것을 우리에게 가르치기 위한 것이다.

재산과 그에 파생하는 부채와 채권의 시스템도 마찬가지로 좋은 임무를 수행한다. 과부, 고아, 천재의 아들들이 두려워하고 싫어하는 철면피 같은 모습으로 뼛골을 가는 듯한 부채, 너무도 많은 시간을 낭비하게 하며 너무도 하찮게 보이는 근심으로 위대한 정신을 불구로 만들고 낙담에 빠뜨리는 부채도 없어서는 안 될 교훈을 주는 교사이다. 그래서 부채는 그것으로 가장 고통받는 사람에게 가장 필요한 것이다. 더욱이 재산은 곧잘 눈에 비유되는데—'오늘은 고루 눈 내리지만, 내일은 휘몰아쳐 쌓인다.'—그것은 시계 문자판의 바늘과 같이 내부 장치의 표면적 작용이다. 지금 그것은 오성의 훈련이지만, 정신의 선견지명에서 보면 보다 심오한 법칙의 경험을 쌓고 있는 것이다.

개인의 전체적인 성격과 운명은 오성을 배양하는 데 있어서 최소한의 불평등에 의해서도—예를 들어, 차이점들을 지각하는 것으로도—영향을 받는다. 그러므로 공간과 시간이 존재하는 것은 만물이 아무렇게나 모여 더미를 이룬 것이 아니라 분리되고 개별화된 것임을 인간이 알도록 하기 위한 것이다. 종과 쟁기는 각기 나름의 쓰임이 있어서 둘 중의 어떤 것도 다른 한 편의 일을 할 수 없다. 물은 마시기 좋고, 석탄은 태우기에, 양모는 입기에 좋다. 그러나 양모를 마실 수 없고, 물로 실을 자을 수 없으며, 석탄을 먹을 수는 없다. 현명한 사람은 분리하고 등급을 매기는 데 지혜를 보이며, 그가 창조물을 평가하고 장점을 매기는 척도는 자연만큼이나 광범위하다. 어리석은 자들은 척도의 범위가 전혀 없기에 누구나 다른 사람과 같다고 생각한다. 좋지 않은 것을 그들은 최악이라고 부르고, 싫지 않은 것을 최고라 부른다.

마찬가지로 자연은 얼마나 좋은 조심성을 우리 안에 길러 주는가! 자연은 어떤 실수도 용납하지 않는다. 자연의 긍정은 바로 긍정이고, 자연의 부정은 그대로 부정이다.

농업, 천문학, 동물학에서 초보 수준의 단계(농부, 사냥꾼, 선원의 초보 단계)를 보면, 자연의 주사위에는 항상 정해진 추가 달려 있어서 자연의 더미나 쓰레기에는 확실히 쓸모 있는 결과들이 숨겨져 있다는 것을 배울 수 있다.

사람의 마음은 물리학의 법칙들을 얼마나 고요하고 편하게 하나하나 이해해 가는가! 인간이 창조의 의회에 참석하여 지식으로 존재의 특권을 느낄 때, 얼마나 고귀한 감정들이 인간을 크게 만드는가? 그의 통찰은 그를 정제시킨다. 자연의 아름다움이 인간의 가슴속에서 빛난다. 인간은 자연의 아름다움을 아는 만큼 더 위대해지고, 우주는 그만큼 더 작아진다. 왜냐하면 시간과 공간의 관계도 그 법칙들이 알려지는 만큼 사라지기 때문이다.

여기서 다시 우리는 탐험해야 할 우주의 광대함에 감동을 받고 심지어 경외감마저 느낀다. '우리가 아는 것은 우리가 모르는 것의 한 점에 불과하다.' 최근의 과학 잡지 중 무엇이든 펼쳐서 빛, 열, 전기, 자기, 생리학, 지질학에 관련하여 제시된 문제들을 고찰하고, 자연과학에 대한 흥미가 곧 소진될 가능성이 있는지 판단해 보라.

자연의 훈련 중 다수의 상세한 것들을 지나칠지라도, 우리는 빠뜨리지 말고 두 가지를 상술해야 한다.

'의지'의 훈련, 즉 생활력의 가르침은 모든 경우에서 배울 수 있다. 어린아이가 여러 감각들을 계속 갖기 시작하면서부터 '신의 뜻대로 이루어지리다!'라고 말하는 때까지, 그는 자신의 의지대로 특정한 사건들뿐만 아니라 큰 사건들, 아니 일련의 전체 사건들을 관장하고, 모든 사실들을 자신의 성격에 순응시킬 수 있다는 비밀을 배우고 있는 것이다. 자연은 철저하게 중개적이다. 자연은 봉사하도록 만들어진 것이다. 자연은 구세주가 타던 나귀처럼 온순하게 인간의 지배를 받아들인다. 자연은 인간이 쓸모 있는 것을 만들 원재료로 자연의 모든 왕국을 인간에게 제공한다. 인간은 결코 지치지 않고 그것을 빚어내고 있다. 인간은 미묘하고 부드러운 공기를 다듬어서 혜안과 운율이 있는 말로 만들며, 그 말에 날개를 달아 설득과 명령의 천사로 만든다. 그의 의기양양한 사상들이 하나씩 생각날 때마다 모든 만물을 복종시켜, 마침내 세계는 의지의 구현―인간의 화신―에 불과하게 된다.

    2. 지각할 수 있는 대상들은 '이성'의 예감에 순응하고 양심을 반영한다. 모든 만물은 도덕적이다. 그 무한한 변화 속에서 영적인 본성과 끊임없이 관계 맺고 있다. 따라서 자연은 형태와 색깔과 움직임으로 찬란해진다. 가장 멀리 떨어진 하늘의 모든 천체도, 가장 거친 결정체에서부터 생명의 법칙에 이르는 모든 화학적 변화도, 잎의 싹에서 보이는 성장의 제1원칙으로부터 열대 밀림과 태고의 석탄 광산에 이르기까지 식물의 모든 변화도, 해면으로부터 헤라클레스에 이르는 모든 동물적 기능도 인간에게 옳은 것과 잘못된 것의 원칙을 암시하거나 크게 일깨우며 십계명을 반영한다. 그러므로 자연은 언제나 종교의 동맹자이며, 자연의 모든 화려함과 풍부함을 종교적 감정에 부여한다. 선지자와 사제, 다윗, 이사야, 예수 등은 이 원천으로부터 심오한 교훈을 얻었다. 이러한 윤리적인 특성은 자연의 뼈와 골수에 깊이 파고들어 있어서, 마치 그것이 만들어진 목적처럼 보일 정도이다. 한 개인이나 한 부분에 의해 아무리 사적인 목적으로 응할지라도, 이

것은 자연의 공적이고 보편적인 기능이며 절대 생략될 수 없다. 자연의 어떠한 것도 한 번의 쓰임으로 모두 탕진되지 않는 법이다. 어떤 것이 하나의 목적에 극도로 사용되었을지라도, 그것은 앞으로의 봉사를 위해선 완전히 새로운 것이다. 신에게 모든 목적은 새로운 수단으로 전환된다. 그러므로 일상 속 자연물의 효용은 그 자체로 볼 때는 천하고 자질구레하다. 그러나 그것은 인간에게 효용의 원칙, 즉 어떤 것도 그것이 소용되는 한 좋고, 부분들과 노력들이 협력하여 하나의 목적을 만들어 내는 것이 모든 존재의 본질이라는 사실을 가르친다. 이러한 진리가 제일 먼저 크게 나타나는 것은 가격과 수요, 곡식과 고기 등에 있어서 우리가 피할 수 없는 혐오스러운 훈련이다.

이미 설명한 것처럼 자연의 모든 과정은 한 편의 도덕적 격언이다. 도덕 법칙은 자연의 중심에 놓여 있고 그 주변으로 빛을 발산한다. 그것은 모든 실체, 모든 관계, 그리고 모든 과정의 진수이자 정수이다. 우리가 다루는 모든 만물은 우리에게 설교한다. 농장은 무언의 복음이 아니고 무엇이겠는가? 겨와 밀, 잡초와 식물, 마름병, 비, 곤충, 태양, 이것들은 봄에 가는 첫 밭고랑으로부터 겨울에 눈으로 뒤덮인 들판의 마지막 건초 더미에 이르기까지의 신성한 상징이다. 그러나 선원, 목동, 광부, 상인 등은 각자 그들의 방식으로 정확히 상응하는 경험을 하고 동일한 결론에 이르고 있다. 왜냐하면 모든 조직들은 근본적으로 같기 때문이다. 이렇게 대기를 향기롭게 하고, 낟알 속에서 자라며, 세상의 바다를 채우는 이 도덕적 감정이 인간에 의해 포착되어 그의 영혼에 내장되어 있다는 것을 의심할 수 없다. 모든 개인에게 미치는 자연의 도덕적 영향은 그것이 인간에게 설명하는 그만큼의 진리이다. 누가 이것을 측정할 수 있으랴? 파도에 부딪친 바위가 얼마만큼의 확고함을 어부에게 가르쳐 주었는지 누가 짐작할 수 있을까? 티 한 점 없는 심연 위로 언제나 폭풍의 구름 떼를 몰고 가지만 주름이나 자국 하나 남기지 않는 푸른 하늘로부터 얼마나 많은 고요함이 인간에게 반영되었는가? 우리가 짐승들의 무언극으로부터 근면과 섭리와 애정을 얼마나 많이 배웠는가? 다양한 현상을 이루며 생동하는 기운은 스스로를 통제하는 얼마나 예리한 설교자인가!

이 점에서 우리와 도처에서 마주치는 자연의 통일성—다양성 속의 통일성—이 특히 잘 이해된다. 모든 만물의 끝없는 다양성은 동일한 인상을 준다. 크세노파네스는 노년에 이르러 어디를 봐도 모든 것들은 서둘러 통일성으로 돌아간다고 한탄했다. 그는 형태의 지루한 다양성 속에서 동일한 실체를 보는 데 지쳤던 것이다. 프로테우스의 우화는 진정한 진리를 담고 있다. 하나의 잎, 하나의 물방울, 하나의 결정체, 한순간도 전체와 관계 맺고 있고, 전체의 완성에 참여하고 있다. 각각의 분자는 소우주이며, 충실하게 세계의 유사성을 표현하고 있다.

도마뱀 화석의 지느러미발에서 인간의 손의 형태를 발견하는 경우에서처럼 그 유사성이 분명한 것들뿐만 아니라 외견상 크게 다른 대상들 사이에도 닮은 점들이 존재한다. 그래서 스탈 부인과 괴테는 건축을 "얼어붙은 음악"이라고 불렀다. 비트루비우스는 건축가는 음악가여야 한다고 생각했다. 콜리지는 "고딕식 교회는 석화(石化)된 종교이다."라고 말했다. 미켈란젤로는 건축가에게 해부학 지식이 필수적이라고 주장했다. 하이든의 오라토리오 속 곡조는 상상하기에 따라서는 가령 뱀, 사슴, 코끼리의 움직임뿐만 아니라 푸른 초원 같은 색깔도 보여 준다. 화음의 법칙이 조화를 이룬 색채에서 다시 나타난다. 화강암이 그것을 마모시키며 흘러가는 강과 구분되는 점은 단지 열의 많고 적음뿐이다. 강은 흘러갈 때 그 위를 흐르는 공기와 닮아 있고, 공기는 보다 미묘한 기류로 공기를 가로지르는 빛을 닮았으며, 빛은 빛과 함께 공간을 지나가는 열과 닮았다. 각각의 창조물은 단지 다른 창조물의 변용에 불과하다. 그것들 속의 유사함은 차이보다 크며, 그 근본 법칙은 동일하다. 한 예술 분야의 법칙, 혹은 한 조직의 규칙은 모든 자연을 통해 유효하다. 이 통일성은 매우 친밀한 것이어서 쉽게 눈에 띄며, 그것은 자연의 가장 낮은 의상 밑에 놓여 있고, 보편적 정신 속에 그 존재의 근원을 두고 있음을 드러낸다. 왜냐하면 그것은 또한 사상 속에도 스며 있기 때문이다. 우리가 말로 표현하는 모든 보편적 진리는 다른 진리들을 암시하거나 제시한다. 모든 진리는 서로 조화를 이룬다. 그것은 마치 천체 위의 거대한 원과 같이 가능한 모든 원들을 포함하고 있으며, 마찬가지로 그 원들도 그려지면 그 거대한 원을 포함할 수 있는 것과 같다.

이러한 모든 진리는 한 면에서 보면 절대적 실체이다. 그러나 그것은 무수한 측면들을 갖고 있다.

중심적 통일성은 행동에서 한층 더 두드러진다. 말은 무한한 마음의 유한한 기관이다. 말은 진리 속에 내재한 모든 차원을 포괄하지 못한다. 말은 진리를 부수고 절단하며 빈약하게 만든다. 행동은 생각의 완성이자 공표이다. 바른 행동은 눈을 가득 채우고 모든 자연과 관계를 맺는 것 같다. '현명한 사람은 한 가지 일을 하면서 모든 일을 한다. 말하자면 그가 바르게 행한 한 가지 일에서, 그는 바르게 행해진 모든 일의 유사성을 본다.'

말과 행동은 야수적 본성의 특징들이 아니다. 그것들은 우리를 인간적 형태로 안내하며, 인간적 형태 속에 존재하는 다른 모든 조직들은 퇴화된 것으로 보인다. 인간적 형태가 그것을 둘러싼 수많은 형태들 사이에 나타나면, 정신은 다른 무엇보다 그것을 좋아한다. 정신은 말한다. '이와 같은 것으로부터 나는 기쁨과 지식을 이끌어 냈다. 이와 같은 것으로부터 나는 나 자신을 발견하고 보았다. 내가 그것에 말할 것이고, 그것도 내게 말할 수 있을 것이다. 그것은 이미 형태를 지니고 살아 있는 생각을 내게 줄 수 있다.' 사실 눈―마음―은 언제나 암수의 형태들을 동반한다. 이러한 형태들은 만물의 중심에 놓여 있는 생명력과 질서의 비할 바 없이 풍부한 정보들이다. 불행히도 그것들은 어느 것이나 어떤 상처로 인한 자국을 지니고 있다. 말하자면 손상되어 외면적으로 결함이 있는 것이다. 그럼에도 불구하고 그 주변의 귀먹고 말 못하는 자연과는 완전히 다른 이 형태들은 모두 분수의 관처럼 깊이를 알 수 없는 사상과 미덕의 바다에 의지하고 있으며, 모든 조직들 중에서 그것들만이 사상과 미덕으로 가는 입구이다.

　그것들이 우리의 교육에 어떤 작용을 하는지 상세히 추적하는 것은 즐거운 탐구였다. 하지만 어디에서 탐구를 멈출 것인가? 우리는 사춘기에 그리고 성인이 되어서 몇몇 친구들과 사귀게 된다. 그들은 하늘과 바다처럼 우리의 관념과 동일한 시공에 존재하고, 각자 영혼의 어떤 감정에 호응하며, 그런 면에서 우리의 욕구를 만족시킨다. 하지만 우리에게는 그들을 개선시키고 심지어 분석할 수 있도록 집중 가능한 거리에 둘 힘이 부족하다. 우리는 그들을 사랑할 수밖에 없다. 한 친구와의 깊은 교제를 통해 우리가 우수성의 기준을 제공받고, 우리의 이상보다 뛰어난 참된 사람을 이처럼 보내 주시는 신의 권능에 대한 우리의 경외심이 증가할 때, 더욱이 그가 생각의 대상이 되고 그의 성격이 무의식적인 영향력을 계속 유지하며 마음속에서 확고하고 감미로운 지혜로 전환될 때, 그것은 이제 그의 임무가 끝나 가고 있다는 신호인 것이고, 그는 곧 우리의 시야에서 사라지기 마련이다.

06

관념론

그리하여 말로 표현할 수는 없지만 이해할 수 있는 실질적인 세계의 의미는 모든 감각의 대상으로 영원한 학생인 인간에게 전달된다. 훈련이라는 이 한 가지 목적을 위하여 자연의 모든 부분들이 서로 협력하고 있다.

이 목적이 우주의 궁극적 원인인가, 그리고 자연은 외면적으로 존재하는 것인가 등의 고상한 의문이 끊임없이 떠오른다. 신이 인간의 마음을 가르치고, 그 마음을 우리가 해와 달, 남자와 여자, 집과 거래라고 부르는 몇 가지 서로 조화되는 감각들의 수용자로 만드는 것만으로도, 우리가 세계라고 부르는 현상을 설명하는 데는 충분하다. 감각이 보고하는 것의 신빙성을 시험할 길이 없고 감각이 주는 인상들이 밖에 존재하는 대상들과 일치하는지를 전혀 알 수 없는 무능력한 상황에 내가 처해 있다면, 오리

온 별자리가 저 하늘에 있든, 아니면 어떤 신이 영혼의 창공에 그 상을 그린 것이든 무슨 차이가 있겠는가? 부분들의 관계와 전체의 목적이 동일하게 유지된다면, 육지와 바다가 상호작용하고 모든 천체가 무량무변으로 회전하고 서로 섞이든—심연 밑에 심연이 입을 벌리고 있고, 절대적인 우주 공간을 가로질러 은하와 은하가 평행하든—또는 시간과 공간에 관계없이 동일한 현상들이 인간의 한결같은 믿음 속에 새겨져 있든 그 무슨 차이가 있겠는가? 자연이 외면적 실존을 누리든, 마음의 묵시 속에서만 존재하든 간에, 나에게는 똑같이 유용하고 똑같이 장엄하다. 자연이 어떤 것이든, 내가 내 감각의 정확성을 시험할 수 없는 한 그것은 나에게 관념적인 것이다.

경박한 자들은 이데아론을 두고 마치 그 결말이 무슨 해학극인 양, 그것이 자연의 안정성에 영향을 미치는 양 우습게 여기고 있다. 분명히 그렇지 않다. 신은 결코 우리를 놀리지 않으며, 자연의 과정에 어떤 모순을 허락함으로써 자연의 목적을 손상시키지 않을 것이다. 자연법칙의 영속성을 조금이라도 의심한다면 인간의 능력은 마비될 것이다. 그 영속성은 신성하게 존중되고 있으며, 이에 대한 인간의 믿음은 완벽하다. 인간의 추진력과 도약은 모두 자연의 영속성이라는 가정에 맞추어진 것이다. 우리는 파도에 흔들리는 배처럼 만들어진 것이 아니라, 지상에 서 있는 집처럼 만들어졌다. 활동하는 힘이 생각하는 힘보다 압도적인 한 자연이 정신보다 단명하고 변하기 쉽다는 어떠한 암시에도 우리가 분연히 반대하는 것은 이러한 구조로 인한 자연스러운 결과이다. 중개인, 수레바퀴 제조인, 목수, 통행료 징수인도 그런 암시에는 매우 불쾌해한다.

그러나 우리가 자연법칙의 영속성을 전적으로 인정하더라도, 자연의 절대적 존재에 관한 문제는 여전히 미해결인 채로 남아 있다. 열, 물, 질소 같은 특정 현상들의 안정성에 대한 우리의 믿음을 뒤흔들지 않으면서도 우리로 하여금 자연을 실체가 아닌 현상으로 여기게 하며, 필수적인 존재성을 정신에 부여하고 자연을 우연과 결과로 간주하게 하는 것은 인간의 마음에 끼친 훈육의 한결같은 결과이다.

자연이라는 절대적 존재에 대한 일종의 본능적인 믿음은 감각과 갱신되지 않은 오성에 속한다. 감각과 오성의 관점에서 보면 인간과 자연은 불가분의 관계로 결합되어 있다. 사물은 궁극적인 것들이고, 결코 그것들의 영역 너머를 볼 수 없다. 이성[7]의 출현은 이 신념을 깬다. 사고의 첫 번째 노력은 자연의 한 부분인 양 우리를 자연에 묶는 이러한 감각의 독재를 완화하는 경향이 있고, 자연을 멀리 떨어져 부유하는 것처럼 우리에게 보여 준다. 이런 보다 높은 작용이 개입하기 전까지, 동물적 눈은 놀랍도록 정확하게 뚜렷한 윤곽과 채색된 표면을 본다. 이성의 눈이 열리면

---

7 에머슨에게 '오성'은 본능적인 감각 작용이다. 그러나 '이성'은 본능의 상태를 넘어서는 초월적 인식 작용이다. 에머슨은 오성을 공상으로, 이성을 상상력으로 동일시한다.

윤곽과 표면에 즉시 우아함과 표현이 가미된다. 우아함과 표현은 상상력과 감동으로부터 생겨나 대상이 지닌 두드러지게 모난 성질을 어느 정도 완화시킨다. 만약 이성이 자극을 받아 보다 진지한 시각으로 발전하면 윤곽과 표면은 투명해지고 더 이상 보이지 않게 되어 원인과 정신이 그것들을 통해 드러나게 된다. 인생의 최고의 순간들은 고차원의 능력들이 이와 같이 즐겁게 깨어나는 것이고, 자연이 신 앞에서 경건하게 물러나는 것이다.

계속해서 자연의 훈육의 결과를 지적해 보자.

1. 관념 철학에서 우리의 첫 번째 법칙은 자연 자체로부터 받은 암시이다.

자연은 정신과 협력하여 우리를 해방시키기 위해 만들어졌다. 어떤 기계적인 변화나 위치상의 작은 변동으로도 우리는 이원론을 알 수 있다. 우리는 움직이는 배에서, 기구에서, 또는 색다른 하늘의 색조를 통해서 해안을 볼 때 이상한 감정이 든다. 우리의 관점에 조금의 변화라도 있으면 온 세계가 그림 같은 모습을 연출한다. 말을 거의 타지 않는 사람이라도 마차에 올라타 자기 마을을 지나가 보면 거리가 인형극으로 바뀌는 법이다. 이야기하고 달리며 거래하고 싸우는 사내들과 여인네들, 성실히 일하는 수선공, 어슬렁거리는 사람, 거지, 소년들, 개들은 모두 현실과 즉시 유리되어 보이거나, 아니면 적어도 관찰자와의 모든 관계에서 완전히 분리되어 실체가 없이 겉모습만 있는 것처럼 보인다.

매우 친숙한 전원의 모습도 빠르게 움직이는 기차 칸에서 보면 얼마나 새로운 생각들이 떠오르는가! 그뿐만 아니라 가장 익숙한 대상들 역시 (관점을 아주 조금만 변화시켜도) 우리를 무척 즐겁게 한다. 카메라 암상자로 보면 푸줏간의 손수레나 우리 가족 중 한 사람의 모습도 즐거움을 준다. 잘 알고 있는 얼굴 또한 우리를 기쁘게 한다. 몸을 구부려 다리 사이로 풍경을 보라. 비록 20년간 언제나 보아 온 것이기는 하나, 그 그림이 얼마나 즐거운가?

이러한 경우들에서는 관찰자와 광경 사이의—인간과 자연 사이의—차이가 기계적인 방식들로 암시되어 있다. 이 점에서 경외감이 뒤섞인 즐거움이 일어난다. 세계는 하나의 광경이지만, 자신의 내부에는 뭔가 변하지 않는 것이 있음을 이렇듯 알게 된다는 사실로부터 아마도 작게나마 숭고한 감정을 느낀다고 말할 수 있다.

2. 보다 고차원적 방식으로 시인은 동일한 즐거움을 전달한다. 약간의 언어적 작업을 통해 그는 공중에다 묘사하듯 해, 산, 야영, 도시, 영웅, 처녀 등을 지상에서 끌어올려 눈앞에 부유하는 것처럼 그려 낸다. 그 모습은 우리가 알고 있는 것과 다르지 않다. 그는 대지와 바다를 고정관념에서 분리하고, 자신의 중심사고의 축을 가운데 놓고 회전시켜 새롭게 배열한다. 영웅적 열정에 사로잡힌 채 그는 물질을 그 열정의 상징으로 사용한다. 관능적

인 사람은 사상을 물질에 순응시키지만, 시인은 물질을 그의 사상에 순응시킨다. 전자는 자연을 뿌리박혀 고정된 것으로 보지만, 후자는 유동적인 것으로 생각하여 그의 존재를 자연에 새긴다. 그에게는 완고한 세계도 유순하고 유연하다. 그는 먼지와 돌에 인간성을 부여하여 그것들을 이성의 언어로 만든다. 상상력은 이성이 물질세계를 이용하는 것이라고 정의될 수 있다. 셰익스피어는 그 어떤 시인보다도 더 자연을 표현의 목적에 종속시키는 능력을 소유하고 있다. 그의 제왕다운 시신(詩神)은 천지 만물을 마치 장난감처럼 이리저리 마음대로 다루고, 그것을 이용하여 그의 마음속에 자유분방하게 떠오르는 생각을 구현한다. 자연에서 가장 먼 공간도 방문하고, 가장 멀리 떨어져 있는 것들도 절묘한 정신적 연결을 통해 하나로 결합시킨다. 물질의 크기는 상대적이며, 모든 대상들은 시인의 열정에 봉사하기 위해 축소되고 확대되기도 한다는 사실을 우리는 알게 된다. 따라서 그의 소네트에서 새들의 노래, 꽃의 향기와 색깔은 연인의 그림자이고, 그와 그녀를 갈라놓는 시간은 그의 가슴이며, 그녀가 불러일으키는 의혹은 그녀의 장식이다.

　의심은 미(美)의 장식이고,
　하늘의 가장 감미로운 대기를 나는 까마귀로구나.

　그의 열정은 우연의 결과가 아니다. 그가 읊조리는 동안, 그것은 도시나 국가로 확장된다.

아니, 그것은 결코 우연히 세워진 것이 아니다.
그것은 미소 짓는 화려함 속에서 고통받지 않으며,
구속하는 불만의 표정으로 쓰러지는 일도 없도다.
그것은 짧게 계산되는 노동 시간의 이교도적 술수도 두려워하
지 않으며,
다만 홀로 국가로 우뚝 솟는구나.

지속적인 힘을 지닌 그에게는 피라미드도 최근에 생긴 덧없는
것으로 보인다. 청춘과 사랑의 신선함은 아침을 닮아 그를 황홀
케 한다.

치워라
그리도 달콤하게 거짓 맹세한 그 입술을,
그 눈, 그 여명을,
아침을 오도하는 그 빛을.

이러한 과장법의 자유분방한 아름다움은, 지나가면서 하는 말이
지만 문학에서 필적할 만한 상대를 찾기가 쉽지 않을 것이다.
시인의 열정에 의해 일어나는 모든 대상들의 변형―거대한 것
을 왜소하게 만들고, 작은 것을 거대하게 만드는 이러한 권능―은

그의 희곡에 등장하는 수없는 사례를 통해 설명될 수 있을 것이다. 내 앞에 《템페스트》가 있으니 몇 행만 인용해 보겠다.

프로스페로.[8] 단단히 자리 잡은 갑(岬)을
나는 뒤흔들었고, 뿌리째
소나무와 삼나무를 뽑아 버렸지.

프로스페로는 광분한 알론조와 그의 일행을 진정시키기 위해 음악을 청한다.

엄숙한 노래. 흐트러진 마음에 최고의 위안이고,
그대의 뇌를 치료하는 약이지만,
이제는 쓸모없이, 그대의 두개골 속에서 요동치고 있네.

다시,

마법은 빠르게 풀리고,
마치 아침이 시나브로 어둠 속으로 들어와
어둠을 녹이듯이, 감각은 살아나

---

8 셰익스피어의 《템페스트》 제5막 제1장. 원문에 '아리엘'이라고 되어 있는 것을 바로 잡았다.

맑은 이성을 가리고 있던

무지의 안개를 쫓아내고 있구나.

그들의 분별력이 커지기 시작했으니, 분별의 밀물은

지금은 타락하고 혼탁한

이성의 해안을 곧 채우리.

사건들 사이의 진정한 유사성(말하자면 '관념적'인 유사성. 왜냐하면 유사성만이 진실하기 때문이다.)을 지각함으로써 시인은 세계의 가장 인상적인 형상과 현상들을 자유롭게 다루고 영혼의 우월성을 주장할 수 있다.

3. 이와 같이 시인이 자신의 생각으로 자연을 생기 있게 만드는 동안, 그는 철학자와 다른 면모를 보인다. 전자가 그 주된 목적으로 아름다움을 제시하지만, 후자는 진리를 내세운다는 점에서만 그러하다. 그러나 철학자도 시인 못지않게 만물의 외형적 질서와 관계보다 사고의 제국을 앞세운다. 플라톤에 따르면, "철학의 문제는 조건적으로 존재하는 모든 것을 위해 무조건적이고 절대적인 근거를 찾는 것"이다. 철학은 하나의 법칙이 모든 현상을 결정하며, 그것을 알면 현상을 예견할 수 있다는 믿음으로 이루어진다. 그 법칙은 인간의 마음속에서는 하나의 관념이다. 그 아름다움은 무한하다. 진정한 철학자와 진정한 시인은 하나이며, 아름다움은 곧 진리이고, 진리는 곧 아름다움으로 양자의 목적

이다. 플라톤과 아리스토텔레스의 정의들 중 하나가 갖는 매력이 소포클레스의 《안티고네》의 매력과 전적으로 같은 것이 아닐까? 두 경우 모두 정신적 삶이 자연에 부여되었고, 견고해 보이는 물질 덩어리가 사상에 침투되어 용해되었으며, 연약한 인간이 생기 있는 영혼으로 자연의 거대한 집단을 꿰뚫어 보고 그 조화 속에서 스스로를 인식한다. 말하자면 그 법칙을 포착한다. 물리학에서 이러한 일이 이루어지면, 세세한 것들의 성가신 목록들을 기억하는 부담에서 벗어나 수 세기에 걸친 관찰의 결과를 하나의 공식에 담게 된다.

이와 같이 물리학에 있어서도 물질적인 것은 정신적인 것보다 격이 떨어진다. 천문학자와 기하학자는 반박할 수 없는 분석에 의지하고 관찰의 결과를 무시한다. 원호의 법칙에 관한 오일러의 숭고한 말, 즉 "이 법칙은 모든 경험과 반대로 보이지만 사실이다."라는 말을 보면 이미 자연이 마음속에 옮겨져 있고, 물질은 돌보지 않는 시체처럼 버려져 있다.

4. 지적 과학은 변함없이 물질의 존재에 관한 의심을 초래하는 것으로 보인다. 튀르고[9]는 "물질의 존재에 의심을 가진 적이 없는 사람은 형이상학적 탐구에 대한 재능이 전혀 없다고 단정할 수 있다."고 말했다. 그것은 영원불멸하고 필연적이지만 창조되지

---

9 프랑스의 정치가이자 경제학자. 루이16세 시대에 재정대신을 지냈다.

않은 본성, 즉 이데아에 관심을 결부시킨다. 이데아의 존재로 인해 우리는 외부적 환경이 꿈이자 그림자라고 느끼게 된다. 신들의 올림포스에서 기다리는 동안, 우리는 자연을 영혼의 부속물로 여긴다. 우리는 신들의 영역으로 올라가 그들의 이데아가 절대자의 사상임을 알게 된다. '이데아는 영원으로부터, 태초로부터, 지구가 존재하기 전에 만들어진 것이다. 신이 하늘을 만들 때, 이데아는 거기에 있었다. 신이 하늘에 구름을 만들 때에도, 심연의 샘에 기운을 불어넣을 때도 거기에 있었다. 이데아는 신에 의해 성장한 것으로서 신의 곁에 있었다. 이데아로 신은 조언했다.'

이데아의 영향력은 비례적이다. 과학의 대상으로서 이데아는 극소수의 사람들만이 접근할 수 있는 것이었다. 그러나 모든 사람들이 신앙심이나 열정에 의해 이데아의 영역에 오를 수도 있다. 그리고 누구든 이 신성한 본성에 접하면 어느 정도 신성해지기 마련이다. 이데아는 새로운 영혼처럼 육체를 새롭게 한다. 우리는 육체적으로 민첩하고 가벼워진다. 우리는 허공을 밟는다. 인생은 더 이상 지루하지 않으며, 우리는 인생이 앞으로도 결코 그렇지 않으리라 생각한다. 고요히 신성한 본성과 함께하기에 나이나 불행이나 죽음을 두려워하는 이도 없다. 왜냐하면 변화의 영역 밖으로 옮겨졌기 때문이다. 우리가 감추어지지 않은 모습으로 정의와 진리의 본성을 바라보면, 절대적인 것과 조건적이거나 상대적인 것 사이의 차이를 배우게 된다. 우리는 절대적인 것을 이해하게 된다. 말하자면, 처음으로 우리는 실존하게 된다. 우리는 영원불멸하게 된다. 왜냐하면 시간과 공간은 물질의 관계이고, 그것들이 진리의 지각이나 고결한 의지와는 어떤 밀접한 관계도 갖고 있지 않음을 우리가 깨닫기 때문이다.

5. 마지막으로, 이념의 실천 혹은 삶 속으로의 이념의 도입이라고 적절히 부를 수 있는 종교와 윤리는 자연의 격을 낮추고 자연이 정신에 의존하고 있음을 보인다는 점에서 일체의 저급한 자연의 훈육과 비슷한 영향을 준다. 윤리와 종교는 전자가 인간으로부터 시작하는 인간 의무의 체계이고, 후자는 신으로부터 시작된 인간 의무의 체계라는 점에서 다르다. 종교는 신의 실재성을 포함하지만 윤리는 그렇지 않다. 윤리와 종교는 현재 우리의 의도에는 동일하다. 양자는 모두 자연을 발아래 두고 있다. 종교의 최초이자 마지막 교훈은 '보이는 것들은 일시적이고, 보이지 않는 것들은 영원하다'는 것이다. 종교는 자연을 모독하고 있다. 종교는 철학이 버클리나 비아사에게 한 것을 교육받지 못한 사람들에게 행한다. 가장 무지한 종파의 교회에서도 들을 수 있는 한결같은 언어는 '실체가 없는 세상의 모습들을 경멸하라. 그것들은 허영이고 꿈이며 그림자이고 헛것이다. 종교의 실재를 구하라'이다. 독실한 신자는 자연을 조롱한다. 어떤 접신론자들은 마니교도와 플로티노스처럼 물질에 대해 일정한 적개심과 분노감을 갖고 있다. 그들은 자기들이 이집트의 환락을 조금이라도 되돌아볼 것이라고 믿지 않았다. 플로티노스는 그의 육체를 부끄러워했다. 요컨

대 그들 모두는 미켈란젤로가 외적인 아름다움에 관해 "그것은 신이 시간 속으로 불러들인 영혼을 감싸는, 해지기 쉽고 싫증 나는 옷이다."라고 말한 바대로 물질에 대해서도 말한다.

운동, 시, 자연과학, 지적 과학, 종교는 모두 외적 세계의 실재성에 대한 우리의 확신에 영향을 주는 경향이 있다. 그러나 모든 문화가 관념론을 고취하는 경향이 있다는 일반적인 주장의 세세한 내용들을 지나치게 상술하는 것에는 자연의 고마움을 모르는 측면이 있음을 나는 인정한다. 나는 자연에 아무런 적개심이 없고, 오히려 자연에 대해 어린아이와도 같은 사랑의 감정을 갖고 있다. 나는 옥수수와 멜론처럼 따뜻한 햇볕 아래 성장하며 살아간다. 자연을 바르게 얘기하자. 나는 나의 아름다운 어머니께 돌을 던지고 싶지 않고, 또한 나의 온화한 보금자리를 더럽히고 싶지도 않다. 나는 단지 인간과의 관계에서 자연의 진정한 위치―모든 바른 교육이 인간을 세우고자 하는―를 알리고 싶다. 왜냐하면 그곳에 이르는 것이 인생의 목적, 즉 인간과 자연의 결합이기 때문이다. 자연의 훈육을 통해 자연에 대한 저속한 견해가 뒤바뀌면서 우리는 늘 실재라고 부르던 것을 현상이라고 부르게 되고, 늘 환영이라고 부르던 것을 실재라고 부르게 된다. 어린아이들은 사실 외부 세계를 믿는다. 외부 세계가 단지 현상적으로 보일 뿐이라는 믿음은 나중에 생긴 생각이지만, 자연의 훈육으로 이 믿음은 외부 세계가 실재라고 여긴 첫 번째 믿음처럼 분명히 마음에 생겨난다.

관념론이 통속적인 믿음보다 나은 장점은 그것이 마음에 가장 바람직한 시각으로 정확하게 세계를 보여 주고 있다는 것이다. 이것은 사실 사변적 이성과 실천적 이성, 즉 철학과 도덕이 취하는 견해이다. 왜냐하면 사상의 관점에서 보면, 세계는 언제나 현상적이고 도덕은 세계를 마음에 종속시키기 때문이다. 관념론은 세계를 신(神) 속에서 본다. 그것은 사람과 사물, 행동과 사건, 나라와 종교를 완전한 원으로 보고 있다. 그 원환(圓環)은 노쇠하여 기어 다니는 과거 속에서 원자와 원자, 행위와 행위가 더해져 고통스럽게 쌓인 것이 아니라, 신이 영혼을 관조하기 위해 순간의 영원 위에 그려 넣은 거대한 그림이다. 따라서 영혼은 우주의 판을 지나치게 사소하고 미세하게 연구하는 것을 피하는 법이다. 영혼은 그 목적을 너무 존중하여 수단에 빠지진 않는다. 영혼은 교회사의 추문이나 비평의 미묘함보다는 기독교에서 중요한 어떤 것을 본다. 그리고 사람이나 기적에 관해서는 거의 관심을 두지 않고, 역사적 증거의 결여에도 조금도 동요되지 않는다. 영혼은 현상을 보이는 그대로, 세계의 순수하고도 외경스러운 형식의 종교로서 신으로부터 받아들인다. 영혼은 행운이나 불행이라고 부르는 것이 나타나도, 다른 사람들이 화합하거나 대립하여도 화내거나 격분하지 않는다. 어느 누구도 영혼의 적이 아니다. 영혼은 행동가라기보다는 관조자이고, 보다 잘 지켜보기 위해서만 행동가가 된다.

07

정신

자연과 인간에 대한 바른 이론은 어느 정도 진보적인 내용을 반드시 포함해야 한다. 소진되거나 소진될지도 모르는 효용들과 언어로 표현됨으로써 끝나 버리는 사실들은, 인간이 머물고 있으며 그의 모든 능력들이 적절하게 그리고 끝없이 발휘될 이 지상의 멋진 숙소에 해당되는 모든 것일 수는 없다. 그리고 자연의 모든 효용들은 요컨대 인간의 활동에 무한한 영역을 만드는 것이라고 할 수 있다. 만물의 주변과 변경에 이르기까지 자연의 모든 왕국을 통해 자연은 그 근원이 되는 원인에 충실하다. 자연은 언제나 정신을 말한다. 자연은 절대적인 것을 암시한다. 자연은 영원한 결과이다. 자연은 우리 뒤의 태양을 언제나 가리키는 위대한 그림자이다.

자연의 모습은 경건하다. 예수의 모습처럼 자연은 고개를 숙이고 두 손을 가슴 위에 포개고 서 있다. 가장 행복한 사람은 자연으로부터 신앙의 교훈을 배우는 자이다.

우리가 '정신'이라고 부르는 형용할 수 없는 본질에 관해 가장 많이 생각하는 사람은 가장 적게 말하는 사람이다. 우리는 자연의 조야한, 말하자면 아득한 현상 속에서 신을 예견할 수 있다. 그러나 우리가 신을 정의하고 묘사하려 할 때면 언어와 사상이 모두 우리를 저버리고, 우리는 바보와 야만인처럼 무능력해진다. 그 본질은 명제로 기록되지 않는다. 하지만 인간이 신을 지적으로 숭배해 왔다면, 자연이 하는 가장 고상한 봉사는 신의 환영처럼 서 있는 것이다. 자연은 보편적 정신이 개인에게 말하게 하고, 그 개인을 다시 자연으로 이끌고자 애쓰는 기관이다.

영혼을 고려할 때, 우리는 이미 제시된 견해들이 인간의 전체 영역을 포함하지 않는다는 걸 안다. 우리는 관련된 생각들을 덧붙여야 한다.

세 가지 의문들이 자연에 의해 마음에 제기된다. 물질은 무엇인가? 어디에서 온 것인가? 그리고 어디로 가는 것인가? 관념론은 이 의문들 중 첫 번째 의문에만 답한다. 관념론은 말한다. 물질은 실체가 아니라 현상이다. 관념론은 우리에게 우리 자신의 존재의 증거와 세상의 존재의 증거는 완전히 불일치한다는 것을 알려 준다. 전자는 완전하고, 후자는 확신할 수 없다. 마음은 만물이 지닌 본성의 일부분이다. 세상은 신성한 꿈이며, 그 꿈으로부터 우리는 바로 하루의 영광과 확실성을 깨운다. 관념론은 목수일과 화학의 원리들과 다른 원리들을 통해 자연을 설명하는 가설이다. 하지만 만약 관념론이 단지 물질의 존재를 부인한다면, 그것은 정신의 요구들을 만족시키지 못한다. 관념론은 내게서 신을 쫓아냈다. 그것은 나를 내 지각 작용의 화려한 미로 속에 남겨 두어 끝없이 헤매게 한다. 그러면 마음은 관념론에 저항하는데, 관념론이 실체적 존재를 사람들에게 부정함으로써 감정을 방해하기 때문이다. 자연은 인간의 삶에 매우 널리 퍼져 있기에 전체와 모든 개체 속에 인간성의 일면이 존재한다. 그러나 이 이론은 자연을 내게 낯설게 만들고, 우리가 자연에 대해 인정하는 그 혈연관계를 설명하지 못하고 있다.

그렇다면 현재 우리의 지식 상태에서 관념론은 단지 영혼과 세계의 영원한 차이를 우리에게 알리는 데 이바지하는 유용한 예비 가설이라고 여기도록 하자.

그러나 사고의 보이지 않는 발자국을 따라 물질이 어디에서 오는지, 그리고 어디로 가는지를 묻게 될 때 많은 진실들이 의식의 깊은 곳으로부터 우리에게 모습을 드러낸다. 우리는 지고의 존재가 인간의 영혼에 현존하고, 그 외경할 만한 보편적 본질은 지혜도 사랑도 미도 권능도 아닌 일체화된 전체이자 완전한 개체이고, 만물은 그 때문에 존재하며 그것에 의해 존재하는 것임을 알게 된다. 또한 정신이 창조한다는 것과 자연의 배후에서 그리고 자연을 통해서 정신이 실재하며, 단일하고 복합적이지 않은 그것은 외부로부터, 즉 시간과 공간 속에서 우리에게 작용하는 것이 아니라 정신적으로 우리 자신을 통해 작용한다는 것을 알게 된다. 따라서 정신, 즉 최상의 존재는 우리 주위에 자연을 쌓아 올리는 대신, 마치 나무의 생기가 오래된 가지의 기공을 통해 새로운 가지와 잎을 만들어 내듯이 우리를 통해 자연을 드러내는 것이다. 식물이 지상 위에 있듯이, 인간은 신의 가슴 위에 기대고 있다. 인간은 마르지 않는 샘에 의해 자양분을 받고 그의 필요에 따라 고갈되지 않는 힘을 얻는다. 누가 인간의 가능성에 제한을 둘 수 있겠는가? 정의와 진리의 절대적 본성을 볼 수 있도록 허용되어 있기 때문에, 한번 하늘의 공기를 마시고 나면 우리는 인간이 창조자의 온 마음에 접할 수 있고 그 자신이 유한한 세계의 창조자가 될 수 있음을 안다. 이 견해는 내게 지혜와 힘의 근원이 어디에 놓여 있는지를 깨우쳐 주고, '영원의 궁전을 여는 황금 열쇠'를 가리키듯이 도덕을 칭하며 진리의 최고 증서를 그 얼굴에 지니고 다닌다. 왜냐하면 그것은 내게 활기를 불어넣어 내 영혼을 정화함으로써 나 자신의 세계를 창조하도록 하기 때문이다.

　세계는 인간의 육체와 마찬가지로 정신으로부터 생겨난다. 세계는 신을 보다 멀고 열등하게 구현한 것, 즉 무의식 속에 신을 투영한 것이다. 그러나 세계는 한 가지 중요한 면에서 육체와 다르다. 세계는 육체와 달리 현재 인간의 의지에 종속되지 않는다. 세계의 고요한 질서는 우리가 거역할 수 없다. 따라서 세계는 우리에게 신성한 마음을 풀이하는 현재의 설명자이다. 세계는 우리가 신으로부터 얼마나 벗어났는지를 재는 정점(定點)이다. 타락

할수록 우리와 우리의 집 사이의 대조는 보다 선명해진다. 우리는 신으로부터 낯선 이가 되는 만큼 자연에서 이방인이 된다. 우리는 새의 노래를 이해하지 못한다. 여우와 사슴은 우리에게서 달아나고, 곰과 호랑이는 우리를 찢어 죽인다. 우리는 옥수수와 사과, 감자, 포도와 같은 몇 가지 식물들의 효용밖에는 모른다. 어디를 보나 장엄한 풍경은 신의 모습이 아니던가? 하지만 이것은 인간과 자연 사이에 존재하는 부조화가 어떠한지를 보여 준다. 왜냐하면 들판에서 열심히 땅을 파고 있는 노동자들 옆에서 당신은 고상한 풍경을 자유롭게 찬미할 수 없기 때문이다. 시인은 인간의 모습에서 벗어날 때까지 그의 기쁨 속에 뭔가 우스꽝스러운 것이 있음을 발견한다.

o8

전망

세계의 법칙과 만물의 구조에 관한 질문들 속에서, 최고의 이성은 언제나 가장 진실하다. 매우 정제되어 있어서 어렴풋하게 가능해 보이는 이성은 종종 아련하고 희미하다. 왜냐하면 그것은 마음속의 영원한 진리 가운데에 자리 잡고 있기 때문이다. 실증과학은 시야를 흐리기 쉽고, 작용과 과정에 관한 바로 그 지식 때문에 연구자가 전체에 관해 과감한 관찰을 하지 못하게 만드는 경향이 있다. 학자는 시적일 수 없게 된다. 그러나 진리에 완전하고 경건한 주의를 기울이는 가장 조예 깊은 자연사학자는 세계와의 관계에 관해 배워야 할 게 많이 남아 있다는 것과 그것이 알려진 분량을 더하거나 빼거나 혹은 비교함으로써 배울 수 있는 것이 아니라 자연스러운 영혼의 용솟음, 계속적인 자기 회복, 그리고 완전한 겸손에 의해 도달될 수 있음을 알게 될 것이다. 그는 학자에게 정확성과 절대적 확실성보다 훨씬 뛰어난 자질들이 많이 있다는 것, 짐작이 종종 논박할 수 없는 확언보다 효과적이라는 것, 그리고 꿈이 백 번의 일치된 실험보다 더 깊이 자연의 비밀 속으로 우리를 안내한다는 사실을 지각하게 될 것이다.

사실 해결해야 할 문제들은 생리학자와 자연사학자가 진술을 생략한 바로 그 문제들이다. 동물의 왕국을 이루는 모든 개체들을 아는 것은 인간에게 매우 적절치 못하다. 오히려 만물을 영원히 분리하고 분류하여 극히 다양한 것을 하나의 형태로 줄여 나가려고 노력하는 인간의 성향 속에 있는 이 압제적인 통일성이 어디에서 와서 어디로 가는가를 아는 것이 지당하다. 내가 화려한 풍경을 바라볼 때, 지층의 순서와 중첩을 올바르게 말하는 것보다 어떠한 이유로 다양한 생각들이 통일성의 고요한 느낌 속에서 상실되는지를 아는 것이 나의 목적에 더 부합된다. 사물과 사고 사이의 관계를 설명하는 암시가 없는 한, 또한 꽃, 조개, 동물, 건축등의 형태와 마음의 관계를 보여 주며 관념 위에 과학을 세우려는 패류학(貝類學), 식물학, 예술의 형이상학을 비추어 줄 어떠한 희망의 빛도 없는 한, 나는 세부 사항들 속의 정밀성을 크게 존중할 수 없다. 자연사의 진열장에서 우리는 가장 다루기 힘들며 기묘한 형태를 지닌 짐승, 물고기, 곤충을 바라보며 어떤 신비한 인식과 공감을 느끼게 된다. 자기 나라 안에서 외국의 모델을 좇아 설계된 건물들만을 보아 온 미국인은 요크 대성당이나 로마의 성 베드로 성당에 들어서는 순간 이 건축물도 모방, 즉 보이지 않는 원형(原型)의 희미한 모사물이라는 느낌을 받고 놀라게 된다. 자연사학자가 인간과 세계 사이에 존속하는 놀라운 조화를 간과하는 한, 과학은 충분한 인간성을 갖지 못한다. 인간은 세상의 주인이다. 그것은 인간이 가장 영민한 거주자이기 때문이 아니라, 인간이 세상의 머리이자 가슴이며 크고 작은 모든 것에서, 모든 산의 지층에서, 관찰과 분석에 의해 드러나는 색깔의 모든 새로운 법칙과 천문학적 사실 또는 대기의 영향 속에서 자신의 일면을 발견하기 때문이다. 이러한 신비의 지각은 17세기의 아름다운 찬송가 작가인 조지 허버트의 시상에 영감을 주었다. 다음 시행들은 인간에 관한 그의 단시(短詩)의 일부분이다.

인간은 완전히 균형을 이루고
조화로 가득한 채, 사지는 각기 다른 사지와
온몸은 그 밖의 세계와 어울리네.
각 부분은 가장 먼 것도 형제라고 부를 수 있지.
머리와 발은 내밀한 우호관계를 갖고 있고
그 둘은 달과 조수와도 사이가 좋기 때문이지.

아무리 멀리 떨어진 것도
인간은 사로잡아 자신의 먹이로 삼고,
인간의 두 눈은 아무리 높은 별도 따지.
인간은 작은 천체.

풀이 우리의 육신을 기꺼이 치료하는 까닭은

그 속에서 아는 이를 발견하기 때문이지.

우리를 위해, 바람은 불고

지상은 휴식을 취하고, 하늘은 움직이며, 샘물은 넘쳐흐르지.

우리가 보는 것은 모두 이로움을 뜻하지.

우리의 기쁨 또는 우리의 보물로서.

전체가 우리네 음식의 찬장이거나

기쁨의 진열장이라네.

별들은 우리를 침실로 인도하고

밤은 커튼을 내리고 태양은 그것을 걷는다네.

음악과 빛은 우리의 머리를 섬기지.

만물은 하강하여 존재할 때

우리의 육신에 친절하고,

상승하여 원인이 될 때 우리의 마음에 다정하지.

알 수 있는 것보다

더 많은 하인들이 인간을 모시지. 모든 여로에서,

병으로 창백하고 힘이 없을 때

인간은 자신에게 도움이 되는 길을 걷는다네.

오 위대한 사랑이여! 인간은 한 세계이면서

자신을 섬기는 또 다른 세계를 갖고 있다네.

　이런 종류의 진리를 지각하는 것은 사람들을 과학으로 이끄는 매력으로 작용하지만, 수단에 주의를 기울이면 목적이 상실된다. 과학의 시각이 불완전하다는 점을 떠올린다면, "시가 역사보다 생생한 진실에 가깝다."는 플라톤의 말을 수긍하게 된다. 마음에서 우러나오는 추측과 예언은 어느 정도 중시될 만하다. 우리는 가치 있는 암시가 전혀 없는 요약된 학문 체계보다는 불완전한 이론이지만 진리의 섬광을 담고 있는 문장을 더 좋아하게 되었다. 현명한 작가는 아직 발견되지 않은 사상의 영역을 알리고 희망을 통해 마비된 영혼에 새로운 활력을 전함으로써 연구와 저술의 목적이 가장 잘 충족될 수 있다는 사실을 깨달을 것이다.

　따라서 나는 인간과 자연에 관한 몇 가지 전언(傳言)으로 이 에세이를 결론 맺고자 한다. 그것은 어떤 시인이 내게 읊어 준 것으로, 언제나 세상에 있어 왔고 아마도 모든 시인에게 다시 나타날 것이기 때문에 역사이면서 동시에 예언이라고 볼 수 있다.

　"인간의 토대는 물질에 있지 않고 정신에 있다. 그러나 정신의 구성요소는 영원성이다. 그러므로 정신에게는 아무리 길게 이어진 사건도, 아무리 오래된 연대기도 오래지 않은 최근의 것이다. 이미 알려진 개인들을 낳게 한 보편적인 인간의 순환 주기에서 보면, 수 세기도 점에 지나지 않고 모든 역사는 단지 퇴락의 한 시기에 불과하다.

우리는 내면적으로 자연과의 감응을 불신하고 부정한다. 우리는 자연과의 관계를 인정하다가도 뒤이어 부정하기를 반복한다. 우리는 폐위되어 이성을 잃고 소처럼 풀을 먹는 네부카드네자르(느부갓네살) 왕과 같다. 그러나 누가 정신의 치유력에 제한을 둘 수 있겠는가?

인간은 퇴락한 신이다. 사람이 순수할 때 생명은 더 길어지고, 우리가 꿈에서 깰 때처럼 조용히 불멸 속으로 들어갈 것이다. 그러나 혼란이 수백 년간 지속된다면 세상은 미쳐 날뛸 것이다. 죽음과 유년만이 이를 억제할 수 있다. 유년은 영원한 메시아로, 타락한 인간들의 품속에 들어가 천국으로 돌아가라고 그들을 설득하고 있다.

인간은 제 스스로 난쟁이가 되었다. 한때 인간은 정신에 의해 충만해지고 용해되었다. 그는 넘쳐흐르는 생기로 자연을 가득 채웠다. 그로부터 해와 달이 솟아올랐는데, 남자로부터 해가, 여자로부터 달이 생겼다. 인간의 마음의 법칙과 행동의 주기는 낮과 밤으로, 한 해와 사계절로 구현되었다. 그러나 인간은 홀로 이 거대한 외피를 만들어 왔고, 그의 조수는 이제 사라졌다. 그는 더 이상 수로와 세류(細流)를 채우지 못한다. 그는 한 방울로 축소되었다. 그는 천지의 구조가 아직도 자신에게 적합하나 너무 크다는 것을 안다. 말하자면, 전에는 꼭 맞았으나 이제는 멀리서 그리고 높은 곳에서 그와 상응한다. 그는 소심하게 자신의 작품을 숭배한다. 이제 남자는 해의 추종자가 되었고, 여자는 달의 추종자가 되었다. 그러나 인간은 때때로 잠에서 깨어나 그 자신과 그의 집을 의아하게 생각하고, 그와 집 사이의 유사성을 이상하게 바라보며 생각에 잠긴다. 비록 그의 법칙이 아직도 최고라 해도, 여전히 자연력의 요소를 갖고 있다 해도, 그의 말이 본성에 있어서는 아직도 순수한 것이라 해도, 그것은 의식의 힘이 아니며 그의 의지보다 뒤떨어지지 않고 더 낫다는 사실을 그는 지각한다. 그것은 본능이다."

오르페우스 같은 나의 시인은 이렇게 읊었다.

현재 인간은 자신이 지닌 힘의 절반만을 자연에 사용하고 있다. 그는 오성만으로 세상에서 일한다. 그는 얄팍한 지혜로 세상 속에 살면서 세상을 정복한다. 그러므로 세상에서 가장 많은 일을 하는 자는 단지 반쪽짜리 인간일 뿐이다. 비록 두 손은 강하고 소화력은 좋으나 마음은 야만적이다. 그는 이기적인 야만인이다. 자연에 대한 인간의 관계와 자연에 대한 그의 영향력은 비료에 의한 것처럼, 오성을 통한 것이다. 불, 바람, 물의 경제적 이용과 선원의 나침(羅針), 증기, 석탄, 화학 농법, 치과의사와 외과의사에 의한 인체의 치료 등도 그렇다. 이것은 추방당한 왕이 바로 왕위로 등극하는 대신에 자신의 영토를 조금씩 사들이는 것과 같이 그 힘을 회복하는 것이다. 그러는 동안 짙은 어둠 속에서 오성뿐만 아니라 이성으로 인한 보다 밝은 광명의 반짝임들—때때로 인간이 모든 힘을 다해 자연에 영향을 미치는 예들—이 나타나지 않는 것은 아니다. 그러한 예들로는 모든 나라에 내려오는 태곳적 기적의 전설, 예수 그리스도의 전기, 종교 혁명과 정치 혁명, 노예 매매의 철폐에서 볼 수 있는 어떤 신념의 성취, 스베덴보리, 호헨로헤, 셰이커 교도[10] 등이 전하는 광신의 기적들, 현재 동물자기(動物磁氣)라는 이름으로 정리된 모호하고 논쟁적인 많은 사실들, 기도, 웅변, 자가 치료, 어린아이들의 지혜 등이 있다. 이것들은 이성이 일시적으로 주권을 쥔 예들로, 시간이나 공간 속에 존재하는 힘의 작용이 아니라 즉각적으로 흘러들어 오는 어떤 원동력이 발휘된 경우이다. 인간의 현실적 힘과 관념적 힘 사이의 차이는 스콜라 철학자들이 적절히 비유하여 말했다. 인간의 지식은 '저녁의 지식'이지만, 신의 지식은 '아침의 지식'이다.

세계에 원초적이고 영원한 아름다움을 회복시키는 문제는 영혼의 구원에 의해 해결된다. 자연을 바라볼 때 우리가 보는 폐허나 공허함은 우리 자신의 눈 속에 있다. 시각의 축은 만물의 축과 일치하지 않는다. 그래서 만물은 투명하지 않고 불투명하게 보인다. 세계가 통일성을 잃고 분열되어 쓰레기 더미로 쌓여 있는 이유는 인간이 그 자신과 분열되었기 때문이다. 인간은 정신의 모든 요구를 만족시킬 때 비로소 자연주의자가 될 수 있다. 사랑은 지각과 마찬가지로 정신의 요구이다. 실로 어느 한쪽도 다른 쪽

---

10 호헨로헤는 19세기 독일의 신부로, 기도를 통해 기적적인 치료를 행한 것으로 유명해졌다. 셰이커 교도는 18세기 중엽 미국에 등장한 독신주의 성향의 종교집단으로서 종교의식 중에 몸을 흔드는 춤을 춘다고 하여 '셰이커(Shaker)'라고 불렀다.

이 없이는 완전해질 수 없다. 언의의 궁극적인 의미에서 보면, 사상은 신앙심이고 신앙심은 사상이다. 심연은 심연을 찾는 법이다. 그러나 실제 삶 속에서 양자의 결합은 이루지지 않는다. 선조의 전통에 따라 신을 모시는 순진한 사람들이 있지만, 그들의 예배의식은 아직 그들의 모든 능력을 사용하는 데까지 이르지 못했다. 그리고 끈기 있는 자연주의자들도 있지만, 그들은 대상을 오성의 싸늘한 빛으로 얼려 버리고 있다. 기도 또한 진리의 탐구, 곧 미지의 무한한 세계로 들어가는 영혼의 돌진이 아닌가? 진심으로 기도하는 사람은 늘 뭔가를 배울 것이다. 그러나 어떤 충실한 사상가가 개인적 관계로부터 모든 대상을 확고하게 떼어내 그것을 사상의 빛에 비추어 보며, 동시에 과학을 가장 성스러운 감정의 불길로 타오르게 한다면 신이 나타나 새롭게 창조에 임하실 것이다.

진리를 탐구할 마음의 준비가 되어 있다면 대상들을 찾아다닐 필요가 없을 것이다. 지혜의 변하지 않는 특징은 평범함 속에서 기적을 보는 것이다. 하루는 뭔가? 1년은 뭔가? 여름은 뭔가? 여자는 뭔가? 아이는 뭔가? 잠은 뭔가? 우리의 무지함에는 이러한 것들이 아무런 감응도 주지 못하는 것 같다. 우리는 사실의 적나라함을 숨기고, 그것을 요컨대 마음의 보다 높은 법칙에 순응시키기 위해 우화를 만든다. 그러나 사실이 이데아의 빛에 드러나면 번지르르한 우화는 빛을 잃고 시든다. 우리는 진정으로 높은 법칙을 보게 된다. 그러므로 현자에게 사실은 진정한 시이며, 가장 아름다운 우화이다. 이러한 경이들이 우리 자신의 문에 이르게 되었다. 그대 또한 인간이다. 남자와 여자 그리고 그들의 사회 생활, 가난, 노동, 잠, 두려움, 운명 등은 모두 그대에게 알려진 것들이다. 이러한 것들 중에서 그 무엇도 피상적인 것은 없으며, 각각의 현상은 마음의 능력과 감정 속에 그 뿌리를 두고 있음을 배워라. 추상적인 의문이 그대의 지성을 사로잡고 있는 동안, 자연은 그것을 실체 속에 드러냄으로써 그대의 손을 통해 해결되게 한다. 우리가 겪는 매일의 역사를 마음속에서 일어나고 진행되는 관념들과 비교하는 일, 특히 삶의 커다란 위기에서 하나하나 비교하는 일은 서재에서 할 수 있는 현명한 탐구이리라.

이렇게 해서 우리는 세계를 새로운 눈으로 바라보게 될 것이다. 세계는 교화된 의지에 복종함으로써 '무엇이 진리인가?'라는 지능의 끊임없는 의문과 '무엇이 선(善)인가?'라고 제기하는 감정의 의문에 답하게 될 것이다. 그리하여 나의 시인이 한 말에 이르게 될 것이다.

자연은 고정되어 있지 않고 유동적이다. 정신은 자연을 변화시키며 형성하고 만든다. 자연이 고정되고 야만적으로 보이는 것은 정신이 부재하기 때문이다. 순수한 정신에 대해 자연은 유동적이고 변하기 쉬우며 유순해진다. 모든 정신은 스스로 하나의 집을 짓고 그 집 너머에 하나의 세계를, 그 세계 너머에 하나의 하늘을 건설한다. 이제 세계가 그대를 위해 존재하고 있음을 알

라. 현상세계가 완전한 것은 그대를 위해서이다. 우리가 무엇인지는 우리가 어느 정도 볼 수 있느냐에 달려 있다. 아담이 가졌던 모든 것을, 카이사르가 할 수 있었던 모든 것을 그대도 가졌으며 또한 할 수 있다. 아담은 그의 집을 하늘과 땅이라 불렀다. 카이사르는 그의 집을 로마라 불렀다. 그대는 아마도 그대의 집을 구둣방, 1백 에이커의 경작지, 또는 학자의 다락방이라고 부를 것이다. 비록 아름다운 이름이 없을지라도 그대의 영토는 테두리면 테두리, 지점이면 지점, 모두가 아담이나 카이사르의 영토 못지않게 위대하다. 그러므로 그대 자신의 세계를 건설하라. 그대가 가능한 한 빨리 그대의 삶을 마음속의 순수한 이데아에 순응시키면, 그대의 세계는 그 거대한 부분을 드러낼 것이다. 정신의 유입에 수반하여 그에 상응하는 사물의 혁명이 일어날 것이다. 불쾌한 모습들, 돼지, 거미, 뱀, 역병, 정신병원, 감옥, 적들이 매우 빠르게 사라질 것이다. 이것들은 일시적인 것일 뿐 더 이상 보이지 않을 것이다. 자연의 더러움과 추함을 태양이 말라붙게 하고 바람이 날려 버릴 것이다. 여름이 남쪽에서 찾아와 눈 덮인 둑이 녹고 대지의 모습이 그 앞에서 푸르러지면, 전진하는 정신은 가는 길에 장식을 만들고, 그가 방문하는 곳의 아름다움과 대지를 기쁘게 하는 노래를 함께 가져갈 것이다. 정신은 나아가는 길 주위에 아름다운 얼굴, 따스한 마음, 현명한 대화, 영웅적 행동을 끌어들여 마침내 악은 더 이상 보이지 않게 된다. 관찰로 생겨난 것이 아닌, 자연 위의 인간의

왕국—이제는 신에 대한 인간의 꿈 너머에 있는 영역—으로, 점차 완전한 시력을 회복해 가는 맹인이 느끼는 것 못지않은 경이감에 가득 찬 채 그는 들어설 것이다.

자립

그대를 그대 밖에서 찾지 말라.

인간은 자기 자신의 별, 그리고 영혼은

정직하고 완벽한 인간을 만들 수 있으며,

모든 빛과 모든 영향력과 모든 운명을 지배한다.

너무 빠른 일도 너무 늦은 일도 그에게는 일어나지 않으리.

우리의 행위는 우리의 천사, 선이든 악이든,

우리의 운명적인 그림자는 언제나 우리를 따르리라.

— 보몬트와 플레처, 《정직한 자의 운명》의 에필로그

그 꼬마를 바위에 내던져 버려

암늑대의 젖꼭지로 젖을 먹이며

독수리와 여우와 함께 겨울을 나게 하고

손과 발이 힘차고 빠르게 되게 하라.

나는 일전에 어느 유명한 화가가 지은 독창적이고 관습적이지 않은 몇 편의 시들을 읽었다. 그 주제가 무엇이든 간에, 영혼은 언제나 그런 시행들 속에서 가르침을 듣는다. 시행 속에 들어 있는 감정은 그 안에 포함될 수 있는 어떤 사상보다 가치가 있다. 자신의 생각을 믿는 것, 자신의 마음속에서 자기에게 옳은 것이 모든 사람들에게도 옳다고 믿는 것, 그것이 천재이다. 그대의 내면에 깃든 신념을 말하라. 그러면 그것은 보편적 의미가 될 것이다. 왜냐하면 가장 내적인 것이 때가 되면 가장 외적인 것이 되고, 우리의 최초의 생각은 최후의 심판의 나팔 소리에 의해 우리에게 다시 돌아오기 때문이다. 비록 마음의 목소리가 각자에게 친숙하게 들리지만, 우리가 모세, 플라톤, 밀턴에게 돌리는 최고의 장점은 그들이 책과 전통을 무시하고 사람들이 생각하는 것이 아닌 그들이 생각하는 것을 말했다는 점이다. 인간은 시인과 현인들이 전하는 천계의 영광보다는, 그의 마음을 가로질러 내부에서 번뜩이는 빛의 반짝임을 간파하고 바라보는 법을 배워야 한다. 하지만 인간은 예고 없이 자신의 사상을 그것이 자신의 것이라는 이유로 내던져 버리고 만다. 모든 천재의 작품에서 우리는 우리 자신이 버린 생각들을 인식하게 된다. 그것들은 일종의 소외된 장엄함으로 우리에게 되돌아온다. 위대한 예술 작품들도 이보다 더한 감동적인 교훈을 우리에게 주진 못한다. 그것들은 모든 사람의 목소리가 다른 편에 있는 때일수록 불굴의 정신으로 스스로의 자발적 인상을 지키라고 우리에게 가르친다. 그렇지 않으면 내일 낯선 이가 우리가 항상 생각하고 느꼈던 바를 제법 명인처럼 분별 있고 정확하게 말할 것이고, 우리는 부끄럽게도 다른 이로부터 우리 자신의 견해를 받아들일 수밖에 없게 될 것이다.

누구나 교육의 과정 속에서 다음과 같은 사실을 확신하는 때가 있다. 질투가 무지이고, 모방은 자살이며, 좋건 나쁘건 스스로를 자신의 운명으로 받아들여야 하고, 비록 광활한 우주가 유익한 것으로 가득 찼을지라도 자신에게 주어진 그 작은 땅덩어리를 경작하는 노고가 없다면 양식이 되는 곡식 한 톨도 자신에게 주어질 수 없다는 사실 말이다. 자신에게 존재하는 힘이 자연에는 새로운 것이고, 자신이 할 수 있는 것이 무엇인지는 그 자신을 제외하고 누구도 알 수 없으며, 그 또한 해 보기 전에는 알지 못하는 법이다. 하나의 얼굴, 하나의 성격, 하나의 사실이 그에게 많은 인상을 주고, 반면에 다른 것은 전혀 인상을 주지 않는 데는 이유가 있다. 기억 속에 이렇게 이미지화되는 것은 미리 확립된 조화가 없이는 불가능하다.[1] 한 줄기 빛이 떨어지는 곳에 눈이 머무는 것은 그 특별한 빛을 입증하기 위해서이다. 우리는 자신을 반밖에 표현하고 있지 않으며, 각자가 나타내는 신의 관념을 부끄러워하고 있다. 신의 관념이 충실하게 전달되는 만큼 조화를 이루고 좋은 결과를 가져올 것이라며 안심하고 믿을 수 있겠지만, 신은

---

1 어떤 것이 특정한 이미지를 우리에게 준다는 것은 우리의 마음속에 그렇게 느끼게 만드는 구별된 의식구조가 이미 있다는 말이다.

결코 비겁자들에 의해 신의 역사가 이루어지게 두지 않을 것이다. 인간은 자신의 일에 온 마음을 쏟고 최선을 다했을 때 마음이 안정되고 즐거워진다. 그러나 그가 말하거나 행동한 것이 그렇지 않을 때 그는 어떤 마음의 평화도 얻지 못할 것이다. 그것은 구원하지 못하는 구원이다. 그러한 시도 속에서는 그의 천재가 그를 등지고, 어떠한 뮤즈도 도움이 되지 못하며, 어떤 발명도 어떤 희망도 없게 된다.

그대 자신을 믿어라. 모든 이의 마음은 그 철의 현에 감동하여 울리는 법이다. 신의 섭리가 그대를 위해 마련한 그 위치, 그대의 동시대인들이 있는 사회, 세상사의 관계를 받아들여라. 위대한 사람들은 언제나 그렇게 해 왔고, 그 시대정신에 어린아이처럼 의지하면서 절대적으로 믿을 수 있는 것이 그들의 마음속에 자리하고 있고, 그들의 손을 통해 작용하며, 그들의 전 존재에 지배적인 역할을 하고 있다는 인식을 드러내 왔다. 그리고 우리는 현재 인간이므로 가장 숭고한 마음으로 동일한 초절적 운명[2]을 받아들여야만 한다. 또한 우리는 구석에서 보호받고 있는 미성년자나 병자, 혁명 앞에서 도망가는 비겁자가 아니라, 전능하신 신의 노고에 복종하고 혼돈과 어둠을 나아가는 안내자이자 구원

---

2 에머슨의 철학을 초절주의(超絶主義)라 한다. 현실을 등지고 내세를 지향하는 초월주의와는 달리 에머슨의 초절주의는 현실 속에서 자신에게 주어진 운명을 수용하고 극복, 초월하려는 양면적 의식을 보인다. 여기서 초절적 운명이란 인간이 불가피하게 처할 수밖에 없는 양면적 상황을 지칭한다.

자이고 은혜를 베푸는 자이다.

이러한 맥락에서 자연은 아이들, 갓난아기들, 심지어 짐승들의 얼굴과 행동 속에서 얼마나 훌륭한 계시를 주고 있는가! 이들은 분열되고 거역하는 마음, 우리의 계산법으로 우리의 목적에 반대되는 힘과 수단을 따지는 데서 생기는 감정의 불신을 갖고 있지 않다. 그들의 마음은 있는 그대로이기 때문에 그들의 눈은 아직 정복당한 일이 없으며, 그들의 얼굴을 들여다보고 있노라면 우리는 당혹스러워진다. 유아는 누구에게도 순응하지 않는다. 모두가 유아에게 순응하게 된다. 그래서 갓난아이 한 명이 보통 네다섯 명의 어른들을 자신에게 재잘거리며 재롱떨게 만든다. 신은 소년과 청년과 장년도 마찬가지로 그들만의 개성과 매력으로 무장시키고 부러움과 선망의 대상이 되도록 만들어 그들이 스스로를 고수하는 한 그들의 주장도 무시되지 않게끔 했다. 젊은이가 그대와 내게 말을 할 수 없다고 해서 그가 힘이 없다고 생각하지 마라. 들어 보라. 옆방에서 나는 그의 목소리는 충분히 또렷하고 힘차다. 그는 자신의 동기생들에게 말하는 법을 알고 있는 것 같다. 그런 다음 그는 수줍은 태도로, 혹은 대담하게 우리 연장자들을 매우 쓸모없게 만드는 법을 알게 될 것이다.

식사 시간을 분명히 알고, 마치 군주처럼 사람들의 환심을 사기 위해 어떤 행동을 하거나 말하는 것을 경멸하는 어린이들의 무관심은 건강한 인간성의 태도이다. 거실에 있는 소년은 극장에 있는 관객과 같다. 독립적으로 무책임하게 구석에 앉아 지나가는 사람들과 사실들을 바라보며, 각각의 장점들에 관해 아이답게 재빠르고 간략한 방식으로 좋다, 나쁘다, 흥미 있다, 어리석다, 감동적이다, 귀찮다 등등으로 평가하고 판단을 내린다. 그는 결코 결과나 이해관계 때문에 괴로워하지 않는다. 그는 독립적이며 진실한 판단을 내린다. 그대가 그에게 구애해야 한다. 그는 그대에게 구애하지 않는다. 그러나 인간이란 이른바 자신의 의식에 의해 감옥에 갇힌 존재이다. 일단 박수갈채를 받으며 행동하거나 말하게 되면, 인간은 곧바로 의식적인 존재가 되어 수많은 사람들의 공감이나 혐오에 의해 주목받게 되므로 그들의 감정을 고려할 수밖에 없게 된다. 이 점에 있어서 망각의 강은 없다. 아, 그가 다시 중립적인 상태로 돌아갈 수 있으면 좋으련만! 따라서 모든 약속을 피하고, 한결같이 흔들리지 않으며, 편견이 없고, 돈에 매수되지 않고, 두려워하지 않는 순수함으로 말해 왔고 다시 말할 수 있는 사람은 언제나 무서운 사람임이 틀림없다. 그는 일어나는 모든 일들에 대해 의견을 말할 터이고, 그것이 사사롭지 않고 필요한 것으로 보인다면 마치 화살처럼 사람들의 귀에 파고들어 그들을 두렵게 만들 것이다.

이러한 소리들은 우리가 홀로 있을 때면 들려오지만 세상 속에 들어가면 그 소리들은 점점 희미해지고 들을 수 없게 된다. 사회는 어느 곳에서든 간에 그 구성원 각자가 지닌 인간성에 반하는 음모를 꾸미고 있다. 사회는 일종의 주식회사로, 그 구성원들은 각 주주에게 주어지는 자신의 빵을 보다 잘 확보하기 위해 빵을 먹는 자의 자유와 교양을 포기하는 데 동의하고 있다. 사회에서 가장 요구되는 덕목은 순응이다. 자립은 사회가 혐오하는 것이다. 사회는 사실과 창조자들 대신 이름과 관습을 좋아한다.

인간이 되고자 한다면 누구나 비순응주의자가 되어야 한다. 불멸의 영예를 얻고자 하는 자는 선이라는 이름에 방해받지 말고, 그것이 과연 선한 것인지 탐구해야 한다. 결국 자신의 마음의 고결함 이외에 신성한 것은 없다. 자신에게 무죄를 선언하라. 그러면 그대는 세상의 동의를 얻을 것이다. 나는 매우 어렸을 때 교회의 낡아 빠진 교리를 가지고 나를 늘 성가시게 했던 존경하는 조언자에게 할 수밖에 없었던 대답을 기억하고 있다. "내가 전적으로 내면의 마음으로 산다면, 전통의 신성함이 내게 무슨 소용이 있겠습니까?" 내가 그렇게 말하자, 내 친구가 말했다. "그렇지만 그런 충동들은 천국이 아닌 지옥에서 온 것인지도 몰라요." 나는 대답했다. "내게는 그렇게 보이지는 않습니다만, 만일 내가 악마의 자식이라면 그때는 나는 악마의 자식으로 살겠습니다."[3] 내 본성의 법칙 이외에 어떠한 법칙도 내게 신성하지 않다. 선과 악은 이것이나 저것으로 매우 쉽게 변할 수 있는 이름일 뿐이다. 유일하게 옳은 것은 나의 본성에 따른 것이고, 유일하게 그릇된 것은 나

---

3 에머슨은 삶의 진실을 말하고 있다. 중요한 것은 어떤 명칭이 아니라 삶의 진실이다. 현재 자신의 삶이 어떠하든 그 삶이 진실하다면 악마의 자식이라는 명칭은 중요하지 않으며, 어떤 이가 하나님의 삶을 산다고 아무리 떠들어 대도 그 삶 자체가 진실하지 않다면 그 사람이야말로 악마의 삶을 살고 있는 셈이라는 이야기이다.

의 본성에 반하는 것이다. 인간은 모든 반대를 무릅쓰고 자신 이외의 모든 것이 허울뿐이고 덧없는 것처럼 행동해야 한다. 우리가 얼마나 쉽게 배지와 호칭에, 보다 큰 단체와 죽은 제도들에 굴복하는지를 생각하다 보면 나는 부끄러워진다. 도덕적이고 격조 있는 말을 하는 모든 사람들은 올바른 사람보다 내게 더 큰 감동을 주고 마음을 움직인다. 나는 곧고 활기차게 나아가 모든 면에서 가공하지 않은 진리를 말해야 한다. 적의와 허영이 박애의 옷을 입고 있다면, 그것이 통하겠는가? 만약 어떤 성난 고집불통이 노예해방이라는 너그러운 대의명분을 내세우며 바베이도스 섬의 최근 소식을 들고 내게 온다면, 내가 그에게 다음과 같이 말하지 않을 이유도 없다. "가서 자식이나 사랑하고, 나무 자르는 일꾼이나 사랑하세요. 착하고 겸손하세요. 그런 자비를 가지세요. 천 마일이나 떨어져 있는 흑인들에 대한 이런 믿을 수 없는 동정으로 당신의 지독하고 무자비한 야심을 눈가림하지 마세요. 먼 곳에 대한 당신의 사랑은 가까운 곳에서는 악의가 됩니다." 이러한 인사는 거칠고 무례한 것일지 모른다. 그러나 진리는 가식적인 사랑보다는 아름다운 것이다. 그대의 선에는 어느 정도 날카로움이 있어야 한다. 그렇지 않으면 그것은 아무것도 아니다. 사랑으로 울고 투덜댈 때, 사랑의 교리의 반작용으로서 증오의 교리를 가르쳐야 한다. 내 천성이 나를 부를 때, 나는 아버지와 어머니, 아내와 형제를 멀리한다. 나는 문기둥의 가로대에 '순간의 기분'이란 말을 써 놓고자 한다. 나는 그 말이 결국에는 그 자체의 의미보다는 뭔가 더 나은 것이길 기대하지만 설명하는 데 시간을 낭비할 수는 없다. 내가 친구를 왜 찾는지 또는 왜 배제하는지 그 이유를 밝히기를 기대하지 말라. 또한 어느 선량한 사람이 오늘 얘기했듯이, 가난한 모든 이들을 좋은 환경에 놓는 것이 나의 의무라고 내게 말하지 말라. 그들이 '나의' 가난한 사람들인가? 어리석은 박애주의자인 그대에게 말하건대, 나에게 속하지 않은 사람들과 내가 속하지 않은 사람들에게 주는 돈은 지폐 한 장, 1센트짜리 동전 한 닢조차도 아깝다. 정신적인 친근함을 느껴 내 모든 것을 줄 수 있는 사람들도 있다. 그들을 위해서라면 필요하다면 감옥이라도 갈 것이다. 그러나 그대의 잡다하고 통속적인 자선사업, 바보들의 대학 교육, 헛된 목적으로 현재 수없이 진행되는 교회당의 건축, 주정뱅이들에게 주는 자선 의연금들, 수많은 구제사업 단체에 대해 비록 나도 때로는 부끄럽게도 굴복하고 돈을 준다고 고백하는 바이지만, 그것은 사악한 돈이므로 점차 그것을 거절할 인성을 갖출 것이다.

덕(德)은 세속적인 판단에서는 관례라기보다는 예외에 속한다. 인간이 있고, 또한 그의 덕이 있다. 사람들은 열병식에 매일 불참하는 대가로 벌금을 내는 것과 거의 유사하게 용기나 자선과 같은 소위 선행을 한다. 병자들과 정신병자들이 높은 숙박료를 지불하듯이, 그들은 이 세상에서 살아가는 것에 대한 속죄나 죄의 경감으로서 선행을 하는 셈이다. 그들의 덕은 참회이다. 나는 속죄하기를 바라지 않고 살기를 원한다. 나의 삶은 그 자체를 위한 것이지 구경거리가 되기 위한 것이 아니다. 나는 삶이 진실하고 평온할 수 있도록, 빛나지만 불안정하기보다는 긴장이 덜한 쪽을 훨씬 더 선호한다. 나는 삶이 건전하고 달콤하길 원하며, 식이요법과 고통을 필요로 하지 않기를 바란다. 나는 그대가 인간이라는 근본적인 증거를 요구할 뿐, 인간성으로부터 행위에 이르기까지 이러한 호소를 하는 것은 거부한다. 나는 훌륭하다고 생각되는 행동을 하든지 삼가든지 간에 나로서는 아무런 차이가 없다는 것을 알고 있다. 나는 내가 본질적인 권리를 갖고 있는 특권을 위해 대가를 지불하는 것에 동의할 수 없다. 비록 내가 별다른 재능이 없고 초라할지라도 나는 실제로 존재하고 있으므로, 나 자신 또는 내 동료에게 확신을 주기 위한 추가적인 증거는 필요치 않다.

내가 해야 할 일은 모두 나와 관련된 것이지 사람들이 생각하는 것은 아니다. 이 원칙은 실제의 생활에 있어서나 지적인 생활에 있어서나 똑같이 힘든 것이지만, 위대함과 천함 사이의 차이를 완전하게 구분하는 데 기여한다. 이것은 그대의 의무가 무엇인지 그대가 아는 것보다 더 잘 안다고 생각하는 사람들을 항상 보게 될 것이기 때문에 더욱 힘들다. 이 세상에서 세상 사람들의 의견대로 사는 것은 쉽다. 홀로 우리 자신의 의견대로 사는 것도 쉽다. 그러나 위대한 사람은 바로 많은 사람들 한가운데에서도 참으로 부드럽게 고독의 독립을 유지하는 사람이다.

그대에게 쓸모없어진 관습에 순응하는 일을 반대하는 것은 그것이 그대의 힘을 분산시키기 때문이다. 그것은 그대의 시간을 낭비하고 그대의 성격이 주는 인상을 흐리게 한다. 만약 그대가 생명이 없는 교회를 옹호하고, 생명이 없는 성서 공회에 기부하며, 정부 여당이든 야당이든 다수 정당에 투표하고, 천박한 주부들처럼 식탁을 차린다면 이러한 눈가림들 아래에서는 나는 그대가 정확히 어떤 사람인지 알기 어렵다. 그리고 물론 그대의 고유한 삶으로부터 아주 많은 힘을 빼앗길 것이다. 그러나 그대의 일을 하면, 나는 그대를 알게 될 것이다. 그대의 일을 하라. 그러면 그대는 자신을 강화시키게 될 것이다. 인간은 순응이라는 것이 소경놀이와 같음을 생각해야 한다. 만약 내가 그대의 종파를 안다면 나는 그대의 주장을 예상할 수 있다. 나는 어느 설교사가 설교 주제로 자기 교회의 제도들 중 하나의 편의성을 알리는 것을 들은 적이 있다. 그가 아마도 새롭고 자의적인 말을 할 수 없으리라는 것을 나는 사전에 알지 못했을까? 그가 온갖 겉치레로 그 교회 제도의 근거를 검토하는 것처럼 보이지만 그가 그러한 일을 하지 못할 것이라는 사실을 알지 못했을까? 그가 한 인간이 아니라 한 교구의 목사로서 단지 한쪽 면, 허용된 면만을 보겠다고 스스로 서약했음을 알지 못했을까? 그는 일종의 고용된 변호사이고, 법정에서의 이러한 허세는 극히 공허한 허식이다. 그런데 대부분의 사람들은 이런저런 손수건으로 눈을 가리고, 이러한 여론 단체들 중 하나에 소속되어 있다. 이러한 순응은 그들을 몇몇 부분에 그치지 않고 모든 점에서 잘못된 거짓말을 하는 사람들로 만든다. 그들의 모든 진리가 완전히 옳지는 않다. 그들의 둘은 진실한 둘이 아니고, 그들의 넷은 진실한 넷이 아니다. 그 결과 그들이 하는 모든 말은 우리에게 유감스러운 기분을 자아내고, 우리는 어디서부터 그들을 바로잡아야 할지 모르게 된다. 그사이 자연은 우리가 고수하는 파벌의 죄수복을 우리에게 재빠르게 입힌다. 우리는 일정한 얼굴과 모습을 띠게 되며, 점차 가장 온순한 나귀 같은 표정을 지니게 된다. 일반적인 이야기에서도 반드시 등장하는 아주 굴욕적인 경험이 있다. 그건 편하지 않은 자리에서 흥미라고는 느낄 수 없는 대화에 답해야 할 때 우리가 짓는 억지웃음, 즉 '아첨하는 바보스러운 얼굴 표정'을 말한다. 얼굴 근육은 자발적으로 움직이지 않고 저급하게 강요에 의해 억지로 움직이기 때문에 가장 불쾌한 감각으로 굳게 된다.

비순응에 대해서 세상은 불쾌감으로 그대에게 매질을 가한다. 따라서 인간은 부루퉁한 얼굴을 평가하는 방법을 알아야 한다. 구경꾼들은 거리에서 또는 친구의 거실에서 그를 힐끔거린다. 만일 이러한 혐오감이 그 자신이 가지고 있는 것처럼 경멸과 반항심에 그 근원을 두고 있다면, 그가 슬픈 표정으로 집에 돌아가는 것도 당연할 것이다. 그러나 대중의 부루퉁한 얼굴은 그들의 기쁜 얼굴과 마찬가지로 깊은 원인을 갖고 있지 않으며, 세상의 동향에 따라 신문이 지시하는 대로 생겼다 없어졌다 한다. 하지만 대중의 불만은 의회와 대학의 그것보다 훨씬 무서운 것이다. 세상을 알고 있는 심지가 굳은 사람이라면 교양 있는 계층의 분노를 견디는 것은 쉽다. 그들의 분노는 예의가 있고 조심스럽다. 왜냐하면 그들은 소심하여 비난에 쉬이 상처받기 때문이다. 그러나 그들의 여성적인 분노에 대중의 분개가 더해질 때, 무지하고 가난한 사람들이 자극되어 일어날 때, 사회의 밑바닥에 놓여 있던 무식한 야수 같은 힘이 불만의 소리를 내게 될 때, 신처럼 그것을 전혀 중요하지 않은 사소한 것으로 다루기 위해서는 넓은 도량과 종교의 성질이 필요하다.

자기 신뢰를 위협하는 또 하나의 무서운 요소는 우리의 일관성이다. 우리가 과거의 행동이나 말을 존중하는 것은 다른 사람들이 우리의 궤적을 추정하는 데 있어 우리의 과거 행적 말고는 다른 데이터가 전혀 없고, 우리가 그들을 실망시키고 싶어 하지 않기 때문이다.

그러나 왜 그대가 다른 사람들을 신경 써야만 하는가? 이러저러한 공공장소에서 그대가 한 말과 모순되지 않도록 하기 위해, 왜 시체와도 같은 그대의 기억을 끌고 다니는가? 만약 그대가 모순된 말을 했다고 가정해 보자. 그것이 어떻단 말인가? 순수한 기억의 행위에 있어서도 단지 기억에만 의지하지 않고, 과거를 무수한 눈이 있는 현재로 가져와서 판단하며 항상 새로운 날을 사는 것이 지혜의 준칙이다. 그대의 형이상학에 있어서 그대는 신성에 인간성을 부여하는 것을 거부해 왔지만, 영혼의 경건한 움직임이 일어날 때는 비록 그 움직임이 신을 형상과 색깔로 감싸고 있더라도 그 움직임에 따르라. 마치 요셉이 매춘부의 손에 그의 코트를 내던지고 도망치듯이 그대의 논리를 버려라.

어리석은 일관성은 옹졸한 정치인들과 철학자들과 신학자들이 숭배하는 범부들의 도깨비장난에 불과하다. 위대한 영혼은 일관성과 전혀 상관이 없다. 그것은 그가 벽에 생기는 자신의 그림자를 걱정하는 것과 같다. 그대가 현재 생각하는 것을 확고한 언어로 말하라. 비록 오늘 그대가 말한 모든 것과 모순될지라도, 내일은 내일 생각하는 것을 확고한 언어로 다시 말하라. 아, 그러면 그대는 분명 오해받을 것이다. 오해받는 것이 그렇게 나쁜 것인가? 피타고라스도 오해받았고 소크라테스, 예수, 루터, 코페르니쿠스, 갈릴레이, 뉴턴 등 육체를 가진 순수하고 현명한 정신은 모두 오해받았다. 위대한 것은 오해받는 법이다.

나는 어떠한 인간도 자신의 본성을 위반할 수는 없다고 생각한다. 마치 안데스 산맥과 히말라야 산맥의 기복이 지구면의 곡선에서 보면 사소하듯이, 용솟음치는 모든 인간의 의지는 자신의 존재의 법칙에 의해 원숙해진다. 그대가 그를 어떻게 평가하고 시험하든 그것은 문제가 되지 않는다. 성격은 아크로스틱 시체(詩體)[4]나 알렉산드리아 시체의 시구와 같다. 앞으로 읽든 뒤로 읽든, 또는 가로질러 읽어도 그것은 여전히 동일한 철자를 이룬다. 신이 내게 허락한 이 기쁜 참회의 숲 속 생활에서 나는 매일

---

4 주로 시에서 특정한 글자를(첫 행의 첫 글자, 둘째 행의 둘째 글자 등) 특정 위치에 의미 있게 배열함으로써 뜻을 이루는 단어나 문장이 되게 만든 것을 말한다.

매일 나의 정직한 생각을 전망이나 회고 없이 기록하고자 한다. 그것은 비록 내가 의도하지도 보지도 않을 테지만 균형을 이룰 것임을 나는 의심하지 않는다. 나의 책에서는 소나무의 향기가 나고 벌레들의 윙윙거리는 소리가 울리게 될 것이다. 내 창문 위에 집을 짓고 있는 제비는 주둥이로 물고 오는 실낱이나 지푸라기로 나의 집 또한 지을 것이다. 우리는 현재의 모습으로 통한다. 성격은 우리의 의지 이상으로 가르친다. 사람들은 그들의 미덕이나 악덕을 단지 명백한 행동으로만 전달한다고 생각하고, 미덕이나 악덕이 매 순간 숨 쉬고 있음을 보지 못한다.

아무리 다양한 행동들이라 해도 그것들이 이루어지는 때에 각기 정직하고 자연스럽다면, 거기에는 일치하는 점이 있기 마련이다. 왜냐하면 하나의 의지에서 나온 행동들은 아무리 다르게 보일지라도 조화를 이룰 것이기 때문이다. 이러한 다양성들은 다소 먼 거리를 두고 보다 높은 차원에서 생각해 보면 시야에서 사라진다. 동일한 경향은 다양성들을 모두 하나로 결합한다. 최고의 배는 지그재그로 방향을 바꾸며 항해해 나간다. 충분한 거리를 두고 그 항로를 보라. 그것은 평균적인 추세로 직선으로 뻗어 있다. 그대의 진실한 행위는 저절로 설명이 될 터이고, 그대의 다른 진실한 행위들도 설명할 것이다. 그대의 순응은 아무것도 설명하지 못한다. 홀로 행하라. 그러면 그대가 이미 홀로 행한 바는 지금의 그대를 정당화할 것이다. 위대함은 미래에 호소하는 법이다. 만약 오늘 내가 바르게 행하고 사람들의 눈을 거들떠보지 않을 정도로 확고할 수 있다면, 현재의 나를 방어할 수 있을 만큼 바른 행동들을 이전에 많이 해 왔음이 틀림없다. 일이 어떻게 되든 간에, 지금 바르게 행하라. 언제나 외면적인 상황을 무시하면 그대는 늘 바르게 행할 수 있을 것이다. 성격의 힘은 누적된다. 지난날의 모든 미덕들은 현재의 미덕에 그 생명력을 불어넣는 법이다. 상상력을 가득 채우는 의회와 전쟁터의 영웅들이 지닌 위엄은 무엇으로 만들어진 것인가? 그것은 연속적으로 있었던 위대한 나날들과 승리들에 대한 의식이다. 그것들은 하나로 뭉쳐져 앞으로 나아가는 배우를 비추는 빛이 된다. 그는 눈에 보이는 천사들의 호위를 받고 있는 것이다. 그것이 바로 채텀의 목소리에 우레와 같은 음성을 부여하고, 워싱턴의 풍채에 위엄을 더하며, 애덤스의 눈에 미국을 투영시킨 것이다. 명예는 덧없이 사라지는 것이 아니기 때문에 우리에게 귀중하다. 명예는 언제나 고대로부터 전해 오는 미덕이다. 우리가 오늘 명예를 숭배하는 것은 그것이 오늘 생겨난 게 아니기 때문이다. 우리는 명예를 사랑하고 존경을 표한다. 왜냐하면 명예가 우리의 사랑과 존경에 대한 함정이 아니라 독립적이고 자생적인 것이며, 따라서 비록 젊은 사람에게 그것이 나타날지라도 유구하고 순결한 계보를 지니기 때문이다.

나는 이제 순응과 일관성이란 말을 더 이상 듣지 않기를 바란다. 앞으로 그 말들은 관보에나 실어서 웃음거리가 되게 하자. 식사를 알리는 종소리 대신에 스파르타의 파이프(fife) 소리를 듣도록 하자. 더 이상 머리 숙이고 사과하지 말자. 위대한 사람이 내 집에 식사하러 온다 해도, 나는 그를 즐겁게 해 주려고 애쓰지 않는다. 나는 그가 나를 즐겁게 해 주기를 희망한다. 나는 여기에서 인간성을 지키고자 한다. 비록 친절한 인간성이 되도록 하겠지만, 나는 인간성이 진실되게 하고 싶다. 시대의 부드러운 평범함과 비열한 만족을 비난하고 질책하며, 관습과 거래와 관직에도 아랑곳없이 모든 역사의 결말, 즉 인간이 일하는 곳이라면 어디에나 신뢰할 만한 위대한 사상가와 행동가가 있다는 사실과 진정한 인간은 다른 어떤 시공간에 속하지 않고 만물의 중심이 된다는 사실을 알리도록 하자. 그가 있는 곳에 자연이 있다. 그는 그대와 모든 사람들 그리고 모든 사건들을 평가한다. 일반적으로 사회의 모든 이들은 우리에게 뭔가 다른 것, 또는 다른 사람을 생각나게 한다. 성격이나 실재는 그 밖의 다른 어떤 것도 생각나게 하지 않고 창조 전체를 대신한다. 인간은 모든 환경을 대수롭지 않게 만들 정도가 되어야 한다. 모든 진실한 인간은 하나의 원인이고, 하나의 국가이며, 한 시대이다. 그는 자신의 계획을 완성하기 위해서 무한한 공간과 사람들과 시간을 필요로 한다. 그리하여 자손은 줄지어 선 가신(家臣)들처럼 그의 발자취를 따르리라. 카이사르라는 한 인간이 태어나고, 그 후 오랫동안 로마 제국이 존재했다. 그리스도가 탄생한 이래, 그를 미덕과 인간의 가능성으로 혼동할 정도로 수많은 사람들이 증가하여 그의 정신을 고수하고 있다. 하나의 제도는 한 인간의 그림자가 연장된 것이다. 예를 들어 수도원 제도는 은수사(隱修士) 안토니우스의 그림자, 종교개혁은 루터의 그림자, 퀘이커파는 폭스의 그림자, 감리교파는 웨슬리의 그림자, 노예제 폐지는 클락슨의 그림자가 연장된 것이다. 밀턴은 스키피오를 '로마의 극치'라고 불렀다.[5] 이와 같이 모든 역사는 몇몇 굳세고 진실한 사람들의 전기로 너무 쉽게 귀결된다.

인간으로 하여금 자신의 가치를 알고 만물을 그의 발아래 두도록 하자. 인간을 위해 존재하는 이 세상에서 몰래 엿보거나 몸을 사려 행동하지 말게 하며 고아원의 아이, 사생아, 무허가 상인의 모양새로 숨어 다니지 않게 하자. 그러나 거리의 인간은 탑을 세우거나 대리석 신상을 조각하는 힘과 맞먹는 가치를 자기 안에서 발견하지 못하고, 이런 것들을 볼 때 스스로를 초라하게 느낀다. 궁정, 조각상, 고가의 책은 그에게는 마치 화려한 마차처럼 동떨어지고 가까이하기 어려운 모양을 지니고 있어서 '선생님은 대체 누구신가요?'라고 말하는 것만 같다. 하지만 그것들은 모두 그의 것들이고, 그의 주의를 끌고자 청원하는 것들이며, 그의 능력에 호소하여 그 능력이 발휘될 때 그의 소유가 되길 탄원하는 것들이다. 그림은 나의 평가를 기다리고 있다. 그것이 나를 지배하는 것이 아니라, 내가 그것을 칭찬할지 여부를 결정해야 하는 것이다. 거리에서 완전히 취해 곯아떨어진 주정뱅이를 공작의 집으로 데려가 씻기고 옷을 입혀 공작의 침대에 눕혔다가 그가 깨어났을 때 공작을 대하듯 온갖 신하의 예로 대접을 하자, 자신이 한때 정신이 나갔던 게 분명하다고 확신했다는 주정뱅이의 유명한 이야기가 있다. 그 이야기가 인기를 끄는 이유는, 이 세상에서는 일종의 주정뱅이지만 때로 정신을 차리고 이성을 발휘하여 자신이 진짜 왕자임을 발견하는 인간의 상태를 매우 잘 상징하고 있기 때문이다.

우리의 독서는 구걸하고 아첨하는 것과 같다. 역사에 있어서 우리의 상상력은 우리를 기만한다. 왕국과 군주의 지위, 권력과 영토 등의 어휘는 조그만 집에서 평범한 일상의 일을 하는 평민인 존과 에드워드보다는 훨씬 화려하다. 그러나 삶의 사정은 양쪽이 같고, 삶의 총계 역시 동일하다. 앨프리드와 스칸데르베그와 구스타프[6]와는 어찌하여 이토록 차이가 나는가? 그들이 덕이 있다고 가정해 보자. 그들이 덕을 다 발휘했던가? 그들의 공적이며 명성이 자자한 발자취에 뒤따르는 것처럼, 오늘날 그대의 사적인 행동에도 큰 상금이 걸려 있다. 평민들이 독창적인 시각으로 행동하면 그 영광은 왕의 행위로부터 신사의 행위로까지 옮겨질 것이다.

이 세상은 국민의 눈을 매혹시킨 나라의 왕들에 의해 가르침을 받아 왔다. 세상은 이 거대한 상징을 통해 사람 사이에서 마땅

---

5 안토니우스는 이집트의 수도원 제도를 창설한 성직자이고, 웨슬리는 감리교를 창시한 영국의 종교 지도자이다. 스키피오는 한니발을 격파한 로마의 장군이자 정치가로, 《실락원》 제9권 510행에 등장한다.

6 각각 영국, 알바니아, 스웨덴의 초기 왕들을 지칭한다.

히 표해야 할 상호 간의 존경심을 배워 왔다. 왕, 귀족, 대영주가 자신이 만든 법으로 사람들 사이를 걷도록 하고, 사람들과 사물들에 대한 자신만의 척도를 만들어 그들의 척도를 뒤엎을 수 있게 하며, 돈이 아닌 명예로 은혜를 보답하게 하고, 그 자신이 법을 대표하도록 사람들이 어디서나 허용하게 만든 기꺼운 충성심은 그들 자신의 권리와 아름다움에 대한 그들의 의식, 즉 모든 인간의 권리를 모호하게 나타내는 상형문자였다.

모든 독창적인 행동이 발휘하는 자력(磁力)은 우리가 자기 신뢰의 이유를 물을 때 설명이 된다. 신뢰를 받는 자는 누구인가? 보편적인 믿음의 근거가 되는 본래의 자아란 무엇인가? 과학을 당혹스럽게 하는 저 별, 시차(視差)도 없고 측정할 수 있는 요소도 없이, 최소한의 독립적인 표시만 나타나면 심지어 하찮고 순수하지 않은 행위에도 아름다움의 빛을 뿌리는 별의 본성과 힘은 무엇인가? 이러한 탐구로 우리는 자발성 또는 본능이라고 부르는 그 근원, 바로 천재, 덕, 삶의 본질로 나아가게 된다. 우리는 근원적 지혜를 직관이라고 표시하는 반면에, 그 후의 가르침들은 모두 수업이라고 한다. 그 심오한 힘, 분석할 수 없는 그 최후의 사실 속에서 모든 만물들은 공통의 근원을 찾는다. 사실 어떤 연유인지는 알 수 없지만 조용한 시간에 영혼 속에서 일어나는 존재의 의식은 물(物), 공간, 빛, 시간, 인간과 별개가 아니라 하나이며, 분명히 그것들의 생명과 존재가 기인한 동일한 근원으로부터 나온 것이다. 우리는 처음에는 만물이 존재하게 되는 생명을 공유하고, 나중에는 그것들을 자연 속에서 현상으로 보게 되며, 우리가 그들과 근원을 공유했다는 사실을 잊는다. 여기에 행위와 사상의 샘이 있다. 여기에 인간에게 지혜를 주고 불경스러움과 무신론이 아니고서는 거부될 수 없는 영감을 주는 자연의 공원이 있는 것이다. 우리는 거대한 지성의 무릎에 놓여 있으며, 그 지성은 우리로 하여금 그 진리의 수용자가 되게 하고, 또한 그 활동의 기관으로 만든다. 우리가 정의를 분별하고 진리를 식별할 때, 우리가 하는 일은 단지 지성의 빛이 통과하도록 허용하는 것이다. 만약 우리가 이것이 어디서 왔는지 묻는다면, 만약 그 지성을 야기한 영혼을 캐고 들어간다면 모든 철학은 혼란에 빠질 것이다. 지성의 존재나 부재만이 우리가 확언할 수 있는 전부이다. 모든 사람은 자기 마음의 자발적인 행위와 비자발적인 지각을 구별하고, 완전한 믿음이 비자발적인 지각에서 비롯되었음을 안다. 그는 그러한 지각을 표현하다가 실수를 저지를지도 모르지만, 그는 이러한 것들이 낮과 밤처럼 논쟁될 수 없다는 사실을 알고 있다. 내가 의도한 행위와 그로부터 얻는 것은 그저 정처 없이 배회할 뿐이다. 가장 근거 없는 공상, 가장 미약한 타고난 감정 등이 나의 호기심과 존경심을 지배하고 있다. 생각이 없는 사람들은 지각에 의한 진술을 의견의 진술인 양 쉽게 부인한다. 아니, 오히려 훨씬 더 쉽게 부인한다. 왜냐하면 그들은 지각과 관념을 구별하지 못하기 때문이다. 그들은 내가 이것이나 저것을 선택해서 볼 것이라고 상상한다. 그러나 지각은 변덕스러운 것이 아니라 필

연적인 것이다. 만일 내가 어떤 특성을 보았다면, 비록 나 이전에
누구도 그것을 볼 수 있는 기회가 없었다 해도, 내 뒤를 잇는 나의
아이들이 볼 것이고 시간이 경과하면 모든 인류가 볼 것이다. 왜
냐하면 특성에 대한 나의 지각은 태양처럼 분명한 사실이기 때문
이다.

영혼과 신성한 정신과의 관계는 너무 순수하기 때문에 도움
을 주는 매개자를 개입시키는 일은 신성을 모독하는 것이다. 분
명한 것은 신이 말씀하실 때 신은 한 가지가 아닌 모든 것을 전하
고, 그의 목소리로 세상을 가득 채우며, 현재의 생각의 중심으로
부터 빛, 자연, 시간, 영혼 등을 널리 퍼트려 새로운 시대를 열고
새로이 전체를 창조하신다는 것이다. 마음에 꾸밈이 없고 신성한
지혜를 받아들일 때마다 케케묵은 것들은 사라진다. 수단, 선생,
경전, 사원 등도 스러진다. 마음은 현재에 살고 있고, 과거와 미
래를 현재의 시간에 흡수한다. 모든 것은 마음과의 관계에 의해
신성해진다. 이것도 저것도 마찬가지다. 모든 것은 그 원인에 의
해 용해되어 그 중심으로 이르며, 우주 만유의 기적 속에서 작고
개별적인 기적들은 사라진다. 따라서 만일 어떤 사람이 신을 알
고 있다고, 또한 신에 대해 말하겠다고 주장하면서 그대를 다른
나라, 다른 세계에 있는 낡아 빠진 국민의 용어로 되돌리고자 한
다면 그를 믿지 마라. 도토리가 영글고 완전해진 참나무보다 나
은가? 어버이가 자신이 성숙한 존재를 부여한 아이보다 나은 걸
까? 그렇다면 이러한 과거에 대한 숭배는 어디서 온 것인가? 수

세기의 시간은 영혼의 건전성과 권위에 반항하는 음모자이다. 시간과 공간은 눈이 만들고 있는 생리적 색채에 불과하지만, 영혼은 빛이다. 그것이 있는 곳에 낮이 있고, 그것이 있던 곳에 밤이 있다. 그래서 역사가 나의 존재와 변화에 관한 즐거운 교훈담이나 우화 이상의 그 무엇이라면 무례한 것이고 해로운 것이다.

인간은 소심하고 변명을 일삼는다. 인간은 더 이상 정직하지 않다. 인간은 감히 '나는 생각한다', '나는 이러하다'라고 말하지 못하고, 어떤 성인이나 현자의 말을 인용하고 있다. 인간은 풀잎이나 피어나는 장미꽃 앞에서도 부끄러움을 느낀다. 내 창문 밑에 피어난 저 장미들은 이전의 장미들이나 보다 나은 장미들을 전혀 언급하지 않는다. 그것들은 다만 현재의 모습으로 존재할 뿐이다. 그것들은 신과 함께 오늘 존재한다. 그것들에는 시간이 존재하지 않는다. 단지 장미가 있을 뿐이다. 잎눈이 트기 전에, 그 온 생명이 활동한다. 완전히 만개한 꽃에도 그 이상의 생명이 없고, 잎이 없는 뿌리에도 그 이하의 생명이 없다. 모든 순간에 한결같이 장미의 본성은 만족하고, 장미는 본성을 만족시키고 있다. 그러나 인간은 미래로 미루고 과거를 기억할 뿐이다. 인간은 현재를 살지 않고 눈을 돌려 과거를 탄식하거나, 자신을 둘러싸고 있는 풍요로움에 관심을 두지 못한 채 미래를 내다보려고 발끝으로 서 있다. 시간을 초월하여 자연과 더불어 현재를 살지 못한다면 인간은 결코 행복하거나 굳세게 살 수 없다.

이것은 너무나 분명한 사실임에 틀림없다. 하지만 아무리 강한 지성의 소유자들조차도 내가 모르는 다윗이나 예레미야 또는 바울의 용어로 이야기하지 않으면 감히 신이 직접 한 말씀일지라도 들으려 하지 않는 것을 보라. 우리는 몇 가지 경전이나 몇 사람의 삶에 대해서 언제나 그토록 높은 가치를 부여할 수는 없을 것이다. 우리는 기계적으로 할머니와 가정교사의 말을 반복하고, 성장하면서 우연히 보게 되는 재능 있는 사람과 인격을 갖춘 사람들의 말을 반복하며 그들이 말한 것을 애써 생각해 내는 아이들과 같다. 훗날 이런 말들을 한 사람들이 지녔던 관점에 이르게 되면, 그들은 그 말들을 이해하고 그것들을 흘려보낸다. 왜냐하면 언제든 기회가 오면 그들도 그 말들을 훌륭하게 사용할 수 있기 때문이다. 만약 우리가 진실하게 산다면 우리는 진실하게 볼 수 있다. 이것은 강한 사람이 강하고, 약한 사람이 약한 것처럼 쉬운 일이다. 우리가 새로운 인식을 갖는다면, 보물처럼 저장하고 있던 기억을 낡은 쓰레기처럼 기꺼이 버려야 할 것이다. 인간이 신과 함께 살게 될 때, 그의 목소리는 졸졸 흐르는 시냇물 소리처럼, 옥수수가 바스락거리는 소리처럼 달콤할 것이다.

그런데 아직까지도 이 주제에 관한 최고의 진리는 설파되지 않았다. 어쩌면 말할 수 없는 것인지도 모른다. 왜냐하면 우리가 말하고 있는 모든 것이 직관과 동떨어진 기억이기 때문이다. 내가 지금 그것에 관해 가장 근접하게 말할 수 있는 생각은 다음과 같다. 선이 그대 곁에 있을 때, 그대가 자신의 삶을 영위할 때, 그것은 이미 알려졌거나 관습화된 방식이 아니다. 그대는 어떠한 다른 발자취도 찾을 수 없고, 인간의 얼굴을 볼 수 없을 것이며, 어떤 이름도 들을 수 없을 것이다. 그 방식과 생각, 그 선은 완전히 낯설고 새로운 것이다. 그것은 선례와 경험을 배제할 것이다. 그대는 사람으로부터 방법을 얻을 뿐 사람에게 그 방법을 전하지는 않는다. 지금까지 존재한 모든 사람들은 망각된 대행자들이다. 두려움과 희망도 그 아래에서는 똑같다. 심지어 희망 속에도 뭔가 저급한 것이 있다. 통찰력이 살아 있는 시간에는 감사라고 부를 만한 것도 전혀 없고, 또한 마땅히 기쁨이라고 할 것도 없다. 열정을 초월한 영혼은 만물의 동일성과 영원한 인과율을 보고, 진리와 정의가 스스로 존재함을 지각하며, 만물이 잘 조화되고 있음을 앎으로써 고요해진다. 대서양이나 남태평양 같은 자연의 거대한 공간들도, 연(年)이나 세기(世紀) 같은 시간의 긴 간격도 사소한 것이다. 내가 생각하고 느끼는 이것은 지금 현재의 근간을 이루듯이 이전에 존재한 모든 삶과 환경에도 그 밑바탕을 이루었고, 삶과 죽음이라고 불리는 것의 근간을 이루고 있다.

삶만이 유용한 것일 뿐 지금까지 살아온 과거는 아무것도 아니다. 활동력은 멈추는 순간에 끝난다. 그것은 과거에서 새로운 상태로 전이되는 순간 속에, 소용돌이치는 급류 속에, 목표를 향해 날아가는 곳에 존재한다. 세계가 증오하는 한 가지 사실은 영혼이 변화하는 것이다. 왜냐하면 그것은 과거를 영원히 격하시키고, 모든 부를 가난으로 바꾸며, 모든 명성을 치욕으로 만들고, 성자와 악한을 혼동하며, 예수와 유다를 똑같이 물리치기 때문이다. 그렇다면 왜 우리는 자립에 관해 쓸데없는 소리를 하고 있는가? 영혼이 존재하는 한, 거기에는 뭔가를 확신하는 것이 아닌 작용하게 하는 활동력이 있을 것이다. 신뢰에 관해 얘기하는 것은 변변찮은 피상적 이야기이다. 차라리 신뢰하는 것에 대해 얘기하자. 왜냐하면 그것은 작용하고 있고 존재하기 때문이다. 나보다 더 많은 복종심을 가진 자가 자신의 손가락도 제대로 들어 올리지 못함에도 불구하고 나를 지배한다. 나는 정신의 인력 작용에 의해 그 사람 주변을 맴돌 수밖에 없다. 우리는 높은 덕에 관해 이야기할 때 그것을 미사여구라고 생각한다. 덕이 지고한 것이며, 원칙에 유연하고 그것을 수용할 수 있는 한 사람이나 일단의 사람들이 자연의 법칙에 의해 그렇지 못한 모든 도시, 국가, 왕, 부자, 시인을 반드시 압도하고 지배한다는 사실을 우리는 아직 알지 못하고 있다.

우리가 다른 모든 주제에서 그러하듯 이 주제에서 매우 빠르게 도달하는 것은 모든 것이 영원히 축복받는 '일자(一者)'로 용해된다는 궁극적인 사실이다. 자재(自在)는 지고한 원인의 속성이고, 그것이 보다 낮은 형태로 변하는 정도에 따라 선의 척도를 이룬다. 모든 것들은 그것들이 포함하고 있는 덕만큼 진실하다. 상업, 농업, 사냥, 고래잡이, 전쟁, 웅변, 개인적인 영향력 등도 어느 정도 그러하고, 그것들은 실제에 있어서 덕의 존재와 순수하지 못한 작용의 표본으로서 나의 관심을 끌고 있다. 나는 동일한 법칙이 자연 속에서 보존과 성장을 위해 작용하는 것을 본다. 자연에서 활동력은 권리의 본질적인 척도이다. 자연은 스스로 도울 수 없는 어떤 것도 자연의 왕국에 머물게 하지 않는다. 행성의 탄생과 성장, 그것의 균형과 궤도, 강한 바람에 휘어진 나무의 자발적인 회복, 모든 동물과 식물의 생명 근원은 자족적이고, 따라서 자재하는 영혼을 입증하는 것이다.

이와 같이 모든 것은 한곳에 집중하고 있다. 그러니 배회하지 말고 편안히 앉아 만물의 원인과 함께하자. 이 신성한 사실을 단순히 선언함으로써 오합지졸처럼 끼어드는 사람과 책, 제도를 경책하고 놀라게 하자. 신이 여기 안에 계시니 신발을 벗으라고 침입자들에게 명령하라. 우리의 담박함으로 그것들을 판단하고, 자신의 법칙에 순응함으로써 우리의 타고난 풍요로움에 비하면 빈약한 자연과 운명을 실증하자.

그러나 지금 우리는 오합지졸이다. 인간이 인간을 두려워하지 않고 있으며, 그의 천재는 영혼의 본향(本鄕)에 머물면서 내부의 대양과 교통하도록 충고받지 못한 채, 밖으로 나가 다른 사람들의 항아리에서 한 잔의 물을 구걸하고 있다. 우리는 홀로 가야 한다. 나는 어떤 설교보다도 예배가 시작되기 전의 조용한 교회가 좋다. 사람들이 각자 경내(境內)나 성소(聖所)로 둘러싸여 있을 때면 세속을 등진 듯 그 얼마나 청량하고 고상해 보이는가! 이와 같이 우리는 언제나 앉아 있도록 하자. 우리의 친구, 아내, 아버지, 어머니, 아이가 우리의 난롯가에 앉아 있다고 해서, 또는 같은 혈통이라고 해서 왜 우리가 그들의 결점들을 떠맡아야 하는가? 모든 사람들이 나의 피를 가지고 있고, 나도 모든 사람의 피를 가지고 있다. 그렇다고 해서 나는 그들의 성급함이나 어리석음을 받아들이지 않을 것이며, 오히려 그것을 부끄럽게 여기는 지경이 되었다. 그러나 그대의 고립은 무의식적인 것이 아니라 정신적인, 말하자면 고양된 것이어야 한다. 때로는 전 세계가 공모하여 너무도 사소한 일들로 그대를 괴롭히는 것처럼 보이기도 한다. 친구, 고객, 아이, 질병, 두려움, 결핍, 자선 등 모든 것이 일제히 그대의 방문을 두드리며 '방에서 나와 우리에게 오라'고 말할 것이다. 그러나 그대의 상태를 유지하고, 그들의 혼란 속에 빠지지 말라. 사람들이 소유하고 있는 나를 괴롭히는 힘은 내가 연약한 호기심으로 그들에게 내준 것이다. 어느 누구도 나의 행동을 통하지 않고서는 내게 가까이 올 수 없다. '우리가 사랑하는 것을 가질 수는 있으나, 욕망으로 인해 우리는 그 사랑을 상실한다.'

만약 우리가 즉시 복종과 믿음의 성소에 오를 수 없다면, 적어도 유혹에 저항하도록 하자. 전시 상태로 들어가 우리 색슨족의 가슴에 토르(Thor)와 오딘(Odin), 용기와 불굴의 정신을 일깨우자. 이것은 우리의 편안한 시대에 진리를 말함으로써 행해져야 한다. 거짓 친절과 거짓 애정을 저지하라. 우리가 대화를 주고받는, 이 속고 속이는 사람들의 기대에 따라 더 이상 살지 말라. 그들에게 말하라. "오 아버지, 어머니, 아내여, 형제여, 친구여, 나는 지금까지 현상만을 좇아 그대들과 살아왔다. 지금부터 나는 진리의 편에 서 있을 것이다. 나는 앞으로 영원한 법이 아닌 다른 어떠한 법에도 복종하지 않을 것임을 그대들에게 알린다. 나는 진리에 근접한 것이 아니면 어떠한 서약도 하지 않을 것이다. 나는 부모를 봉양하고, 가족을 부양하며, 한 아내의 순결한 남편이 되고자 노력할 것이다. 그러나 이러한 관계들을, 나는 새롭고도 전에 없던 방법으로 충족시켜야 한다. 나는 그대들의 관습에 반대한다. 나는 나 자신이 되어야 한다. 나는 그대들을 위해 더 이상 나 자신을 고칠 수도 없고, 그대들을 고칠 수도 없다. 만약 그대들이 현재의 나를 사랑할 수 있다면 우리는 더 행복할 것이다. 만약 그럴 수 없다면, 나는 여전히 그대들이 마땅히 그럴 수 있도록 애를 쓸 것이다. 나는 내가 좋아하는 것이나 싫어하는 것을 숨기지 않을 것이다. 나는 내면 깊은 곳에 있는 것이 신성한 것이라고 확신하며 마음속에서 나를 즐겁게 하는 것, 그 마음이 지시하는 것이라면 무엇이든 해와 달 앞에서 강력하게 이행할 것이다. 만약 그대들이 고결하다면 나는 그대들을 사랑할 것이다. 만약 그렇지 않다면 위선적인 배려로 그대들과 나 자신을 해치지 않을 것이다. 만약 그대들이 진실하기는 하나, 나와 같은 진리에서 비롯된 진실함이 아니라면 그대의 동료들을 충실히 대하라. 나는 나 자신의 동료를 찾을 것이다. 나는 이기적이지 않고 겸손하고 진실하게 그 일을 하고 있다. 아무리 오랫동안 우리가 거짓 속에 살아왔을지라도 진리 속에 사는 것이 그대들의 이익이고, 나의 이익이며, 동시에 모든 사람들의 이익이다. 오늘 이 말이 귀에 거슬리는가? 그대들은 곧 나의 본성뿐만 아니라 그대들의 본성에 의해 지시받는 일을 사랑하게 될 것이다. 만약 우리가 그 진리를 따른다면, 그것은 마침내 우리를 안전하게 인도할 것이다." 그러나 그대는 이 친구들에게 고통을 줄지도 모른다. 그렇다. 하지만 나는 그들의 감정을 편안하게 하기 위해 나의 자유와 힘을 팔수 없다. 그뿐만 아니라 모든 사람들은 나름의 이성의 순간을 갖게 되고, 그때 그들은 절대 진리의 경계를 들여다보게 된다. 그때에 이르면 그들은 내가 옳음을 시인하고 나와 같은 일을 할 것이다.

대중들은 통속적인 기준에 대한 그대의 거부를 모든 기준에 대한 거부로 보며 반도덕주의로 생각한다. 대담한 관능주의자는 철학의 이름을 이용해 그의 죄를 포장할 것이다. 그러나 의식의 법칙은 항상 존재한다. 두 가지 참회 방식이 존재하는데, 그중 한 가지 방식으로 우리는 속죄되어야 한다. 그대는 직접적인 방식으로 또는 반성하는 방식으로 그대 자신을 정화함으로써 모든 의무를 완수할 수 있다. 그대가 아버지, 어머니, 사촌, 이웃, 마을, 고양이, 개와의 관계를 만족시켰는지, 이들 중 어느 것이 그대를 책망할 수 있는지 고려해 보라. 그러나 나는 이러한 반성적 기준을 무시하고 스스로 나 자신의 죄를 사할 수도 있다. 나는 나 자신의 엄격한 주장과 완전한 원환의 세계를 가지고 있다. 그 세계는 의무라고 불리는 많은 일에 대해서 의무라는 이름을 거부한다. 그러나 만약 내가 세상의 빚을 갚을 수 있다면, 그것으로 나는 통속적인 관례가 필요 없게 될 수도 있다. 만약 누군가 이 법칙이 느슨하다고 생각한다면, 그로 하여금 하루 동안 그 계율을 지키게끔 하라.

그리고 인간성에서 우러나오는 일반적인 동기들을 던져 버리고 스스로 행위의 주인임을 신뢰하기로 한 자에게는 신적인 것이 요구된다. 그의 감정이 고양되고, 그의 의지가 진실하며, 그의 견해가 밝다면, 그는 진정으로 스스로 교리, 사회, 법이 될 수 있고, 그에게는 하나의 단순한 목적도 다른 사람들에게는 필연의 철칙처럼 강력한 것이 될 수 있다.

만약 어떤 이든지 '사회'라고 구별되어 불리는 것의 현재의 양상들을 고려한다면, 그는 이러한 윤리가 필요하다는 것을 알게 될 것이다. 인간의 힘줄과 심장은 뽑혀 나간 것 같고, 우리는 겁 많고 의기소침한 울보가 되어 있다. 우리는 진리를 두려워하고, 운명을 두려워하며, 죽음을 두려워하고, 서로를 두려워한다. 우리 시대에는 위대하고 완전한 사람들이 나올 수 없다. 우리는 삶과 사회의 상태를 혁신할 수 있는 남자들과 여자들을 원하고 있다. 그러나 대부분의 생명력들이 완전히 고갈되어 그들 자신의 요구조차 만족시킬 수 없고, 그들의 실제적인 힘에 어울리지 않는 야망을 품으며 밤낮으로 타인에게 의지하여 구걸하고 있는 모습을 우리는 본다. 우리의 가정 살림은 빌어먹는 수준이고, 우리의 예술, 직업, 결혼, 종교는 스스로 선택한 게 아니라, 사회가 우리를 대신해 선택한 것들이다. 우리는 말뿐인 병사들이다. 우리는 힘이 생기는 운명의 거친 전쟁터를 피하고 있다.

우리의 젊은이들은 첫 번째 사업에서 실패하면 낙담하고 만다. 젊은 상인이 실패하면 사람들은 그가 망했다고 말한다. 만약 최고의 천재가 대학에서 공부를 하고 졸업 후 1년 안에 보스턴 또는 뉴욕의 시내나 근교에 취직되지 않으면, 그 자신이나 그의 친구들은 그가 낙담하여 여생을 불평하며 보내는 것이 당연하다고 생각한다. 가축도 몰아 보고, 농사일이나 행상도 해 보고, 학교도 경영해 보며, 설교도 해 보고, 신문도 편집해 보고, 국회의원도 해 보고, 대지주도 되는 등 수십 년간 차례로 온갖 직업을 가져 보고 고양이처럼 떨어져도 언제나 사뿐히 일어서는 뉴햄프셔나 버몬트 출신의 강건한 젊은이 한 명이 이 도시의 인형 같은 젊은이들 수백 명에 맞먹는 가치가 있다. 그는 시대와 나란히 걷고 하나의 직업을 익히지 않는 것에 대해 조금도 부끄러움을 느끼지 않는다. 왜냐하면 그는 자신의 삶을 다음으로 미루지 않고 이미 현재의 삶을 살고 있기 때문이다. 그는 한 번의 기회가 아니라 수많은 기회를 갖게 된다. 스토아 철학자로 하여금 인간의 능력을 밝혀서 사람들에게 말하도록 하자. 인간은 기대어 선 버드나무가 아니고, 스스로를 독립시킬 수 있고 독립시켜야만 하며, 자기 신뢰를 실천함으로써 새로운 힘이 생겨날 것이다. 인간은 신의 말씀이 육신으로 나타난 것이고, 여러 민족들을 치유하기 위해 태어났으며, 인간은 동정을 부끄럽게 여겨야 한다. 인간이 자신으로부터 우러난 행동을 하여 법률, 책, 우상 숭배, 관습을 창문 밖으로 집어던지는 순간 우리는 그를 더 이상 가엽게 여기지 않고 그에게 감사하며 존경하게 된다. 그리하면 그 선생은 인간의 생명을 회복시켜 광명으로 이끌고, 그의 이름을 모든 역사에서 귀하게 만들 것이다.

자립이 보다 크게 작용하면 모든 직무와 인간의 관계에서, 즉 종교, 교육, 직업, 생활양식, 교제, 재산, 사변적 관점에서 반드시 혁신을 일으키게 됨을 쉽게 볼 수 있다.

1. 사람들은 어떠한 기도에 열중하는가? 그들이 신성한 직무라고 부르는 것은 실상 그렇게 용감하지도 위엄스럽지도 않다. 기도는 밖으로 눈을 돌리고 외래의 미덕을 통해 들어오는 외래의 가호를 구하고 있으며, 자연과 초자연, 중재와 기적의 끝없는 미로에 빠지고 있다. 특별한 편의, 즉 전체적 선이 아닌 어떤 것을 갈구하는 기도는 사악하다. 기도는 가장 높은 견지에서 인생의 사실들을 관조하는 것이다. 그것은 바라보고 환희하는 영혼의 독백이다. 그것은 자신의 역사(役事)를 선하다고 선언하는 신의 정신이다. 그러나 사사로운 목적을 성취하는 수단으로서의 기도는 야비하고, 도적질과 같다. 그것은 자연과 의식의 통일성이 아닌 이원성을 가정하는 것이다. 인간이 신과 하나가 되는 순간, 인간은 구걸하지 않을 것이다. 그렇게 되면 그는 모든 행위에서 기도를 보게 될 것이다. 들에서 무릎을 꿇고 풀을 뽑는 농부의 기도, 무릎을 꿇고 노를 젓는 사공의 기도 등은 비록 값싼 목적을 위한 것이지만, 자연을 통해 울려 퍼지는 참된 기도들이다. 플레

처의 연극 〈본두카(Bonduca)〉에서 카라타크는 신 아우다테의 마음을 묻도록 권고받았을 때 이렇게 대답한다.

신의 숨은 뜻은 우리의 노력 속에 있고,
우리의 용기야말로 우리의 최고의 신이다.

또 다른 종류의 잘못된 기도는 우리의 후회이다. 불만은 자립이 부족한 것이며, 의지가 박약한 것이다. 후회로 괴로워하는 자를 도울 수 있다면 불행을 후회하라. 도움이 되지 못한다면 그대 자신의 일에 매진하라. 그러면 이미 죄악은 보상되기 시작한다. 우리의 동정도 마찬가지로 천하다. 우리는 어리석게 우는 사람들에게 가서 그들에게 가공되지 않은 감동적인 진리와 건강을 주고 다시 한 번 그들 자신의 이성과 교통할 수 있게 하는 대신에 덩달아 함께 앉아 운다. 행운의 비밀은 우리의 손에 있는 기쁨이다. 스스로 돕는 사람은 신과 사람들에게 언제나 환영받는 법이다. 그에게 모든 문은 활짝 열려 있다. 모든 사람의 말이 그를 환영하고, 모든 영광이 부여되고, 모든 사람의 눈이 열망에 가득 차 그를 따른다. 그가 우리의 사랑을 필요로 하지 않았기 때문에, 우리의 사랑이 찾아가 그를 감싼다. 그가 자신의 길을 고수하고 우리의 반대를 비웃었기 때문에, 우리는 간절히 그리고 변명하듯이 그를 달래고 축복한다. 사람들이 그를 증오했기 때문에 신은 그를 사랑한다. 조로아스터는 "인내하는 인간에게 축복의 신이 빨리 온다."고 말했다.

　사람들의 기도가 의지의 병인 것처럼, 그들의 신조는 지성의 병이다. 그들은 어리석은 이스라엘 사람들과 함께 말하고 있다. '하나님이 우리에게 말씀하시지 않도록 하시오. 우리가 죽지 않도록 해 주시오. 그대가 말하시오. 우리와 함께 있는 누구라도 말씀하시오. 우리가 따르리다.' 어디에서나 나는 나의 형제 속에서 신과 만나는 데 방해를 받고 있다. 왜냐하면 그는 자신의 성전의 문을 닫고 그의 형제의 신 혹은 형제의 형제의 신의 전설을 단순히 암송할 뿐이기 때문이다. 새로운 마음 하나하나가 새로운 분류이다. 만약 그것이 비범한 활동과 힘을 가진 마음으로 입증된다면, 즉 로크, 라부아지에, 허턴, 벤담, 푸리에와 같은 마음이라면, 그것은 그 자신의 분류를 다른 사람들에게도 부여하게 된다. 그러면 보라! 새로운 체계가 등장한다. 그 사상의 깊이에 비례하여, 그리고 그 사상을 배우는 제자가 이해하는 한도 내에서 그 사상이 감동을 주고 영향을 미치는 대상의 수에 비례하여 그것은 만족을 준다. 그러나 이것은 주로 신조와 교회에서 분명하게 나타나는데, 그것은 또한 지고의 존재에 대한 의무와 인간의 관계에 관한 본질적인 사상에 영향을 미치는 어떤 강력한 마음의 분류이기도 하다. 캘빈주의, 퀘이커교, 스베덴보리교 등이 그러한 것이다. 그 제자는 모든 것을 새로운 용어에 종속시킴으로써, 마치 식물학을 막 배운 한 소녀가 그 지식을 통해 대지와 계절을 새로이 보면서 느끼는 것과 같은 기쁨을 얻는다. 한동안 제자는 스승의 마음을 배움으로써 지력이 성장함을 느끼게 될 것이다. 그러나 마음의 균형이 깨진 사람들에게 그 분류는 우상화되고, 빠르게 사용해 버릴 수단이 아니라 목적으로 통하게 된다. 그 결과 그 체계의 장벽들은 그들의 눈에는 먼 수평선에서 우주의 장벽들과 하나로 융합되고, 하늘의 발광체가 그들에게는 그 스승이 만든 창공 위에 걸려 있는 것으로 보인다. 그들은 문외한인 그대가 어찌 그것을 볼 수 있는 권리를 갖고 있는지, 그대가 어떻게 볼 수 있는지 상상할 수조차 없다. '어찌 됐든 너희가 우리로부터 그 빛을 훔쳐 간 것이 틀림없다.' 그들은 체계화할 수 없고 통제할 수 없는 빛이 어떤 작은 집에라도, 심지어 그들의 집에도 들어가리라는 것을 아직도 인식하지 못하고 있다. 잠시 그들이 떠들어 대고 그것이 자기네 것이라고 부르도록 놔두자. 만약 그들이 정직하고 바르게 행동한다면, 곧 그들의 산뜻한 새 우리는 너무 좁고 낮아서 금이 가고 기울고 썩어 문드러져 소멸될 것이다. 그러면 한없이 젊고 기쁨에 차 있으며 무수한 궤도와 무수한 빛깔을 지닌 불멸의 빛이 최초의 아침처럼 우주에 비칠 것이다.

2. 이탈리아, 영국, 이집트 등을 우상으로 하는 여행이라는 미신이 교양 있는 모든 미국인들에게 매력을 갖는 것은 자기 수양이 부족하기 때문이다. 영국, 이탈리아, 그리스를 상상 속에서 존경스럽게 만든 사람들은 지구의 지축처럼 그들이 있는 곳을 고수함으로써 그렇게 했다. 인간성이 우러나오는 시간에 우리는 의무

가 우리의 거처라고 느낀다. 영혼은 결코 여행자가 아니다. 현명한 사람은 집에 머물며, 필요와 의무 때문에 집에서 나와 외국에 가게 된 경우에도 그는 여전히 집에 있는 것과 같고, 얼굴 표정을 통해 그가 지혜와 덕의 사절로서 주유하며 침입자나 시종이 아닌 군주로서 도시와 사람들을 방문하고 있다는 것을 사람들이 깨닫게 만들 것이다.

나는 예술, 연구, 자선의 목적으로 세계를 일주하는 것에 고집스럽게 반대하지 않는다. 따라서 인간은 먼저 자국에서 교육되고, 그가 아는 것보다 커다란 뭔가를 발견하리라는 희망으로 외국에 나가지 않는다. 즐기기 위해 또는 그가 지니지 못한 뭔가를 얻으려고 여행하는 사람은 자신으로부터 벗어나는 것이고, 비록 젊다 해도 낡은 것들 속에서 늙게 된다. 테베나 팔미라에 이르러 그의 의지와 마음도 그 도시들처럼 낡고 황폐해지게 된다. 그는 폐허에 폐허를 가져오는 셈이다.

여행은 바보의 낙원이다. 첫 여행에서 우리는 방문하는 곳이 그리 대수롭지 않다는 것을 발견하게 된다. 집에서 나는 나폴리나 로마에서 아름다움에 도취되어 나의 슬픔을 잊을 수 있을 것이라고 꿈을 꾼다. 나는 여행 가방을 싸고 친구들과 작별의 포옹을 나눈 후 배를 타고 출항하여, 마침내 나폴리에서 정신을 차리게 된다. 내 곁에는 내가 도피해 온 엄연한 사실, 즉 무자비하고 변함없는 슬픈 자아가 있는 것이다. 나는 바티칸이나 여러 궁정들을 찾는다. 나는 관광 명승지와 그 연상들에 도취된 척하지만,

실은 도취되지 않는다. 나의 거성(巨星)은 내가 어디를 가든 나와 함께 간다.

3. 그러나 여행에 대한 열망은 지적 활동 전체에 영향을 주는 보다 깊은 불건전함의 징조이다. 지성은 방랑하고 있고, 우리의 교육체계는 불안정한 상태를 조장하고 있다. 우리의 몸이 집에 있을 수밖에 없을 때에도 우리의 마음은 떠돈다. 우리는 모방한다. 모방이란 마음의 여행이 아니고 무엇이겠는가? 우리의 집들은 외국의 취향으로 세워져 있고, 우리의 선반은 외국의 장식물들로 꾸며져 있으며, 우리의 의견, 취미, 재능은 과거와 먼 곳으로 기울어 그것을 추종하고 있다. 예술이 번성하는 곳 어디에서나 영혼은 예술을 창조했다. 예술가가 그의 모델을 찾은 곳은 바로 그 자신의 마음속이었다. 그것은 해야 할 일과 준수되어야 할 조건들에 그 자신의 생각을 적용하는 것이다. 그런데 우리가 왜 도리스식이나 고딕식의 모델을 모사할 필요가 있는가? 아름다움, 편리함, 사상의 웅장함과 기묘한 표현은 어느 곳 못지않게 우리 주변에 가까이 있다. 만약 미국 예술가가 정확히 자신이 해야 할 일을 희망과 사랑으로 연구하고 기후, 토양, 일조 시간, 사람들의 요구, 정부의 습성과 형식 등을 고려한다면, 그는 이 모든 것들에 적합하고 취미와 감정 또한 만족될 집을 만들 것이다.

자기 자신을 고집하라. 결코 모방하지 말라. 그대는 전 생애에 걸쳐 축적된 수양의 힘으로 매 순간 그대 자신의 재능을 발휘할 수 있다. 그러나 그대는 다른 사람으로부터 차용된 재간 중의 반만을 단지 일시적으로 소유할 뿐이다. 각자가 가장 잘할 수 있는 것은 조물주 이외의 그 누구도 그에게 가르칠 수 없다. 그것이 무엇인지는 본인이 그것을 발휘할 때까지는 그 누구도 알지 못하고 알 수도 없다. 셰익스피어를 가르칠 만한 스승이 어디 있겠는가? 프랭클린, 워싱턴, 베이컨, 뉴턴 등을 지도할 수 있는 스승이 어디 있겠는가? 위대한 사람은 모두 독특하다. 스키피오의 스키피오 주의는 그가 남에게서 빌릴 수 없었던 바로 그 점이다. 셰익스피어를 연구한다고 해서 결코 셰익스피어가 되진 않을 것이다. 그대에게 할당된 것을 하라. 그러면 그대는 너무 크게 희망할 수 없고, 너무 크게 일을 감행할 수도 없을 것이다. 이 순간 그대에게는 페이디아스의 거대한 끌이나 이집트인들의 흙손, 모세나 단테의 펜처럼 용감하고 장대하지만 그것들과는 다른 표현이 생기게 된다. 아무리 풍부하고 아무리 웅변적인 천 갈래의 혀를 가진 영혼도 아마 같은 말을 반복하진 않을 것이다. 그러나 만약 그대가 이 선조들이 말하는 것을 들을 수 있다면, 분명 그대는 그들에게 동일한 어조로 대답할 수 있다. 왜냐하면 귀와 혀는 동일한 자연의 두 기관이기 때문이다. 삶의 순수하고 고귀한 영역에 거주하며, 그대의 마음을 따르라. 그러면 그대는 태초의 세상을 다시 재현할 수 있을 것이다.

4. 우리의 종교, 교육, 예술이 외국으로 눈을 돌리듯이, 우리의

사회정신도 그러하다. 모든 사람들이 사회의 진보를 자랑하고 있지만 아무도 진보하고 있진 않다.

사회는 결코 진보하지 않는다. 그것은 한쪽에서 전진하는 만큼 빠르게 다른 쪽에서 후퇴한다. 그것은 계속적인 변화를 겪는다. 그것은 때로 야만적이고, 때로 문명적이고, 때로 기독교적이고, 때로 번영하고, 때로 과학적이다. 그러나 이 변화는 개선이 아니다. 왜냐하면 어느 것이 주어지면 무언가가 상실되기 때문이다. 사회는 새로운 기술을 획득하고 오랜 본능을 상실한다. 잘 차려입고, 책을 읽으며, 글을 쓰고, 사색을 하며, 시계와 연필과 어음장을 주머니에 넣고 다니는 미국인과 곤봉과 창, 거적, 칸막이도 없는 헛간의 겨우 20분의 1 정도 크기의 잠자리가 재산의 전부인 뉴질랜드의 벌거숭이 원주민은 얼마나 대조적인가? 그러나 두 사람의 건강을 비교해 보면 백인이 본래의 힘을 상실했음을 그대는 알아차릴 것이다. 만약 여행자의 말이 사실이라면, 그 미개인을 넓적한 도끼로 친다 해도 마치 연한 역청을 친 것처럼 하루나 이틀 만에 몸은 다시 아물고 치유될 것이다. 하지만 똑같은 타격으로 백인은 바로 무덤으로 가게 될 것이다.

문명인은 마차를 만들었지만 그의 발을 사용하지 못하게 되었다. 그는 지팡이에 의지하고 있으나 근육의 지지력이 크게 부족하다. 그는 제네바에서 만들어진 훌륭한 시계를 갖고 있지만 태양으로 시간을 알아보는 기술을 잃었다. 그는 그리니치 항해력을 가지고 있고, 그래서 필요할 때 정보를 얻을 것이라 확신하지만 거리에서 그 사람은 하늘에 있는 별을 알지 못한다. 그는 하지나 동지를 인식하지 못하고 춘분이나 추분을 거의 모르며, 그의 마음속에는 한 해 전체의 밝은 달력의 문자판이 존재하지 않는다. 수첩은 기억력을 해치고, 서고의 책들은 이해력에 과중한 짐을 주며, 보험회사는 사고의 수를 증가시키고 있다. 그래서 기계가 방해가 되지 않았는지, 우리가 고상함으로 인해 활기를 잃지 않았는지, 조직과 형식으로 둘러싸인 기독교에 의해 분방한 미덕의 활력을 잃지 않았는지 의문이 들 수 있다. 모든 스토아주의자는 금욕주의자였지만, 기독교 국가에서 기독교인은 어디에 있는가?

높이나 부피의 기준에 벗어남이 없는 것처럼 도덕적 기준에도 벗어남이 없다. 옛날보다 더 위대한 사람들이 오늘날 존재하는 것도 아니다. 초기 시대와 지난 시대의 위인들 사이에는 독특한 평등성을 찾아볼 수 있다. 19세기의 모든 과학, 예술, 종교, 철학은 23~24세기 전 플루타르코스의 영웅들보다 위대한 사람들을 교육시키는 데 쓸모를 발휘하지 못한다. 시간이 흐름에 따라 인류가 진보하는 것은 아니다. 포키온, 소크라테스, 아낙사고라스, 디오게네스는 위대한 사람들이지만, 그들은 자신들과 같은 부류의 사람들을 남기지 않는다. 진실로 그들과 같은 부류에 속한 자도 그들의 이름으로 불리지 않을 것이고, 그 자신이 독자적인 인간이 되어 그의 차례가 되면 한 학파의 창시자가 될 것이다. 각 시대의 예술과 발명은 그 시대의 의상에 불과하며 사람들에게 원기를 불어넣지는 못한다. 진보된 기계의 해악이 그 이익을 상쇄할지도 모른다. 허드슨과 베링은 그들의 어선으로 과학과 예술의 모든 수단이 망라된 장비를 갖춘 패리와 프랭클린을 놀라게 할 만큼의 업적을 성취했다. 갈릴레이는 쌍안경으로 그 후의 누구보다도 뛰어나게 일련의 천체 현상들을 발견했다. 콜럼버스는 갑판도 없는 배로 신세계를 발견했다. 수년 전 또는 수 세기 전에 큰 찬사를 받으며 도입된 방법과 기계가 주기적으로 쓸모없게 되거나 사라지는 일을 보는 것은 흥미롭다. 위대한 천재는 본질적인 인간으로 돌아가는 법이다. 우리는 전술의 개선을 과학의 승리로 생각하지만, 나폴레옹은 적나라한 용기에 의존하고 일체의 도움을 버리는 것을 원칙으로 한 야영을 통해 유럽을 정복했다. 나폴레옹 황제가 완전한 군대를 만든 것은, 라스 카사스의 말에 따르면 "우리의 무기, 화약고, 병참부, 차량들을 없애고 로마의 관습을 모방해서 병사가 옥수수를 배급받아 스스로 맷돌로 그것을 갈고 빵을 구울 수 있을 때에 이르러서야 가능했다".

사회는 파도와 같다. 그 파도는 앞으로 움직이지만 파도를 이루는 물은 그렇지 않다. 동일한 분자가 계곡에서 산마루로 오르지 않는다. 그 통일성은 단지 현상적인 것이다. 오늘날 국가를 이루는 사람들이 내년에 죽으면 그들의 경험도 함께 사라진다.

그리고 재산에 대한 의존은 그것을 보호하는 정부에 대한 의존을 포함하며 자립의 부족을 뜻한다. 스스로에게서 눈을 돌려 물질을 너무 오랫동안 바라본 결과, 사람들은 종교 단체, 연구 기관, 시민 단체를 재산의 보호 수단으로 간주하게 되었다. 그리고 그들은 이것들에 대한 공격을 비난한다. 왜냐하면 그 공격을 재산에 대한 공격으로 느끼기 때문이다. 그들은 각자의 됨됨이보다는 각자 가진 것으로 서로의 존경을 가늠한다. 그러나 교양 있는 사람은 자연에 대해 새로이 관심을 가지게 되면서 자신의 재산을 부끄럽게 여긴다. 특히 그가 가진 것이 우연한 결과—유산, 증여, 범죄—에서 비롯된 것임을 알게 되면 그는 그것을 증오한다. 그때 그는 그것이 자기의 소유물이 아니고, 자신에게 속한 것도 아니며, 자신에게는 아무런 근거도 없고, 단지 혁명이나 도둑질로 그것이 없어지지 않기 때문에 거기에 존재한다고 느낀다. 그러나 그것은 한 인간이 존재하면서 항상 필요에 의해 획득하는 것이다. 그 인간이 획득하는 것이 살아 있는 재산이고, 그것은 통치자, 군중, 혁명, 화재, 폭풍우, 파산 등에 의해 좌우되는 것이 아니며, 그 사람이 숨을 쉬는 곳 어디에서든 영원히 새롭게 변화되는 것이다. "그대의 운명, 즉 삶의 몫이 그대를 찾고 있다. 그러므로 운명을 찾으려 말고 편히 쉬어라." 칼리프 알리는 그렇게 말했다. 이러한 외부의 물건들에 의존하면 우리는 노예처럼 숫자를 숭배하게 될 것이다. 정당들은 수많은 집회를 열고 있다. 그 집회가 크면 클수록, 그리고 '에식스 대표 여러분!' '뉴햄프셔 민주당원 여러분!' '메인 주 휘그당원 여러분!' 등 각기 새로운 함성이 울려 퍼질 때마다 젊은 애국자는 새로운 수천의 사람들의 시선과 팔을 접하고 이전보다 강해졌다는 느낌을 받는다. 마찬가지로 개혁가들도 집회를 소집하고 투표하며 다수결로 결정한다. 오 친구여, 신은 이와 같이 그대의 마음속에 들어가 안주할 계획을 갖고 있지 않을 것이다. 오로지 한 인간으로서 모든 외래의 지원을 떨쳐 버리고 홀로 서는 자만이 굳세고 인생에서 승리할 것으로 나는 본다. 인간은 그의 군기 아래 보충병이 올 때마다 그만큼 더 약해진다. 한 인간이 한 도시보다 더 나은 것이 아닐까? 사람들에게 아무것도 구하지 말라. 그러면 끝없는 변화 속에서 유일하게 확고부동한 기둥인 그대는 곧 그대를 둘러싸고 있는 모든 것의 지지자가 될 것이 분명하다. 힘이란 천부적인 것이며 선을 자신 밖의 어딘가에서 찾기 때문에 무력하다는 것을 알고, 그리고 그런 지각 속에 주저 없이 자신의 사상에 몰두하여 즉시 자신을 바로잡고 곧은 자세로 서서 자신의 사지를 부리는 사람은 기적을 행하는 사람이다. 이것은 발로 서는 사람이 머리를 땅에 대고 서는 사람보다 더 강한 것과 같은 이치이다.

운명이라고 불리는 모든 것을 이와 같이 다루어라. 대부분의 사람들은 운명의 여신과 도박을 해서 그 여신의 수레바퀴가 굴러가는 대로 모든 것을 얻기도 하고 모든 것을 잃기도 한다. 그러나 그대는 이러한 소득을 부당한 것으로 떨쳐 버리고, 신의 대법관인 원인과 결과와 상대하라. 신의 의지 안에서 일하고 획득하라. 그러면 그대는 기회의 수레바퀴에 사슬을 묶고, 이후부터는 수레바퀴가 어디로 굴러가든 두려움 없이 앉아 있게 될 것이다. 정치적 승리, 임대료의 인상, 병의 회복이나 떠나갔던 친구의 귀환, 그 밖에도 어떤 좋은 일이 그대의 정신을 북돋우고, 그러면 그대는 좋은 날들이 그대를 맞이할 준비를 하고 있다고 생각하게 된다. 그것을 믿지 말라. 그대 자신을 제외한 어떤 것도 그대에게 평화를 가져다줄 수 없다. 자연법칙의 승리 이외에는 어떤 것도 그대에게 평화를 가져다줄 수 없다.

보상

시간의 날개들은 검고 하얗고,

아침저녁으로 다채롭다.

산은 높고 대양은 깊고

전율하면서 균형은 적당히 유지된다.

변화하는 달 속에, 조수의 물결 속에,

부족과 풍족함의 불화가 자란다.

많음과 적음의 척도가 우주를 가로질러

감동적인 불꽃과 빛다발을 만들어 낸다.

외로운 지구는 천체 사이에서

영원한 우주 공간을 가로질러 바삐 가고,

무게 추는 허공 속으로 날아가며,

보충의 소행성,

혹은 보상의 불꽃이

중립의 어둠 속을 날아간다.

인간은 느릅나무, 부(富)는 덩굴,

그 덩굴손들은 튼튼하고 강하게 감긴다.

연약한 작은 고리를 통해 그대를 속이지만,

그 줄기로부터 덩굴이 빼앗을 수 있는 것은 아무것도 없다.

그러니 두려워 말라, 그대 약한 아이야,

함부로 벌레에 해를 끼칠 신은 없노라.

월계관은 황무지를 고수하고

권력은 권력을 휘두르는 자에게 붙는다.

그대의 몫을 갖지 않았느냐? 날개 달린 발로,

보라! 그것은 그대를 맞으러 서둘러 간다.

자연이 그대의 것으로 만든 모든 것은,

허공에 떠 있거나 돌 속에 갇혀,

언덕을 쪼개고 바다를 거슬러,

그대의 그림자처럼, 그대를 따르리라.

나는 어려서부터 보상(報償)에 관한 글을 쓰고 싶었다. 왜냐하면 매우 어릴 적 나에게는 이 주제에 관해서는 삶이 신학에 앞서고, 사람들이 설교자들이 가르치는 것 이상으로 알고 있는 것으로 생각되었기 때문이다. 또한 그 이론을 끌어낼 수 있는 자료들도 한없이 다양해서 내 공상을 매혹하였으며, 심지어 잠자는 동안에도 눈앞에 떠올랐다. 사실 그 자료들은 우리 수중의 연장들, 우리의 바구니 속 빵, 거리의 거래, 농장과 주택, 인사, 관계, 채무와 채권, 인격의 영향력, 모든 사람들의 본성과 천부적 재능 등이었다. 또한 보상 원리 속에서 사람들은 신성의 빛, 어떤 전통의 흔적에도 물들지 않은 이 세계의 영혼의 현재 활동을 볼 수 있을 것이고, 그래서 인간의 마음은 충만하며 영원한 사랑에 감싸이고, 지금 실제로 존재하기 때문에 과거에도 항상 존재했고 앞으로도 항상 존재하리라 생각되는 그 영혼과 교통할 수 있을 것으로 내게 생각되었다. 게다가 이러한 진리가 가끔 우리에게 드러날 때의 그 빛나는 직관에 조금이라도 비슷한 말로 이 원리를 진술할 수 있다면, 그것은 우리의 인생 항로에 있어서 수없이 어두운 시간과 굴곡 많은 여정을 비추는 별이 될 터이고, 그리하여 우리는 길을 잃는 고통을 겪지 않을 것으로 생각되었다.

　나는 교회에서 어떤 설교를 듣고서 이런 열망들에 대한 확고한 믿음을 최근 갖게 되었다. 정통파적 신념으로 존경받는 그 설교자는 평소의 방식대로 최후의 심판의 교리를 표명했다. 그는 심판이 이 세상에서 행해지는 것이 아니며, 현세에서 악한 자들은 성공하고 선한 자들은 궁핍하다고 가정한 다음, 이치적으로 보나 성서에 입각해서 보나 보상은 내세에 양쪽 모두에게 이루어질 것이라고 주장했다. 이 교설(教設)에 대해 신도들은 아무런 불쾌감도 보이지 않는 것 같았다. 내가 본 바로는 집회가 끝났을 때 그들은 그 설교에 대해 이러저러한 어떤 말도 없이 헤어졌다.

그런데 그 설교의 취지는 무엇이었을까? 설교자는 무슨 의미로 선한 사람들이 현세에서 궁핍하다고 말했을까? 집과 땅, 관직, 술, 말, 옷, 사치품 등은 부도덕한 사람들이 소유하고, 반면에 성자들은 가난하고 천시되며 이들에 대한 보상은 내세에서 이루어져 훗날 유사한 만족—은행 주식과 돈, 사슴고기와 샴페인—이 주어진다는 말이었을까? 이것이 분명 그가 의도한 보상일 것이다. 아니면 무엇일까? 그들은 기도하고 찬미할 수 있는 특권을 가진단 말인가? 사람들을 사랑하고 봉사할 수 있는 특권이 있단 말인가? 아니, 그것은 그들이 지금도 할 수 있는 일이다. 그 신도들이 끌어낼 수 있는 논리적인 결론은 다음과 같으리라. '저 죄인들이 현재 누리는 것과 같은 그런 시절을 우리도 누릴 것이다.' 혹은 그것을 극단적으로 밀고 나간다면 다음과 같은 의미일 것이다. '너희들은 지금 죄를 짓는다. 우리는 머지않아 죄를 지을 것이다. 우리도 할 수만 있다면 지금 죄를 짓고 싶지만 잘 안 되기 때문에 우리는 내일의 분풀이를 기대한다.'

추론상의 잘못은 악인이 성공하고 정의가 현재 실현되고 있지 않다는 엄청난 용인 속에 놓여 있다. 그 설교자의 무지는 진리로부터 세상을 직면하여 세상의 잘못을 말하고 영혼의 존재와 전능한 신의 뜻을 선언하며 선과 악, 성공과 기만의 기준을 확립하는 대신에, 인간의 성공을 구성하는 요소에 대한 시장의 속된 평가를 따른다는 데 있었다.

나는 이와 유사한 속된 논조를 요즘 대중 종교에 대한 저작과 문학인들이 때때로 관련 주제들을 다룰 때 취하는 견해에서 보고 있다. 나는 현재 대중화된 신학은 그것이 대체한 미신보다 원리가 아닌 예법에서만 나아졌을 뿐이라고 생각한다. 그러나 사람들은 신학보다 나은 존재들이다. 일상의 삶은 신학이 거짓임을 입증하고 있다. 성실하고 야심 있는 모든 종교 지도자는 그 자신의 경험에 교리를 두고 있다. 그리고 모든 사람들은 겉으로 표현할 수 없는 거짓을 때때로 느낀다.

사람들은 그들이 알고 있는 것보다 현명하다. 그들이 되씹어 생각하지 않고 학교와 설교단에서 듣는 말을 만일 대화 중에 했다면 아마도 침묵하는 가운데 의심을 품었을 것이다. 만일 어떤 사람이 신의 섭리와 율법에 관해 여러 사람이 뒤섞인 모임에서 독단적으로 말한다면, 듣는 사람은 말로 표현할 수는 없으나 옆에서 보는 사람이 충분히 느낄 수 있는 불만을 담은 침묵으로 그에 답할 것이다.

나는 이 장과 다음 장에서 보상의 법칙의 방향을 가리키는 몇 가지 사실들을 기록하고자 한다.[1] 내가 이 원환 중 최소한의 호선이라도 그릴 수 있다면 기대 이상으로 행복할 것이다.

---

1 에머슨 전집에는 〈보상(Compensation)〉 다음에 〈정신의 법칙(Spiritual Laws)〉이 실려 있다.

양극성, 즉 작용과 반작용을 우리는 자연의 모든 부분 속에서 목격한다. 어둠과 빛, 열기와 냉기, 썰물과 밀물, 남성과 여성. 식물과 동물의 들숨과 날숨, 동물체 분비액의 양과 질의 평형상태, 심장의 수축과 이완, 유동체와 소리의 파동, 중력의 원심력과 구심력, 전기, 직류 전기, 화학적 친화력 등에서 보고 있다. 바늘의 한 끝에서 자력을 유발하면 반대 자력은 다른 끝에서 발생한다. 남극이 잡아당기면 북극이 반발한다. 이쪽을 비우고자 한다면 그대는 저쪽을 압축해야만 한다. 불가피한 이원론은 자연을 둘로 나눈다. 그러므로 각각은 반쪽이며 전체를 이루기 위해서는 다른 반쪽이 필요함을 암시한다. 정신과 물질, 남자와 여자, 짝수와 홀수, 주관과 객관, 안과 밖, 위와 아래, 움직임과 정지, 긍정과 부정 등에서 그 예를 볼 수 있다.

세계는 이렇게 이원적이며, 그 부분들도 모두 그러하다. 만물의 전체 시스템이 모든 분자 속에서 재현된다. 바다의 썰물과 밀물, 낮과 밤, 남성과 여성 등과 유사한 어떤 것이 솔잎 하나, 곡식 낟알 하나, 모든 동물 종족의 각 개체 속에 존재한다. 자연의 힘 속에 있는 장대한 반작용이 이러한 작은 영역들 속에서도 반복되고 있다. 예를 들면, 생리학자는 동물 왕국에서 어떤 생물이 총애를 받는 일도 없고, 일종의 보상이 모든 재능과 단점의 균형을 맞춘다는 것을 관찰하게 된다. 한 부분에 과잉된 것이 주어지면 그 생물의 다른 부분에서는 감소가 이루어진다. 만약 머리와 목이 크면 몸통과 사지는 짧다.

기계력의 법칙 역시 또 다른 예이다. 우리가 동력에서 얻는 것은 시간에서 잃는데, 그 반대의 경우도 역시 마찬가지다. 행성들의 정기적 또는 보상적 오차도 또한 그 예이다. 정치사에서 보이는 기후와 토양의 영향도 또 다른 예이다. 추운 기후는 원기를 북돋운다. 불모의 토양에는 열병, 악어, 호랑이, 전갈 등도 번식하지 못한다.

동일한 이원론이 인간의 본성과 조건의 근저에 있다. 모든 과잉은 결점을 낳고, 모든 결함은 과잉을 부른다. 모든 즐거움은 괴로움을 내포하고, 모든 불행은 행운을 내포하고 있다. 쾌락을 받아들이는 재주는 그것이 남용되면 그에 상응하는 벌을 받는다. 그 절제에는 생명이 따른다. 티끌만 한 지혜에도 티끌만 한 어리석음이 있다. 그러므로 그대가 어떤 것을 놓치면 그대는 다른 무언가를 얻게 되는 법이다. 그대가 얻는 것이 있으면 잃는 것도 있다. 부가 증가하면 그것을 사용하는 사람들도 늘어난다. 수금자가 너무 많이 수금하면, 자연은 그 사람의 금고에 넣어 둔 만큼 빼앗아 간다. 재산을 불리지만 그 소유자를 죽이는 법이다.

자연은 독점과 예외를 싫어한다. 바다의 파도가 가장 높은 파고에서 빠르게 수평을 찾으려 하듯이, 다양한 조건들도 스스로 균형을 잡으려는 경향이 있다. 거만한 자, 강한 자, 부자, 행운아들을 실질적으로 다른 모든 사람들과 같은 위치로 끌어내려 평균화하는 상황이 언제나 존재한다. 어떤 사람이 사회에 대해 너무 강경하고 사나우며, 기질과 태도가 불량 시민—해적의 기미가 있는 무뚝뚝한 불량배—이라 할 만한가? 자연은 그에게 예쁜 아들딸들을 보낸다. 그들은 마을 학교 여선생의 반에서 잘 지내게 되며, 그 아이들에 대한 사랑과 염려로 그의 냉혹하고 찌푸린 인상은 공손하게 변한다. 이렇게 자연은 화강암과 장석을 부드럽게 하며, 멧돼지를 쫓아내고 어린양을 들여서 자연의 균형을 일정하게 유지하고자 한다.

농부는 권세와 지위가 좋은 것들이라고 생각한다. 그러나 대통령은 그의 백악관에 들어가기 위해 값비싼 대가를 치렀다. 그는 자신의 마음의 평정과 최고의 인간적 특성을 모두 희생했다. 세상에서 잠시나마 두드러진 모습을 유지하기 위해, 그는 옥좌 뒤에 똑바로 서 있는 실제 주인들 앞에서 기꺼이 먼지라도 먹으려 한다. 어쩌면 사람들은 천재의 보다 실질적이고 항구적인 위엄을 바라는 것일까? 이것 또한 예외는 아니다. 의지나 생각의 힘이 탁월하여 수많은 사람들을 내려다보는 사람은 그 탁월함에 대한 책임이 있다. 모든 빛의 유입에는 새로운 위험이 따르는 법이다. 그가 영혼의 빛을 가졌는가? 그는 그 빛을 입증해야 하며, 끊임없이 주어지는 영혼의 새로운 계시에 충실함으로써 그에게 강렬한 만족을 주는 그 동정으로부터도 언제나 벗어나야 한다. 그는 아버지와 어머니, 아내와 아이도 미워해야 한다. 그가 세상 사람들이 사랑하고 찬탄하며 몹시 탐내는 모든 것을 갖고 있는가? 그는 그들의 찬탄을 받아들이지 않고 진리에 충실함으로써 그들을 고통스럽게 하며 조롱과 경멸의 대상이 되어야 한다.

이 법칙은 도시와 국가의 법칙이기도 하다. 이 법칙을 거스르고 건설하거나 계획하거나 합병하려는 것은 헛된 일이다. 만물은 오랫동안 잘못 취급당하는 것을 거부하는 법이다. 비록 새로운 해악에 대한 저지가 나타나지 않을지라도, 그 저지는 존재하는 법이고 앞으로 나타나게 되어 있다. 만일 통치가 무자비하면 그 통치자의 생명은 안전하지 못하다. 만일 그대가 세금을 너무 많이 청구하면 수입 창출은 이루어지지 않을 것이다. 만일 그대가 형사법규를 살벌하게 만들면 배심원들은 선고를 하지 못할 것이다. 법이 너무 무르면 사적인 복수가 개입된다. 만일 정부가 지나친 민주정치를 시행하면 시민의 지나친 힘의 압력으로 저항을 받고, 삶은 보다 격렬한 불꽃으로 타오르게 된다. 인간의 참된 삶과 만족은 조건이 극단적으로 엄격하거나 지나치게 행복한 것을 피하고 대단히 냉담하게 다양한 모든 환경 속에 자리 잡는 것 같다. 어떤 정부 아래에서도 성격의 힘은 동일하게 유지된다. 터키에서도, 뉴잉글랜드에서도 거의 똑같다. 역사의 정직한 고백에 따르면, 고대 이집트의 전제 군주들 밑에서도 인간은 교양을 갖춘 만큼 자유로웠음이 분명하다.

이런 현상들은 우주가 모든 분자들 하나하나에 표현되어 있다는 사실을 가리킨다. 자연의 모든 것은 자연의 모든 힘을 내포하고 있다. 모든 것은 숨겨진 본질로 만들어졌다. 자연사학자들은 모든 변용 속에서 하나의 전형을 본다. 말을 달리는 사람으로, 물고기를 헤엄치는 사람으로, 새를 나는 사람으로, 나무를 뿌리가 있는 사람으로 보는 것과 같다. 각각의 새로운 형태는 그 형(型)의 주요 특성을 반복할 뿐만 아니라, 부분적으로 모든 세부 항목, 모든 목적, 촉진, 장애, 활기, 그리고 나머지 전체 시스템을 모두 되풀이한다. 직업, 거래, 예술, 계약 등은 모두 세계의 요약이며 다른 모든 것과 관련되어 있다. 각자는 인간의 삶을 완전히 상징하는 것으로, 인생의 행복과 불행, 시련, 적, 행로와 목적의 완전한 전형이다. 따라서 각자는 어찌 됐든 전체 인간을 수용하고 그의 모든 운명을 반복해야 한다.

세상은 한 방울의 이슬 속에서도 원만함을 이루고 있다. 너무 작기 때문에 불완전한 미소(微小) 동물이란 현미경으로도 찾아볼 수 없다. 눈, 귀, 미각, 후각, 움직임, 저항력, 식욕, 영원을 붙잡고 있는 생식기관, 이러한 모든 것을 담을 공간을 그 작은 생물은 갖고 있다. 우리도 모든 행동 속에 우리의 생명을 불어넣고 있다. 편재성의 진정한 교리는 하나님이 모든 이끼와 거미줄 속에서도 그 완전한 모습으로 다시 나타나는 것이다. 우주의 가치는 모든 면에서 그 가치를 드러내려 한다. 선이 있다면 악이 존재하고, 친화력이 있다면 반발력이 존재하며, 힘이 있다면 제한이 존재하는 법이다.

이와 같이 우주는 살아 있다. 만물에는 도덕률이 있다. 우리의 내부에서는 하나의 감정인 저 영혼도 밖에서는 하나의 법칙이 된다. 우리는 그 영감을 느끼고, 역사 속에서 그 결정적 힘을 볼 수 있다. '그것은 세상 속에 있고, 세상은 그것으로 만들어졌다.' 정

146

의는 후일로 미루어지지 않는다. 완벽한 공평함이 인생의 모든 부분들에서 그 균형을 조절하고 있다. 신의 주사위는 언제나 예정되어 있다. 세상은 곱셈표나 수학 등식과 같아서, 그것을 어떻게 바꾸든 간에 균형을 잡게 된다. 그대가 어떤 숫자를 취하든, 정확한 값은 많지도 적지도 않게 늘 다시 그대에게 돌아오게 된다. 조용히 그리고 확실하게 모든 비밀은 드러나고, 모든 죄는 처벌되며, 모든 덕행은 보상되고, 모든 잘못은 시정된다. 우리가 인과응보라고 부르는 것은 부분이 나타나는 곳에 전체가 나타나게 되는 우주의 필연적 법칙이다. 만일 그대가 연기를 본다면 화재가 있음이 분명하다. 만일 손이나 다리를 본다면 그것이 속한 몸체가 배후에 있다는 것을 그대는 알게 된다.

모든 행위는 양면에서—첫째로는 그 자체, 즉 실제 본질에서, 둘째로는 그 상황 속에서, 즉 눈에 보이는 외면적 성질에서—보상되어, 말하자면 완전해진다. 사람들은 그 상황을 인과응보라고 부른다. 우연한 인과응보는 그 자체에 내재하고 있고, 영혼은 그것을 본다. 상황 속에서의 인과응보는 오성으로 알 수 있다. 그것은 그 본질과 분리될 수 없지만, 종종 장기간에 걸쳐 있기 때문에 오랜 세월이 지나서야 분명해진다. 범죄에 대한 구체적인 형벌은 비록 늦을 수 있지만, 형벌은 범죄에 동반하는 것이기 때문에 뒤따르기 마련이다. 죄와 벌은 한 줄기에서 자라난다. 벌은 그것을 숨기고 있는 쾌락의 꽃 안에서 생각지도 않게 익은 과일이다. 원인과 결과, 수단과 목적, 씨와 열매는 분리될 수 없다. 왜냐하면 결과는 이미 원인 속에서 꽃을 피우고 있고, 목적은 수단 속에, 열매는 씨 속에 이미 존재하고 있기 때문이다.

이와 같이 세상은 전체가 되고자 하며 분리되지 않으려 하는데, 우리는 부분적으로 행동하고 나누며 사유하고자 한다. 예를 들어 감각을 만족시키기 위해 우리는 인격에 필요한 것들 중에서 감각만을 떼어 내고 있다. 인간의 재주는 항상 한 가지 문제를 해결하는 데 바쳐져 왔다. 관능적으로 달콤한 것, 관능적으로 강한 것, 관능적으로 화려한 것 등을 도덕적으로 달콤한 것, 도덕적으로 깊은 것, 도덕적으로 아름다운 것으로부터 떼어 내는 문제, 다시 말해 바닥을 남기지 않고 어떻게 그 위의 표면을 깨끗이 잘라 낼 수 있느냐, 다른 한 끝이 없이 한 끝을 얻느냐 하는 문제가 그것이다. 영혼은 '먹어라' 하고 말하지만, 육체는 진수성찬을 즐기려 한다. 영혼은 '남녀는 몸과 영혼이 하나여야 한다'고 말하지만, 육체는 단지 몸만을 결합하고자 한다. 영혼은 '덕을 목적으로 만물을 통제하라'고 말하지만, 육체는 그 자체의 목적만을 위해 만물을 지배하려고 한다.

영혼은 만물을 통하여 살며 일하고자 온 힘으로 애쓴다. 그것이 유일한 사실이고자 한다. 만물은 그것에 덧붙여지는 것이다. 권력, 쾌락, 지식, 아름다움도 그렇다. 주목할 만한 사람은 대단한 사람이 되고자 목표하며, 잘난 체하고, 사적인 이익을 위해 거래하며 흥정하려 한다. 특히 탈 것에 타기 위해 타고, 옷 입기 위해 옷을 입으며, 먹기 위해 먹고, 보여 주기 위해 통치하려고 한다. 사람들은 위대해지고자 한다. 그들은 관직, 부, 권력, 명성을 얻고자 한다. 그들은 위대해지는 것이 자연의 한 면―다른 면인 쓴맛을 제외한 달콤한 맛―을 얻는 것이라고 생각한다.

이렇게 분리하고 떼어 내는 것은 끊임없이 반작용을 일으킨다. 오늘에 이르기까지 그런 일을 계획한 사람 가운데 조금이라도 성공한 사람이 없다는 사실을 인정하지 않을 수 없다. 손이 지나가면 갈라진 물은 다시 하나가 된다. 우리가 전체에서 따로 떼어 내려고 하면 쾌락은 즐거운 것들 중에서, 이익은 이로운 것들 중에서, 권력은 힘 있는 것들 중에서 제거된다. 우리가 만물의 절반을 취해서 감각적인 것만 따로 얻을 수 없는 것은 외부가 없는 내부 또는 그림자 없는 빛을 얻을 수 없는 것과 같은 이치다. '갈퀴로 자연을 긁어 내보내면, 자연은 다시 달려올 것이다.'

인생은 불가피한 조건들을 지니고 있다. 어리석은 사람은 그것들을 피하려 하고, 어떤 이는 그런 것들은 알 바 아니며 자신에게 영향을 미치지 못한다고 큰소리친다. 그러나 그 허풍은 그의 입에 오르내리지만, 그 조건들은 그의 영혼 속에 있다. 만약 한 부분에서 그것들을 피한다면, 그것들은 보다 치명적인 다른 부분에서 그를 공격하는 법이다. 만약 형태와 외관에서 그것들을 피했다면 그것은 그가 자신의 삶을 거부하고 자신으로부터 도망쳤기 때문이고, 그 응보는 정말로 죽음이다. 이익과 부담을 분리하고자 하는 모든 시도는 실패할 것이 너무나 확실하기 때문에, 어떤 시도도 하지 않을 것이다. 왜냐하면 시도한다는 것 자체가 미친

짓이기 때문이다. 반항과 분리의 병이 의지 속에서 시작되면 지능은 곧 전염되고, 그 결과 그 사람은 개개의 대상 속에서 신을 완전히 볼 수 없으며, 한 대상의 감각적인 유혹만 볼 뿐 감각적인 상처를 볼 수 없게 된다. 그는 인어의 머리는 보지만 용의 꼬리는 보지 못하며, 갖고 싶은 것을 갖고 싶지 않은 것으로부터 떼어 낼 수 있다고 생각한다. '한없는 욕망을 가진 자들에게 한결같은 신의 섭리로 무자비한 벌을 내리시며 지고의 하늘에 고요히 거하시는, 오 그대, 유일한 절대 신이시여, 그대는 참으로 신비로우시도다!'

인간의 영혼은 전설, 역사, 법률, 속담, 대화 등에 그려진 사실들과 어긋나지 않는다. 그것은 의식하지 못하는 사이에 문학 속에서 발언한다. 그래서 그리스인들은 제우스를 최고의 신이라고 불렀다. 그러나 전설에서 여러 비열한 행위들을 그의 소행으로 돌리는 것으로 보아, 그들은 나쁜 신의 두 손을 묶어 둠으로써 무의식중에 제정신이 들도록 수정을 가했다. 그는 영국의 왕처럼 무력하게 만들어졌다. 프로메테우스는 제우스도 예상만 할 뿐인 한가지 비밀을 알고 있다. 아테나도 또 다른 비밀을 알고 있다. 제우스는 자기 자신의 천둥을 얻을 수 없다. 아테나가 그 열쇠를 갖고 있다.

모든 신들 중에서 나만이 안다네.
그의 천둥이 잠자고 있는
그 금고실 안의 단단한 문을 여는 그 열쇠를.

이것은 만물과 그 도덕적 목적의 내부 작용에 대한 꾸밈없는 고백이다. 인도 신화도 같은 윤리관으로 끝난다. 그리고 어떤 우화도 도덕적이지 않은 내용이 담긴 채 조금이라도 유포되는 일은 불가능한 것 같다. 에오스가 그녀의 연인에게 젊음을 달라고 간청하는 것을 잊었기에, 비록 티토노스는 죽지는 않으나 늙어 간다. 아킬레우스도 완전한 불사신은 아니었다. 테티스가 잡은 그의 발뒤꿈치는 성수(聖水)로 씻기지 않았다. 〈니벨룽겐의 노래〉에 나오는 지크프리트도 완전한 불사의 존재가 아니다. 왜냐하면 그가 용의 피로 목욕하는 중에 나뭇잎 하나가 그의 등에 떨어졌고, 그 잎에 덮인 부위는 죽음을 면할 수 없기 때문이다. 이와 같이 될 수밖에 없다. 모든 것에는 신이 만들어 놓은 결함이 있기 마련이다. 인간의 공상이 대담한 휴일을 보내고 낡은 자연법칙에서 벗어나고자 하는 분방한 시(詩) 속에는 의식하지 못하는 사이에 스며든 이러한 징벌적인 상황이 언제나 존재하는 것 같다. 이러한 되받아치기, 발포의 반동은 자연법칙이 숙명적이라는 사실, 즉 자연에는 어떤 것도 그냥 주어지지 않으며 만물은 대가로 팔린다는 사실을 입증한다.

이것은 우주를 감시하면서 어떠한 죄도 징벌받지 않는 일은 없도록 하는 네메시스의 오랜 신조이다. 복수의 세 여신은 정의의 시녀들로서 만일 태양이라도 그 길을 벗어나면 벌을 준다고 한다. 시인들의 말에 따르면 석벽과 철검, 가죽 끈이 그 주인의 잘못에 대해 신비스럽게 공명했다고 한다. 아이아스가 헥토르에게 준 혁대는 그 트로이의 용사를 아킬레우스의 전차 바퀴에 매달고 싸움터를 끌고 다녔고, 헥토르가 아이아스에게 준 칼은 그 칼끝에 아이아스가 쓰러지게 했던 것이다. 시인들의 기록에 의하면, 타소스인들이 경기의 승리자인 테아게네스에게 조각상을 세워 주자 그의 적수 중 한 사람이 밤에 찾아가 그것을 넘어뜨리려 반복해서 타격했고, 마침내 받침돌로부터 떼어 냈으나 조각상이 떨어지면서 그는 깔려 죽었다고 한다.

우화의 이러한 표현에는 신성한 무엇인가가 내포되어 있다. 그것은 작가의 의지보다 높은 사상으로부터 온 것이다. 그것은 각각의 작가가 지닌 최고의 부분이고 사적인 것은 전혀 들어 있지 않다. 그 자신도 모르는 것이며, 그의 천성으로부터 흘러나온 것으로 너무 무리하게 꾸며 낸 것도 아니다. 그것은 한 명의 예술가만 연구해서는 쉽게 발견할 수 없고 많은 예술가들을 연구해야 그 전체 정신으로서 추출해 낼 수 있는 것이다. 내가 알고 싶은 것은 페이디아스가 아니라 초기 그리스 세계에서의 인간의 작품이다. 페이디아스의 이름과 생활환경은 역사 기술에는 무척 편리할지도 모르지만 최고의 비평 단계에 이르면 혼란만 일으킨다. 우리가 보고자 하는 것은 일정한 시대에 인간이 하고자 한 것, 그러나 그 시기 인간의 활동 매체인 페이디아스, 단테, 셰익스피어의 중개적인 의지에 의해 방해받은 것, 말하자면 행위 과정에서 수정된 것이다.

이러한 사실은 모든 국가의 격언들 속에서 보다 더 두드러지게 표현되어 있다. 격언은 언제나 이성의 문헌이고 부가적인 조건 수식이라고는 없는 절대적인 진리의 말이다. 격언은 각 나라의 성스러운 경전과 같이 직관의 성전이다. 현상에 구속되어 있는 단조로운 세상은 현실론자가 자신의 말을 하는 것을 허락하지 않지만, 그가 격언을 통해 말하는 것은 반대하지 않고 내버려 둘 것이다. 그리고 종교계, 의회, 대학이 인정하지 않는 이 율법 중의 율법은 모든 시장과 공장에서 격언의 날개를 달고 끊임없이 설교되고 있고, 그 가르침은 새와 파리의 그것처럼 진실하고 모든 곳에 퍼져 있다.

모든 것은 이것과 저것이 상대하며 양면으로 되어 있다. 오는 말이 있으면 가는 말이 있다. 눈에는 눈, 이에는 이, 피에는 피, 법에는 법, 사랑에는 사랑으로 보답된다. 주어라, 그러면 그대에게 주어질 것이다. 물을 끼얹는 자는 스스로 물에 젖을 것이다. 신이 말하셨다. 너는 무엇을 갖고자 하느냐? 값을 치르고 그것을 취하라. 모험하지 않으면 얻는 것도 없다. 네가 한 일에 대해서 더도 덜도 없이 정확히 그만큼 보상받을 것이다. 일하지 않은 자, 먹지 못하리라. 해악을 끼치면 해악을 받는다. 저주는 항상 저주하는 사람의 머리에 돌아온다. 족쇄로 노예의 목을 묶는다면, 그 한쪽 끝은 너의 목에 묶인다. 나쁜 충고를 하면 충고한 자가 당한다. 악마는 바보다.

이와 같이 기록된 것은 삶 속에서 그러하기 때문이다. 우리의 행동은 자연의 법칙에 의해 우리의 의지 이상으로 지배되고 특징지어진다. 우리는 공익과 너무 동떨어진 사소한 목적을 추구하지만, 우리의 행위는 항거할 수 없는 자력에 의해 세계의 양극과 하나로 정렬된다.

사람이 하는 말은 곧 자신을 평가하는 말이 된다. 자신의 의지대로 혹은 의지에 반하여 사람은 자신이 하는 모든 말로 상대의 눈에 자신의 초상화를 그리고 있다. 모든 의견은 그것을 말하는 자에게 반응한다. 그것은 표적을 향해 던져진 실 꾸러미로, 다른 한쪽 끝은 던진 자의 가방 속에 있다. 아니, 오히려 그것은 고래에게 던진 작살이라서 배 안의 밧줄이 풀리며 날아가는데, 만약 그 작살이 좋지 않거나 잘못 던져질 경우 자칫하면 조타수를 두 쪽으로 베거나 배를 침몰시킬 수 있다.

부당한 대우를 받지 않고서 부당한 짓을 할 수는 없다. "자만심을 가진 자는 반드시 자만심의 날카로운 칼끝에 다치는 법이다."라고 버크가 말했다. 사교 생활에서 배타적인 사람은 즐거움을 독점하려고 함으로써 스스로 그 즐거움에서 배제된다는 것을 알지 못한다. 종교적 배타주의자는 다른 사람들이 들어오지 못하게 천국의 문을 닫으려 애씀으로써 자기 스스로에 대해 천국의 문을 닫는다는 사실을 알지 못한다. 장기의 졸(卒)과 구주희(九柱戲)의 아홉 개 나무 기둥처럼 사람들을 다루면, 자신도 그 사람들처럼 대접받게 되어 있다. 사람들의 마음을 무시하면 자신의 마음도 낙담하게 될 것이다. 분별 의식은 모든 사람들을, 이를테면 여자, 아이, 가난한 자들을 모두 사물로 만들 수 있다. '지

154

갑에서 얻지 못하면 그의 살갗에서 얻으리라.'는 저속한 속담은 일리 있는 철학이다.

사회관계에서 사랑과 공평에 어긋나는 모든 위반 행위들은 신속하게 처벌된다. 그 행위들은 두려움의 벌을 받는다. 내가 내 동료와 꾸밈이 없는 관계일 때는 그를 만나는 데 아무런 불쾌감을 느끼지 않는다. 자연의 완전한 확산과 침투로 물과 물이 만나듯이, 또는 공기의 두 기류가 합치듯이 우리는 만난다. 그러나 순수함이 조금이라도 사라지거나 불성실함을 보인다면, 말하자면 그에게는 안 좋으나 내게는 좋다면 내 이웃은 부당함을 느끼게 된다. 내가 그를 꺼려하는 만큼 그도 나를 꺼린다. 그의 눈은 더 이상 내 눈을 찾지 않고 둘 사이에는 싸움이 벌어지며, 그에게는 증오가 생기고 나에게는 두려움이 생긴다.

사회에서 보편적이고 특수한 낡은 악습, 재산과 권력의 부당한 축적 등은 모두 똑같은 식으로 보복을 받는다. 두려움은 큰 지혜의 선생이고 모든 변혁의 선구자이다. 두려움이 가르치는 한 가지는 그것이 나타나는 곳에는 부패가 있다는 것이다. 그것은 썩은 고기를 먹는 까마귀이다. 비록 그것이 날아다니며 찾는 것이 무엇인지는 잘 몰라도, 어딘가에는 사체가 있다. 우리의 재산도 겁먹고, 우리의 법률도 겁먹으며, 우리의 교양 있는 계층도 겁먹는다. 두려움은 오랫동안 전조를 보이고 얼굴을 찡그리며 정부와 재산에 대해 알아들을 수 없는 말을 한다. 그 꺼림칙한 새는 아무 이유 없이 나타나지 않는다. 그것은 반드시 고쳐야 할 잘못이 있음을 가리킨다.

우리의 자발적인 행위가 멈춤으로써 즉시 일어나는 변화에 대한 기대도 같은 성질을 지닌다. 구름 한 점 없는 한낮의 공포, 폴리크라테스의 에메랄드 반지,[2] 번영의 두려움, 모든 고결한 영혼들이 고귀한 금욕과 남을 대신하는 희생의 덕을 스스로에게 지우는 일 등은 인간의 감성과 이성을 통해 정의의 저울이 흔들리는 것이다.

세상사에 경험이 많은 사람들은 세상을 살아가면서 응분의 몫을 지불하는 것이 최선이고, 사소하게 아끼다가 종종 비싼 대가를 치른다는 것을 잘 알고 있다. 채무자는 자기 스스로 지운 채무 속에서 허덕이는 법이다. 백 가지 호의를 받으면서 단 한 가지도 갚지 않는 사람은 무엇을 얻게 될까? 게으름을 피우거나 교활한 짓으로 이웃의 물건, 말, 돈 등을 빌림으로써 그가 이득을 보았는가? 그 행위가 일어나는 것과 동시에 한쪽에서는 이익을 얻고 다른 한쪽에서는 빚을 졌다는 생각, 말하자면 우열이 발생한다. 그

---

2 기원전 530년경 소아시아의 섬 사모스를 점령한 그리스의 폴리크라테스는 야망이 큰 왕으로 당시 이집트 왕인 아마시스와 동맹을 맺고 있었다. 미신을 잘 믿었던 아마시스에게는 폴리크라테스가 누리는 연이은 행운이 불길해 보였다. 불행을 막기 위해서 가장 귀하게 생각하는 보물을 버리라고 아마시스는 충고를 한다. 그의 충고를 받아들여 폴리크라테스는 에메랄드가 박힌 황금 반지를 바다에 던져 버린다. 그러던 중 한 어부가 진상한 물고기 속에서 자신이 버린 반지가 나오는 일이 발생한다. 폴리크라테스가 아마시스에게 그 일에 대해 말하자, 아마시스는 폴리크라테스의 불행이 사라지지 않을 것임을 예감하고 사모스에 전령을 보내서 동맹이 깨졌음을 선포한다. 곧이어 폴리크라테스에게 불행이 닥치고 그는 처형당한다.

거래는 그 자신과 이웃의 기억에 남게 되고, 새로운 거래가 있을 때마다 그 거래의 성질에 따라 그들 사이의 관계가 변화된다. 자신의 뼈가 부서지더라도 이웃의 마차에 타는 것보다 낫고, '부탁하는 것이야말로 가장 비싼 값을 치르는 일'이라는 것을 그는 곧 알게 될 것이다.

　현명한 사람은 이 교훈을 인생의 모든 부분에 확대시킬 것이고, 모든 청구자와 대면하여 그대의 시간, 재능, 열정에 대한 정당한 요구에 제값을 치르는 것이 분별 있는 일임을 알게 될 것이다. 언제나 대가를 지불하라. 처음이건 나중이건 그대는 모든 빚을 지불해야만 한다. 사람들과 여러 일들로 인해 그대와 당연한 응보 사이에 시간 간격이 생길지도 모르지만, 그것은 단지 유예일 뿐이다. 결국 그대는 자신의 빚을 지불해야만 한다. 만일 그대가 현명하다면 단지 빚을 더 늘리는 데 불과한 번영을 두려워할 것이다. 은혜는 자연의 목적이다. 그러나 그대가 받는 모든 은혜에는 세금이 부과된다. 가장 많은 은혜를 베푸는 사람은 위대하다. 은혜를 받고 전혀 베풀지 않는 사람은 천하다. 그것은 우주에서 가장 천한 것이다. 자연의 질서 속에서 우리는 우리에게 은혜를 베푼 사람들에게 은혜를 갚을 수가 없는 법이고, 있다 해도 아주 드문 일이다. 그러나 우리가 받은 은혜는 한 줄 한 줄, 행동 하나하나, 한 푼 한 푼, 빠짐없이 누군가에게 되갚아야 한다. 그대의 수중에 너무 많은 이익이 머물러 있는 것에 주의하라. 그것은 빠르게 부패하고 벌레가 생길 것이다. 어떤 방식으로든 그것을 빨리 갚도록 하라.

노동도 똑같이 무자비한 법칙을 따른다. 가장 값싼 노동이 가장 비싼 값을 치르는 노동이라고, 분별 있는 사람들은 말한다. 빗자루, 매트, 차, 칼 등을 사들이면서 우리가 얻는 것은 일반적인 필요에 대해 적용되는 분별 능력이다. 그대의 땅에서는 정원사에게 대가를 지불하는 것, 즉 원예에 적용되는 분별 능력을 사는 것이 최고다. 뱃사람에게서는 항해에 적용되는 분별 능력을, 집 안에서는 요리, 재봉, 음식 시중에 적용되는 분별 능력을, 직원에게서는 계산과 사무에 적용되는 분별 능력을 사는 것이 최고다. 이렇게 해서 그대는 그대의 존재감을 배가하고 그대의 영토 전체에 자신을 확산시키는 것이다.

그러나 만물의 이원적 구조 때문에 생활에서와 마찬가지로 노동에 있어서도 속임수란 있을 수 없다. 도둑은 자신에게서 훔치는 것이고 사기꾼은 자신을 속이는 것이다. 왜냐하면 노동의 진가는 지식과 잠재능력이고, 부와 명예는 그 표시에 불과하기 때문이다. 이 표시들은 지폐와 같아서 위조되거나 도난당할 수 있지만 그것들이 나타내는 것, 즉 지식과 잠재능력은 위조되거나 도난당할 수 없다. 이러한 노동의 목적들은 마음의 진실한 노력과 순수한 동기에 의해서만 보상될 수 있다. 사기꾼, 위약자, 도박꾼 등은 그의 순수한 근심과 노고가 만들어 내는 물질적, 도덕적 특성의 지식을 빼앗아 갈 수 없다. 자연의 법칙은 다음과 같다. 일하라, 그러면 힘을 얻을 것이다. 일하지 않는 자들은 힘을 얻지 못한다.

인간의 노동은 말뚝 하나를 깎는 것에서부터 도시를 건설하거나 서사시 한 편을 구성하는 일에 이르기까지 그 모든 형태를 통하여 우주의 완전한 보상을 보여 주는 하나의 거대한 예증이다. 주고받음의 절대적인 균형, 모든 것에는 그 값이 있다는 원칙—제값을 지불하지 않는다면 그것이 아니라 다른 어떤 것을 얻을 터이고, 값을 치르지 않고서는 어떤 것도 얻을 수 없다는 것—이 출납 원장의 수입, 지출 칸에 있어서나 국가의 예산, 빛과 어둠의 법칙, 자연의 모든 작용과 반작용에 있어서나 마찬가지로 숭고한 사실이다. 모든 사람이 잘 알고 있는 삶의 과정 속에 함축된 그 높은 법칙—자신의 끝의 날에서 빛나고, 추나 자에 의해 측정되며, 국가의 역사에서 보이는 것처럼 재료표의 총계에서도 분명히 드러나는 그 엄숙한 윤리—이 사람들에게 자신의 직업을 권장하고, 비록 거의 명명되지는 않더라도 자신의 일을 고귀하게 여기게끔 한다.

덕과 자연이 연합하여 모든 것이 악에 대항하는 전선을 이루도록 하고 있다. 세상의 아름다운 법칙과 본질은 자연에 역행하는 반역자를 괴롭히고 매질을 가한다. 만물이 진리와 자선을 위해 안배되어 있고 이 넓은 세상에서 악인이 숨을 만한 밀실은 존재하지 않는다는 것을 인간은 알게 된다. 죄를 범하면 대지는 투명한 유리가 될 것이다. 죄를 범하면, 마치 눈 쌓인 땅 위에 숲 속의 메추라기, 여우, 다람쥐, 두더지의 모든 흔적이 드러나듯이 죄가 드러날 것이다. 뱉은 말은 취소할 수 없고, 디딘 발자국을 지울 수는 없으며, 어떠한 입구나 단서도 남기지 않도록 사다리를 정렬할 수도 없다. 죄를 면할 길이 없는 상황은 언제나 생기는 법이다. 물, 눈, 바람, 중력 등 자연의 법칙과 본질은 도둑에게 가해지는 형벌이 될 것이다.

반면에 이 법칙은 모든 바른 행위에도 똑같이 확실하게 적용된다. 사랑하면 사랑을 받을 것이다. 모든 사랑은 대수학 방정식의 양쪽 항처럼 수학적으로 공평하다. 선한 사람은 절대적인 선을 지니고 있어서 그것이 불처럼 모든 것을 그 본질로 환원해 버리기에 누구도 그에게 어떤 피해도 끼칠 수 없다. 나폴레옹을 잡으러 파견된 왕의 군대가 그가 접근하자 군기(軍旗)를 내던지고 적에서 친구가 되었듯이 질병, 범죄, 가난과 같은 모든 종류의 재난들도 은혜가 된다.

바람은 불고 파도는 치며
용감한 자에게 힘과 권세와 신성을 준다.
풍랑 자체는 아무것도 아니다.

선한 사람들에게는 약점과 결점들도 도움이 된다. 자만하는 자는 반드시 그 칼끝에 상처를 입듯이, 결점이 있는 사람도 어디에선가 그 결점 때문에 이로울 때가 있다. 우화에 나오는 수사슴은 제 뿔을 찬탄하고 제 발을 탓했지만, 사냥꾼이 나타나자 그 발로 생명을 건지고 그 후 덤불에 걸려 그 뿔 때문에 죽게 되었다. 어느 누구나 일생 동안 자신의 결점에 감사할 필요가 있는 법이다. 누구나 진리와 대항하지 않고는 진리를 철저하게 이해할 수 없듯이, 재능으로부터 고통을 받고 나서 자기 자신의 재능의 부족으로 인해 깨닫게 되는 장애의 승리를 볼 때까지는 장애나 재능을 철저하게 알지 못하는 것이다.[3] 그가 사회생활에 적합하지 않은 기질상의 결점을 가지고 있는가? 그 덕에 그는 홀로 즐기며 자조(自助)의 습관을 획득하게 된다. 그리하여 그는 상처 난 굴처럼 자신의 껍질을 진주로 고치게 된다.

우리의 장점은 약점으로부터 자란다. 은밀한 힘으로 무장한 분개는 우리가 아픈 자극을 받으며 찔리고 심한 공격을 받고 나서야 비로소 깨어난다. 위대한 인간은 언제나 자진해서 소인이 되고자 하는 법이다. 편한 이익의 방석에 앉아 있는 사이에 그는 잠이 들게 된다. 압박을 받으며 고통을 당하고 패배를 겪을 때 그는 뭔가를 배울 기회를 갖게 된다. 그는 지혜를 얻게 되고 인격을 완성한다. 그는 사실을 파악하고, 자신의 무지를 깨달으며, 자만의 어리석음으로부터 벗어나고, 중용과 진정한 기술을 얻게 된다. 현명한 자는 자신을 적에게 내던지는 법이다. 약점을 발견하

---

3 사람들은 대개 재능을 자만함으로써 큰 낭패를 당한다. 반면 자신의 장애인 결점에 대해서는 늘 조심하고 자신을 낮추게 된다. 따라서 재능으로 망하고 결점으로 인해 흥하는 법이다.

는 것은 적의 이익이라기보다는 자신의 이익이다. 상처는 아물어 죽은 피부처럼 그에게서 떨어진다. 적들이 승전의 개선식을 올릴 때, 보라! 그는 상처받지 않는 자가 되어 있다. 비난이 칭찬보다 안전하다. 나는 신문에서 변호되는 것을 싫어한다. 나에 대해서 하는 모든 말들이 나에게 불리할 때에, 나는 어떤 성공의 확신이 든다. 그러나 달콤한 칭찬의 말들이 내게 쏟아지면, 나는 적 앞에 아무런 보호책도 없이 내던져진 사람과 같은 느낌이 든다. 일반적으로, 우리가 굴복하지 않는 한 모든 악은 은혜로운 것이 된다. 샌드위치 섬의 주민이 자신이 죽인 적의 힘과 용맹함이 자신에게 옮겨 온다고 믿고 있듯이, 우리는 우리가 거부하는 유혹으로부터 힘을 얻는다.

재난, 결점, 증오로부터 우리를 보호하는 동일한 수호자가 우리의 의지 여하에 따라 이기심과 사기로부터 우리를 방어한다. 빗장과 창살이 최고의 제도는 아니며, 또한 거래상의 약삭빠름이 지혜의 표시는 아니다. 사람들은 사기당할 수도 있다는 어리석은 미신 속에서 평생 고통을 받고 있다. 그러나 자기 자신이 아닌 다른 누군가에 의해 사기당하는 것은 불가능하다. 마치 어떤 것이 존재하는 동시에 또한 존재하지 않는 게 불가능한 것과 같은 이치다. 우리의 모든 거래에는 아무 말 없는 제3의 당사자가 있다. 만물의 본성과 영혼은 모든 계약의 이행을 스스로 보증하므로, 정직한 공로는 손실을 입는 법이 없다. 그대가 고마움을 모르는 윗사람을 모신다면 그를 더 섬겨라. 빚은 신에게 맡겨라. 모든 노력이 보답될 것이다. 지불이 오래 보류되면 될수록 그대에게는 더 좋다. 왜냐하면 복리에 복리가 더해지는 것이 금고의 이율이고 관례이기 때문이다.

박해의 역사는 자연을 기만하고, 물이 언덕을 거슬러 오르게 하며, 모래로 밧줄을 꼬려고 시도하는 역사이다. 참가자자 많건한 사람이건, 폭군이건 폭도이건 차이가 없다. 폭도는 자발적으로 이성을 버리고 이성의 활동을 방해하는 무리들이다. 폭도는 자발적으로 짐승의 본성으로 타락하는 사람이다. 그 활동의 적기는 밤이다. 그 행위는 그 전체 조직 구성과 마찬가지로 광기가 어려 있다. 폭도는 원칙을 박해하고, 올바름에 매질을 가하며, 이런 것들을 소유한 자들의 집과 신체에 불을 지르고 폭행을 가함으로써 무자비한 형벌을 주곤 한다. 그것은 천체를 향해 빛을 비추는 붉은 서광을 끄기 위해 소방펌프를 들고 뛰어다니는 아이들의 장난을 닮았다. 신성한 정신은 부정한 자들에게 그 원한을 돌리는 법이다. 순교자는 굴욕을 당할 수 없다. 모든 매질은 가해질 때마다 명예의 말이 된다. 감옥은 보다 빛나는 거처가 되고, 불탄 책이나 집은 세상을 밝게 비추며, 억압되고 삭제된 말은 온 세상의 구석구석에서 울려 퍼진다. 진실이 밝혀지고 순교자들의 정당함이 입증되면, 온전히 정신을 차리고 생각하는 시간이 개인에게 찾아오듯이 사회에도 항상 오게 된다.

이와 같이 만물은 상황의 공정함을 설파하고 있다. 인간이 곧 모든 것이다. 모든 것은 선과 악의 양면이 있다. 모든 이익에는 의

무가 있다. 나는 만족하는 법을 배운다. 그러나 보상의 원리가 공평의 원리는 아니다. 분별없는 사람들은 이러한 설명을 듣고서 다음과 같이 말하리라. '선행을 한들 무슨 이득이 있겠는가?' 선악은 동일한 결과인 셈이다. 만일 어떤 이득을 본다면 분명 대가를 지불해야 할 것이다. 만일 어떤 이익을 잃는다면 다른 뭔가를 분명 얻을 것이다. 모든 행위는 공평하다.

영혼에는 보상보다 더 심오한 사실, 즉 영혼의 본성이 있다. 영혼은 보상이 아니고 생명이다. 영혼은 '실재'한다. 완벽한 균형을 이루며 파도가 밀려왔다 쓸려 나가는 이 모든 현상의 바다 밑에는 진정한 존재의 본원적 심연이 자리하고 있다. 본질, 즉 신은 관계나 부분이 아니고 전체이다. 진정한 존재는 부정을 허락하지 않는 광대한 긍정이고, 스스로 균형을 이루며, 그 자체 내에 모든 관계와 부분과 시간을 감싸고 있다. 자연, 진리, 미덕은 그로부터 유입된 것이다. 악덕은 진정한 존재가 결여되었거나 그로부터 이탈한 것이다. 무(無)나 거짓은 살아 있는 우주가 그 배경으로 그리는 거대한 밤이나 그림자로서 존재할 수는 있지만 어떠한 사실도 그로부터 생겨나지 않는다. 그것은 작용할 수 없다. 왜냐하면 그것은 실재하지 않기 때문이다. 그것은 어떠한 이로움도 줄 수 없고, 어떠한 해로움도 끼칠 수 없다. 그것은 있는 것보다 없는 것이 더 나쁜 영향을 미치기 때문에 해롭다.

우리는 악행이 받아 마땅한 벌을 사취당한 느낌이 든다. 왜냐하면 죄인은 악행과 법에 불응하는 것에 집착하지만, 눈에 보이는 자연계 어디에서고 위기에 처하거나 심판을 받지 않기 때문이다. 또한 사람들이나 천사 앞에서 그의 터무니없는 짓에 대해 혼쭐내 주는 논박도 전혀 없다. 그렇다면 그는 자연의 법칙을 속여넘긴 것인가? 악의와 거짓을 지니고 있는 한, 그만큼 그는 본성으로부터 멀어져 죽어 가는 법이다. 또한 어떤 방식으로든 그 잘못을 오성 앞에 입증하는 일이 있을 것이고, 비록 우리가 볼 수는 없지만 이 치명적인 공제로 영원한 결산이 고르게 되는 법이다.

반면에 정직이 주는 이득은 어떤 손실에 의해 얻을 수 있다고 말할 수도 없다. 덕에 대해서는 어떤 벌도 없다. 지혜에 대해서도 마찬가지다. 그것들은 존재에 마땅히 부가되는 것들이다. 덕이 있는 행동으로 나는 바르게 존재한다. 덕이 있는 행동으로 나는 세상을 살찌우는 것이다. 나는 혼돈과 무로부터 정복한 사막에 씨를 뿌리고 어둠이 지평선 경계로 물러나는 것을 본다. 사랑도, 지식도, 아름다움도, 그것들이 가장 순수한 의미에서 고려된다면 어떠한 지나침도 있을 수 없다. 영혼은 한계를 거부하고 언제나 염세주의가 아닌 낙천주의를 단언하는 법이다.

인간의 생명은 정체가 아닌 진보이다. 그 본능은 신뢰이다. 우리의 본능은 인간에게 적용될 때 '좀 더 많이' 그리고 '좀 더 적게'라는 말을 사용하지만, 그건 영혼의 존재를 말하는 것이지 영혼의 부재를 말하는 것은 아니다. 용감한 사람은 비겁한 사람보다 더 위대하다. 진실한 사람, 자비로운 사람, 현명한 사람은 어리석은 사람과 악한보다 덜 인간적이지 않고 더 인간적인 사람이다. 미덕의 이로움에는 어떠한 세금도 없다. 왜냐하면 그것은 신 자신, 즉 비교할 수 없는 절대적 존재의 수입이기 때문이다. 물질적인 이익에는 세금이 있다. 만약 그것이 공이나 노력 없이 들어온 것이라면, 나에게는 아무런 근거도 없으므로 다음에 바람이 불면 날아가 버릴 것이다. 그러나 자연의 모든 이로움은 영혼의 것이므로 자연의 정당한 화폐로, 즉 가슴과 머리로 하는 노동의 대가로 지불되었다면 소유될 수 있다. 나는 더 이상 내가 벌지 않은 이득이 생겨나기를, 예를 들어 땅에 묻힌 황금 단지를 발견하기를 원하지 않는다. 그것이 새로운 부담을 함께 가져올 것이라는 사실을 알기 때문이다. 나는 보다 많은 외적인 이익들도—소유도 명예도 권력도 인물도—원하지 않는다. 이득은 허울뿐이고 세금은 확실하다. 그러나 보상이 존재한다는 것과 보물을 파내는 것은 바람직하지 못하다는 지식에는 세금이 없다. 이 점에서 나는 고요한 영원의 평화를 즐긴다. 나는 가능한 한 재해의 범위를 줄인다. 나는 성(聖) 베르나르의 지혜를 배운다. "나 이외의 어떠한 것도 내게 해를 끼칠 수 없다. 내가 부담할 손해는 내가 지니고 있는 것이고, 나 자신의 결점에 의해서가 아니면 결코 진정한 피해자는 아니다."

영혼의 본성 속에 조건의 불공평에 대한 보상이 있다. 자연의 근본적인 비극은 많고 적음의 구별에 있는 것 같다. '적은' 자가 어찌 고통을 느끼지 않을 수 있겠는가? '많은' 자에 대해서 분노나 적의를 느끼지 않을 수 있겠는가? 재능이 적은 사람들을 보면 누구나 안됐다는 느낌을 받지만 그것으로 무엇을 할지는 잘 모른다. 누구나 거의 그들의 시선을 피하고, 그들이 신을 원망하게 될까 봐 두려워한다. 그들이 무엇을 해야 하는가? 이것은 대단히 불공평해 보인다. 그러나 사실을 가까이서 들여다보면 이런 거대한 불공평들도 사라진다. 태양이 바다의 빙산을 녹이듯이 사랑은 이것들을 줄인다. 모든 사람들의 마음과 영혼은 하나이기 때문에 '그의 것'과 '나의 것'이라는 이러한 괴로움은 멈추게 된다. 그의 것이 나의 것이다. 나는 나의 형제이고 나의 형제는 나이다. 만일 내가 위대한 이웃들에 의해 가려지고 뒤처진 느낌을 받더라도, 나는 그럼에도 사랑할 수 있다. 나는 여전히 받아들일 수 있다. 그러므로 사랑하는 사람은 그가 사랑하는 위대함을 자기의 것으로 만드는 법이다. 그리하여 나는 내 형제가 나의 보호자로서 가장 친절한 의도로 나를 위해 일하고 있고, 내가 그렇게 우러러보고 부러워한 그 지위가 나의 것이라는 사실을 발견한다. 만물을 전용하는 것이 영혼의 본성이다. 예수와 셰익스피어는 영혼의 단편들이므로, 나는 사랑으로 그들을 극복하고 그들을 나 자신의 의식의 영역 안에 통합한다. 예수의 덕은 나의 덕이 아니겠는가? 셰익스피어의 재치는, 만일 그것이 나의 것이 될 수 없다면 재치가 아니다.

재해의 자연사 또한 그러하다. 간간이 인간의 번영을 깨는 변화들은 성장이라는 법칙을 지닌 자연의 광고이다. 아름답지만 딱딱한 껍질이 더 이상 그 성장에 적합하지 않기 때문에 조개가 그것으로부터 기어 나와 천천히 새로운 집을 짓듯이, 모든 영혼은 이러한 본질적인 필요에 의해 만물의 전체 시스템, 친구, 집, 법칙, 믿음을 버리는 법이다. 개인의 원기에 비례해서 이러한 변혁들은 빈번하고, 보다 행복한 사람의 경우에는 그 변혁들이 끊이지 않는다. 그 사람 주위에 일어나는 세상의 모든 관계들은 매우 느슨해서, 말하자면 투명한 유동체의 얇은 막처럼 되어 가기에 그것을 통해 살아 있는 모습이 들여다보이지만, 대부분의 사람들의 경우에서처럼 어떤 일정한 특성도 없이 여러 시대에 걸쳐 경화된 이질적인 조직 속에 그 사람이 구속되진 않는다. 그렇게 되면 존재의 확장이 이루어질 수 있고, 오늘의 그 사람은 어제의 그 사람을 거의 인식하지 못하게 된다. 때맞춰 인간의 외적인 전기는 마땅히 이러해야 하며, 날마다 옷을 새롭게 갈아입듯이 매일매일 생명이 없는 환경을 벗어던져야 한다. 그러나 타락한 상태에 있고, 진보하지 않은 채 쉬고 있으며, 신의 확장에 협력하지 않고 저항하는 우리에게 이 성장은 충격으로 다가온다.

우리는 우리의 친구들과 헤어질 수 없다. 우리는 우리의 천사들을 떠나보낼 수 없다. 우리는 대천사들이 강림했기에 천사들이 단지 떠난다는 것을 알지 못한다. 우리는 옛것을 우상으로 숭배한다. 우리는 영혼의 부유함, 영혼의 고유한 영원성과 편재성을 믿지 못한다. 우리는 오늘 속에 아름다운 어제와 맞서고 그것을 재창조할 어떤 힘이 존재한다는 것을 믿지 못한다. 우리는 한

때 빵과 거처와 기구가 있던 옛 천막의 폐허 속에서 머뭇거리며, 정신이 다시 우리를 먹이고 감싸며 북돋아 줄 수 있다는 것을 믿지 않는다. 우리는 그토록 소중하고, 그토록 달콤하며, 그토록 아름다운 것을 발견할 수 없다. 단지 우리는 앉아서 헛되이 울 뿐이다. 전능하신 신의 음성은 말씀하신다. '일어나서, 영원히 나아가라!' 우리는 그 폐허 가운데 머물 수 없다. 또한 새로운 것에도 의지하지 않을 것이다. 그래서 우리는 뒤만 보는 저 괴물들처럼 눈을 뒤로 돌리고 언제까지나 걸어가고 있다.

그럼에도 불구하고 불행의 보상은 역시 긴 시간이 흐른 뒤에야 분명히 이해된다. 열병, 수족 절단, 지독한 실망, 친구의 상실은 그 순간에는 보상되지 않으며 보상될 수 없는 상실로 보인다. 그러나 세월이 지나면 모든 사실들 밑에 놓여 있는 깊은 치유력이 어김없이 드러난다. 단지 박탈로만 보였던 사랑하는 친구, 아내, 형제, 연인의 죽음은 얼마 후에 안내자나 수호신의 양상을 갖는다. 왜냐하면 그것은 보통 우리의 삶의 방식에 있어서 혁명적 변화들을 가져오고, 끝나기를 기다리고 있던 청춘의 시기나 유아기를 종결시키며, 일상의 직업, 가족, 생활방식을 해체하고 인격성장에 보다 우호적인 새로운 것들을 형성하게 하기 때문이다. 그것은 새로운 친구 관계를 형성하고 앞으로 가장 중요해지는 새로운 영향을 받아들이는 일을 허락하거나 강요하게 된다. 그리하여 담도 무너지고 정원사가 돌보지 않아 뿌리를 내릴 공간도 없고 그 머리에는 햇볕이 지나치게 내리쬐는 정원의 꽃으로 남았을

지도 모를 남녀가 숲 속의 보리수가 되어 널리 이웃들에게 그늘
과 과일을 제공하게 된다.

경험

인생의 지배자들, 삶의 군주들,

그들이 지나가는 걸 나는 바라보네.

각자 가장한 모습으로,

같은 모습이기도 하고 다르기도 하고

당당하기도 하고 무섭기도 하고

익숙한 모습과 놀라운 모습,

현상과 꿈,

빠른 행렬과 환영 같은 착오,

말없이 나타나는 기질,

그리고 유희의 고안자,

이름 없이 편재하네.

어떤 것은 보고, 어떤 것은 짐작할 뿐인

그들은 힘차게 동(東)에서 서(西)로 나아가네.

보잘것없는 하찮은 인간은 가장 낮은 존재,

키 큰 보호자의 다리 사이를

당혹스러운 표정으로 헤매네.

그의 손을 잡는 온화한 자연.

강경하고도 인자하며 친근한 자연은

작은 소리로 속삭였네. '사랑하는 이여, 근심치 말라!

내일이면 저들은 또 다른 얼굴을 하리니,

그대는 창조자! 저들은 그대의 종족이노라!'

　우리는 어디에 있는가? 우리는 그 양 끝을 모르는, 아니 양 끝이 없다고 믿는 일련의 연쇄 속에 있다. 잠에서 깨어난 우리는 계단에 서 있다. 아래로는 우리가 올라온 듯 보이는 계단이 쭉 이어져 있고, 위로도 계속 뻗어 올라 그 끝이 보이지 않는 계단이 있다. 예로부터 전해 오는 이야기에 따르면, 우리가 세상의 문을 들어설 때 그 문가에 서 있는 수호신이 우리에게 망각의 강물을 마시도록 한다고 한다. 그 물에는 아주 강한 망각의 기운이 섞여 있어 우리는 전생의 이야기를 할 수 없으며, 지금 한낮이 되었는데도 혼미한 기운을 떨쳐 버릴 수 없다. 하루 종일 전나무 가지에 어두운 밤기운이 맴돌듯, 평생 동안 우리의 눈가에는 잠기운이 서려 있다. 만물이 유영하듯 흐르며 반짝인다. 위협받는 것은 우리의 삶이 아니라 지각이다. 유령처럼 우리는 자연 속을 활주하

174

다가 또다시 원래의 위치를 잊어버리고 만다. 우리가 태어났을 때 자연이 갑자기 일시적으로 궁핍하여 대지는 넉넉하게 내주면서도 불은 아끼는 바람에 우리에게 긍정의 원리가 부족한 듯 보이고, 그로 인해 우리가 건강과 이성을 지니고 있으면서도 정신이 충분치 않아 새로운 창조를 할 수 없단 말인가? 우리가 먹고 살 만은 하고 어떤 일을 해내기에 시간도 있지만, 세상에 나눠 주고 투자할 것은 털끝만큼도 없게 된 것인가? 아, 우리의 수호신이 한낱 터주에 불과했다니! 우리는 강 하류의 방앗간 주인과 같다. 상류의 공장에서 강물을 다 쓰는 바람에 물줄기가 말라 버렸는데도 상류에 사는 사람들이 댐을 쌓아 올려 물을 가둔 것으로 착각하고 있다.

우리가 무슨 일을 하고 있으며 어디로 가고 있는지 잘 알 수만 있다면, 언제 우리가 생각해야 하는지도 잘 알 수 있으련만! 허나 오늘 우리는 우리가 바쁜지 한가로운지조차 모른다. 우리가 게으르고 나태했던 시절, 오히려 그 시절에 많은 일들이 이루어지고 많은 일들이 시작되었음을 우리는 나중에야 알게 된다. 모든 나날들이 무익하게 지나가기에 지혜와 시와 덕이라 불리는 것을 우리가 어디서, 언제 획득했는지 참으로 경이로울 뿐이다. 달력에 표시된 어느 지정된 날에 우리가 얻은 것이 아니다. 헤르메스 신이 달과 벌인 주사위 시합에서 이겨 특별히 얻어 낸 날에 오시리스가 태어났듯이,[1] 하늘에서 점지한 날이 어딘가에 끼어든 것이 틀림없다. 모든 순교는 고통을 당하는 동안에는 하잘것없는 것으로 보인다고 한다. 우리가 탄 배를 제외한 모든 배는 낭만의 대상이다. 배를 타고 항해에 나서 보라. 그 순간 낭만이 우리의 배를 떠나 수평선 위의 다른 모든 배에 돛처럼 걸려 있게 되는 법이다. 우리네 삶은 초라해 보이고, 그래서 우리는 그 삶을 기록하지 않으려 한다. 사람들은 끊임없이 뒤로 물러서고 남과 비교하여 자신을 평가하는 기술만을 가진 듯하다. 투덜투덜 불만이 많은 농부는 이렇게 말한다. "저 위 고지대는 비옥한 목초지이고 내 이웃의 풀밭 또한 비옥한데, 내 밭은 흔해 빠진 땅덩어리를 늘어놓은 것에 불과하구나." 이 말은 다른 사람이 들려준 말을 인용한 것이다. 그런데 안타깝게도 나한테 이 말을 들려준 사람이 자신의 입장에서 한 발 뒤로 물러서더니 마치 나의 말인 양 인용한다. 이렇듯 오늘날 우리가 타락하게 된 것은 자연이 부리는 요술에 속아 우리가 착각하기 때문이다. 그래서 온갖 곳에서 쓸데없는 말만 귀 따갑게 들려올 뿐이고, 그런 가운데 자연이 주는 결과가 어딘가에서 마법처럼 나타나는 것이다. 모든 집의 지붕은 보기에는 다 괜찮아 보인다. 그러나 그 지붕을 들어 올려 보라. 그 아래에서 우리는 비극과 한탄하는 아낙네와 눈을 부라리는 남편

---

1   그리스 신화에서 크로노스 신은 아내 레아를 의심하여 레아에게 그 어떤 날에도 아이를 낳지 못하게 하였다. 그런데 이 사실을 안 헤르메스 신이 달과 주사위 시합을 벌여 특별한 날을 얻게 되고, 레아로 하여금 그날에 아이를 낳게 하였다. 그때 태어난 아이가 이집트의 제1의 신인 오시리스(Osiris)이다. 플루타르코스가 쓴 《모랄리아》의 〈이시스와 오리시스에 대하여〉를 참조하라.

과 홍수처럼 흘러넘치는 망각의 강을 보게 된다. 남자들은 옛것이 아주 나쁜 것인 양 '뭐, 새로운 것은 없나?' 하고 늘 묻는다. 과연 사회에서 우리가 존중하며 소중하게 생각하는 사람이 얼마나 될까? 중요하게 여기는 행동은 얼마나 될까? 의견이나 견해는? 준비 작업과 일상사, 과거를 회상하는 일에 너무나 많은 시간을 허비하기 때문에 우리 각자가 저마다 타고난 재능의 정수를 펼치는 데 주어지는 시간은 불과 서너 시간으로 줄어들고 만다. 문학의 역사만 해도 그렇다. 가령 티라보스키, 워턴, 슐레겔이 내놓은 순수한 업적만 봐도 우리는 문학의 역사가 단지 몇몇의 사상과 몇몇의 독창적인 이야기를 모아 놓은 것에 불과하다는 사실을 알 수 있다. 그 외의 나머지는 모두 그 사상이나 이야기의 변주에 지나지 않는다. 그러므로 우리 주변에 널리 뻗어 있는 사회에서 아무리 비판적 분석을 해 봐야 스스로 우러나는 자발적 행동을 이끌어 내기가 어렵다. 그 비판적 분석이라는 게 거의 대부분 관습적인 행동이고 거친 감각에 불과하기 때문이다. 사람들이 내세우는 의견도 거의 없다. 있는 의견이라고 해 봐야 말하는 사람에게는 고유의 것인지 몰라도 일반 대중들에게는 아무 쓸모가 없다.

이 모든 재앙에 어떤 아편이 녹아 들어간 것인가! 가까이 다가가면 그 재앙은 무시무시한 것처럼 보이지만, 결국 거칠게 빡빡 문질러 생기는 마찰 같은 것은 없고 단지 반들반들 미끄러운 표면뿐이다. 그 표면 위에서 우리는 살포시 상념에 젖는다. 재앙의 여신 아테는 너그럽기도 하다.

사람의 머리 위, 저 높은 곳에서 걷는다네
부드러운 발길을 사뿐히 내디디며.

사람들은 비탄에 젖어 신음을 내뱉지만, 그 슬픔이 사람들이
말하는 것처럼 그렇게 암울한 것은 아니다. 간혹 우리는 어쩌면
실재, 즉 우뚝 솟은 진리의 봉우리와 그 뾰족한 날을 발견할지 모
른다는 희망으로 고통을 자청하는 기분이 드는 때도 있다. 그러
나 그 고통은 결국 배경 그림이나 위작에 불과한 것으로 드러날
뿐이다. 고통을 통해 내가 배운 단 한 가지는 고통이 너무도 피상
적인 것이라는 점이다. 다른 모든 것들이 그렇듯 고통은 표면만
을 겉돌 뿐 나를 실재 속으로 인도해 주지 않는다. 실재와 만나기
위해서는 어쩌면 아들이나 사랑하는 이를 잃는 것과 같은 값비
싼 대가를 치러야 할지도 모른다. 물체가 결코 서로 만나지 않는
다는 사실을 밝혀낸 것이 보스코비치[2]였던가? 그렇다. 영혼은
결코 그 대상과 만나지 못한다. 우리와 우리가 바라보며 대화를
나누고자 하는 대상 사이에는 고요히 파도가 밀려오는 항해할
수 없는 바다가 놓여 있다. 고통은 또한 우리를 관념주의자로 만
든다. 2년도 더 지난 일이지만, 내 아들이 죽었을 당시 나는 아름
다운 재산을 잃어버린 것 같았다. 그러나 이제는 아니다. 지금 나
는 그때의 슬픔을 내 곁에 가까이 둘 수가 없다. 만일 내일 나한

테 큰 빛을 진 사람이 파산했다는 사실을 알게 된다면, 아마 여러 해 동안 나는 잃어버린 재산 때문에 큰 불편을 겪을지도 모른다. 하지만 나는 별로 달라지지 않을 것이다. 더 나아지지도 않고 더 나빠지지도 않을 것이다. 아들을 잃은 불행도 마찬가지다. 그 불행이 이제 나에게 와 닿지 않는다. 나 자신의 한 부분이라고 생각했던 것, 나를 쥐어뜯지 않고는 떼어 놓을 수 없고 그 성장과 더불어 나를 풍요롭게 한 것이 내게서 떨어져 나갔는데도 조금의 상처도 남기지 않았다. 그저 명이 짧았을 뿐이다. 슬픔이 내게 아무것도 가르칠 수 없으며, 한 발짝도 참된 본성에 이르게 할 수 없음을 나는 슬퍼한다. 바람 한 줄기 불어오지 않고, 물 한 방울 흘러오지 않으며, 불에도 타지 않는 저주를 받은 그 인디언[3]이 우리 모두의 전형이다. 우리에게 가장 소중한 것은 여름날에 쏟아지는 비와 같은 것이지만, 우리는 파라고무로 만든 코트와 같이 모든 물방울을 튕겨 버리고 만다. 이제 우리에게 남은 것은 죽음뿐이다. 우리는 냉혹한 현실이 주는 안도감에 휩싸여 죽음을 바라보며, 죽음에는 적어도 우리를 피하지 않는 진실이 있다고 말한다.

우리가 아무리 세게 움켜쥐더라도 손가락 사이로 미끄러져 빠져 나가버리는 만물의 덧없음과 불안정성이 우리의 조건 중에서 가장 아름답지 못한 부분이라고 나는 생각한다. 자연은 관찰되

---

2 이탈리아의 수학자이자 자연철학자(1791~1867). 그의 원자이론은 이후 패러데이의 전자기장 발견과 아인슈타인 통일장이론에 영감을 주었다.

3 영국 계간시인 로버트 사우디의 〈키하마의 저주(The Curse of Kehama)〉 참조.

는 것을 좋아하지 않으며, 우리가 자연의 어릿광대이자 놀이 친구가 되는 걸 좋아한다. 우리는 크리켓 놀이를 위한 영역은 가질 수 있지만, 우리의 철학을 위해서는 단 한 알의 딸기도 가질 수 없다. 자연은 직접 타격을 가할 수 있는 힘을 우리에게 결코 주지 않았다. 우리의 모든 일격은 빗나가고, 우리의 타격은 우연에 불과하다. 우리의 상호관계는 일시적이며 에돌 뿐이다.

꿈은 우리를 또 다른 꿈으로 인도하면서 끝없이 환상이 이어진다. 삶에는 염주처럼 일시적인 기분들이 연속된다. 우리가 그기분들을 느끼고 지나갈 때, 그것들은 각기 세상을 자신의 빛깔로 칠하는 다색 렌즈임이 드러난다. 그리고 기분은 각기 초점에 놓인 것만을 보여 줄 뿐이다. 산으로부터 그대는 산을 본다. 우리는 활기 있게 할 수 있는 것만을 활기 있게 하고, 우리가 활기 있게 한 것만을 본다. 자연과 책은 그것들을 보는 눈의 소유물이다. 일몰을 볼 것인지 멋진 시를 볼 것인지는 보는 사람의 기분에 달려 있다. 언제나 일몰을 볼 수 있고, 시적 천재도 언제나 존재한다. 그러나 우리가 자연을 감상하고 비평을 기꺼이 수용할 수 있는 고요한 시간은 단지 몇 시간에 불과하다. 그 시간의 많고 적음은 삶의 구조와 개인의 기질에 달려 있다. 기질은 구슬을 꿰는 철선과 같다. 차갑고 안정되어 있지 않은 자연에 운과 재능이 무슨 소용이 있겠는가? 어떤 사람이 감수성과 분별력을 한때 보인다한들 그가 의자에 앉아 잠든다면, 그가 웃고 낄낄거린다면, 그가 사과만 한다면,[4] 자신에 대한 집착에 빠져 있다면, 그가 돈을 염려한다면, 먹을 것을 보고 지나칠 수 없다면, 소년기에 아이를 갖게 되었다면, 누가 그것에 관심을 가지겠는가? 천재성이 있다 한들 그것을 발현하는 기관이 너무 볼록하거나 너무 오목하여 인간의 삶이라는 현실적 지평선 안에서 초점 거리를 잡을 수 없다면, 그것이 무슨 소용이 있겠는가? 생각이 너무 냉정하거나 너무 격정적이기 때문에 자신을 자극하여 실험하게 하고 그 과정 속에서 자신을 고양시키는 결과에 대해 충분히 관심을 갖지 않는다면, 혹은 삶의 망이 너무 촘촘하게 짜여 있거나 기쁨과 고통에 너무 예민하게 반응하기 때문에 너무 많이 받아들이기만 하고 적당히 배출하지 않아 삶이 정체되어 있다면, 그것이 무슨 소용이 있겠는가? 자신을 바꾸기 위한 영웅적 서약을 한들 그것이 매번 그 약속을 어기는 사람에 의해 되풀이된다면, 그것이 무슨 소용이 있겠는가? 종교적 감정에서 비롯되는 환희가 알 수 없는 계절의 기운이나 기질적 상태에 따른 것이라면, 그것이 진정 환희를 만들어 낸다고 할 수 있겠는가? 나는 재치 있는 한 의사를 알고 있는데, 그는 담관에서 신앙의 유형을 찾아내어 간에 질병이 있는 사람은 캘빈교도가 되고, 간이 정상인 사람은 유일신교도가 된다고 주장하곤 했다. 적절치 않은 과도함이나 무능함이 전도

4 에머슨은 미래 지향적이다. 말이 아니라 행동만이 과거에 저지른 자신의 잘못을 고칠 수 있다고 믿고 있다.

유망한 천재성을 무력화하는 꺼림칙한 경험은 몹시 굴욕스러운 것이다. 우리는 새로운 세상에 대해 우리에게 빚지고 있는 젊은 이들을 보고 있지만, 그들은 너무 쉽게 함부로 약속할 뿐 결코 그 빚을 갚지 못하고 있다. 그들은 일찍 요절하여 셈을 회피하거나, 오래 산다 해도 군중 속에 매몰되어 버리고 만다.

기질은 또한 환영의 체계에 완전히 빠져 들어가 아무것도 볼 수 없는 감옥에 우리를 가둔다. 우리가 만나는 모든 사람에게 시각적 환영이 존재한다. 사실 그들은 모두 일시적으로 주어진 기질의 피조물들이다. 기질은 주어진 성격 속에서 발현되는 것으로, 그들은 그 경계를 벗어나지 못하는 법이다. 그러나 우리가 그들을 바라보면, 그들은 생기발랄해 보인다. 우리는 그들의 내면에 일시적 충동이 도사리고 있으리라 추정한다. 순간적으로 그것은 충동으로 보이지만, 1년 혹은 평생을 두고 보면 뮤직 박스가 주기적으로 돌며 연주하는 일정한 곡조와도 같은 것임이 드러난다. 사람들은 아침에 꺼리던 결론도 저녁이 되면 받아들인다. 그러한 기질은 시간, 장소, 조건의 모든 것 위에 군림하고, 종교의 불꽃으로도 다 태워 버릴 수 없는 것이다. 도덕적 감정이 어느 정도 조절을 가하는 데 도움이 되겠지만 개인의 기질적 특성이 지배력을 행사하게 되고, 도덕적 판단에 편견을 가지게 만들진 않더라도 기질이 활동하고 유지되는 정도를 결정한다.

나는 이제까지 일상적 삶의 기준에 쓰여 있는 그대로의 법칙을 말하고 있지만, 여기에 중대한 예외가 있음을 주목하지 않고 지나칠 수 없다. 왜냐하면 기질은 자신을 제외한 누구의 칭찬도 들으려 하지 않는 힘이기 때문이다. 물리학의 원리에서도 우리는 소위 과학이라고 하는 축소화의 영향을 거부할 수 없다. 기질은 모든 신성을 몰아낸다. 나는 의사들의 정신적 성향을 알고 있다. 나는 골상학자들끼리 낄낄거리며 웃는 소리를 듣는다. 이론을 좋아하는 유괴범들과 노예 감독자들 같은 그들은 각자가 다른 사람의 희생자라고 생각하며, 손가락을 놀려 그 사람의 존재 법칙을 알아내고, 수염의 색깔이나 후두부의 경사도와 같은 속된 표시에 의해 그 사람의 운과 성격의 목록을 읽어 낸다. 그 어떤 무지함도 이렇듯 뻔뻔스러운 추론보다 역겹지는 않을 것이다. 의사들은 자신들이 물질주의자가 아니라고 말하지만, 그들은 물질주의자이다. 영혼은 극단적으로 얇게 축소화된 물질이다. 아, 너무도 얇구나! 그러나 '영적'이란 말은 '그 존재 자체가 그 자신의 증거인 것'으로 정의되어야 한다. 그들은 사랑에 대해 어떤 생각을 덧붙일 것인가! 누구도 그들이 듣고 있는 곳에서 이런 말을 하여 그들에게 그 말을 모독할 기회를 주려 하지는 않을 것이다. 나는 이야기를 나누는 사람의 머리 형태에 따라 대화를 조절하는 인자하신 신사 양반 한 분을 본 적이 있다. 나는 삶의 가치는 알 수 없는 가능성 속에 있다고 생각한다. 이를테면 낯선 사람에게 말을 걸었을 때, 나에게 어떤 일이 생길지 내가 결코 알지 못한다는 사실 속에 있다. 나는 내 성(城)의 열쇠를 손에 들고 다니다가 나의 주인이 언제 어느 때고 어떤 모습으로 나타나더라도 그의 발아래 열쇠를 던져 줄 준비가 되어 있다. 나는 그가 나와 가까운 어딘가에서 방랑자들 속에 숨어 있다는 것을 알고 있다. 이럴진대 내가 높은 자리를 차지하고서 상대의 머리 모양에 따라 친절하게 대화를 조절해 가며 나의 미래의 가능성을 배제해야 할까? 내가 그 대목에 이르면 의사들은 돈푼으로 나를 입막음하려 할 것이다. "하지만 선생님, 의학적 기록이 있습니다. 연구소에 제출된 보고 자료도 있고, 입증된 사실입니다!"라고 말하면서 말이다. 나는 사실과 추론을 믿지 않는다. 기질은 본성 속에 있는 거부권 혹은 제한하는 힘이기 때문에, 그것이 본성을 거스르고 지나치게 나가는 것을 억제하는 데 이용될 때는 옳지만 본래의 공평함을 막는 데 쓰일 때는 터무니없는 것이 되고 만다. 인간의 덕이 드러날 때는 종속적인 능력들은 모두 활동하지 않는다. 그 자신의 단계에서 혹은 자연의 관점에서 볼 때, 기질은 결정적인 것이다. 나는 누구나 이른바 과학의 덫에 한번 걸리면 물리적 필연성이라는 사슬의 고리로부터 벗어날 수 없다는 것을 안다. 그와 같은 씨앗이 주어졌다면, 그와 같은 역사가 따르기 마련이다. 이러한 기준에서 보면 사람은 감각주의의 우리 속에 살면서 곧 자살에 이르게 되는 법이다. 그러나 창조력이 스스로 배제되는 것은 불가능하다. 지성으로 들어가는 모든 문은 결코 닫혀 있지 않으며, 그 문을 통하여 창조자가 지나간다. 절대적인 진리의 추구자인 지성이나 절대적인 선의 애호가인 심성이 우리를 구원하기 위해 개입하고, 이러한 지고한 권능이 한번 속삭여 주면 우리는 이 악몽과의 무기력한 싸움으로부터 깨어난다. 우리는 그것을 본래의 지옥으로 내던져 버리고, 다시는 천한 상태에 빠지지 않을 수 있다.

환상적인 것의 비밀은 일련의 기분이나 대상의 필연성 속에 있다. 기꺼이 우리는 정박하고자 하지만 정박지는 유사지(流砂地)이다.[5] 우리를 앞으로 나아가게 하는 자연의 작용은 우리가 감당하기에는 너무 강하다. "그래도 그것은 돈다." 밤에 달과 별들을 바라보고 있노라면, 나는 멈추어 있고 달과 별들이 서둘러 가는 것 같다. 실상(實相)을 사랑하는 마음으로 우리는 영원성을 향해 나아간다. 육신의 건강은 순환에 있고, 정신의 건전성은 관계의 다양함이나 용이함에 있다. 우리는 대상의 변화를 필요로 한다. 한 가지 생각에 빠지면 곧 싫증이 난다. 우리가 미친 자들과 함께 산다면 우리는 그들의 비위를 맞추어야 하고, 그러면 대화는 완전히 사라지게 된다. 한때 나는 다른 어떤 책도 필요하지 않을 것이라 생각할 만큼 기쁨에 가득 차서 몽테뉴의 저작을 즐겨 읽은 적이 있었다. 나는 그전에는 셰익스피어에, 그다음에는 플루타르코스에, 뒤이어서 플로티누스에, 한번은 베이컨에, 그후로는 괴테, 심지어 베티나[6]에도 탐닉했었다. 그러나 비록 아직도 그들의 천재성을 소중히 여기지만, 이제 나는 그들 중 누구의

---

5 우리의 삶은 고정되어 있지 않으며, 끊임없이 변화하고 흘러가는 과정 속에 있다는 뜻.
6 베티나 폰 아르님. 근대 독일 문학사에서 탁월한 여성작가로 손꼽힌다.

책도 흥미를 가지고 펴 보지 못한다. 그림의 경우도 마찬가지이다. 각각의 그림에는 무언가 관심을 강하게 끄는 점이 있기 마련이다. 그러나 우리가 기꺼이 같은 방식으로 작품을 계속 즐기고자 하여도, 그 작품이 그것을 유지할 수 없다. 그대가 어떤 그림을 충분히 감상했다면, 그대는 그 그림과 작별하지 않을 수 없고, 다시는 그것을 보지 않게 될 것이라는 점을 내가 그림들로부터 얼마나 강하게 느꼈던가. 나는 그 이후로 비평이나 감정의 개입 없이 본 그림들로부터 좋은 교훈을 얻었다. 새로운 책이나 사건을 접할 때면 아무리 현명한 사람들이 표한 견해일지라도 삭감해서 받아들여야 한다. 그들의 견해는 내게 그들의 기분을 알리고 새로운 사실에 대한 막연한 짐작을 주기는 하지만, 결코 지성과 사물 사이의 영원한 관계로 믿어서는 안 된다. 어린아이가 이렇게 묻는다. "엄마, 왜 난 그 이야기가 어제 엄마가 들려준 것처럼 좋지 않지?" "오! 애야, 지식을 담당하는 가장 연로한 천사들에게도 마찬가지란다. 너는 전체로 태어났고 이 이야기는 특수한 것이기 때문이라고 말한다면 너의 질문에 대한 대답이 되겠니?" 이러한 발견으로 우리가 고통을 받게 되는 (그리고 예술적인 작품이나 지능적인 작품에 관하여 우리가 늦게라도 알게 되는) 이유는 사람들과 우정과 사랑에 관해 그것으로부터 속삭이듯 들려오는 비극의 탄식 때문이다.

예술 속에서 보게 되는 고정성과 유연성의 결여를 우리는 예술가들에게서 발견하고 보다 큰 아픔을 느낀다. 사람들에게는 팽

창의 힘이 없다. 때 이르게 우리의 친구들이 어떤 사상의 대표자로 나타나기는 하지만 결코 그들은 그 사상을 벗어나거나 뛰어넘지는 못하고 있다. 그들은 사상과 권능의 바다 앞에 서 있지만 결코 그곳을 향해 단 한 발자국도 내딛지 못한다. 인간은 래브라도 형석과 약간 비슷한데, 그것은 손으로 이리저리 굴려도 광채를 내지 않다가 마침내 어느 특정한 각도에 이르면 깊고 아름다운 색채를 보여 준다. 사람들에게 적응력이나 보편적 순응력은 없어도, 각자 자신만의 특별한 재능을 갖고 있다. 성공한 사람들의 뛰어난 자질은 기회가 가장 빈번하게 제공되는 시간과 장소에 능숙하게 자리를 잡는 데 있다. 우리는 해야만 하는 것을 하고, 우리가 칭할 수 있는 최고의 이름으로 그것을 부르며, 뒤따르는 결과에 대해 의도한 칭찬을 받고 싶어 한다. 나는 어떠한 형태의 사람도 때로는 불필요하다고 생각한다. 그러나 이것은 불쌍한 일이 아니겠는가? 삶은 빼앗거나 속임수를 쓸 만한 가치가 없다.

물론 우리가 추구하는 균형을 이루기 위해서는 사회 전체가 필요하다. 여러 색으로 칠해진 회전판이 하얗게 보이려면 매우 빨리 돌아야 한다. 지나친 어리석음과 결점과 접해서도 무엇인가 얻는 바가 또한 있는 법이다. 결국 누가 잃든 간에 언제나 얻는 쪽이 있다. 신성은 우리의 실패와 어리석음 뒤에도 존재한다. 아이들의 놀이는 터무니없는 장난이지만 상당히 교육적이기도 하다. 우리의 삶에서 가장 거대하고 엄숙한 것들, 이를테면 상업, 정부, 교회, 결혼과 같은 것도 그렇다. 또한 모든 사람이 먹는 빵의 역사도, 그것을 손에 넣는 방식도 그러하다. 어떤 곳에도 앉지 않고 영원히 이리저리 가지를 옮겨 다니는 새처럼, 권능의 신은 어떤 남자에게도 어떤 여자에게도 머물지 않으며, 한순간에는 이 사람에게 다른 순간에는 저 사람에게 말을 하는 법이다.

그러나 이러한 장식적인 것들이나 현학적인 것들로부터 무슨 도움을 받을 것인가? 사상으로부터 무슨 도움을 기대할 것인가? 삶은 변증법이 아니다. 우리가 이 시대를 살아가면서 비평의 무용성에 대해 충분히 교훈을 얻었다고 나는 생각한다. 우리의 젊은이들은 노동과 개혁에 관해 많은 것을 생각하고 많은 글을 썼다. 그러나 그들이 쓴 많은 글에도 불구하고 세상이나 그들 자신은 나아지지 않았다. 삶에 대한 지적인 이해가 육체적인 활동을 대신할 수 없을 것이다. 빵 조각이 목구멍 밑으로 지나가는 그 섬세한 과정을 관찰하는 사람이 있다면, 그는 굶어 죽을 것이다. 교육 농장[7]에 모인 고귀하기 이를 데 없는 젊은 신사 숙녀들은 삶에 관한 가장 고매한 이론을 지녔지만, 그들은 모두 무기력하고 우울했다. 이론은 건초 더미를 긁어모으거나 쌓아 올리지 못하며, 말갈기를 문질러 주지도 못한다. 이론은 젊은 신사 숙녀들을 창백하고 굶주리게 만들었을 뿐이다. 한 정치 연설가가 재치 있게 정당의 공약을 서부로 난 길에 비유했다. 그 길은 처음에는 매우 넓게 뚫려 있고 양쪽 길가에는 여행객을 유혹하는 나무들이 심겨 있었지만, 이내 길이 좁아지기 시작하더니 마침내 다람쥐 통로가 되어 나무 한 그루에 이르게 되는 꼴이다. 문화도 우리에게는 이와 같은 것이어서, 종국에는 두통으로 끝나기 마련이다. 몇 달 전만 해도 시대에 대한 화려한 전망으로 눈이 부실 지경이었던 사람들에게 삶은 이제 말할 수 없이 슬프고 삭막해 보인다. '사람들 사이에는 이제 더 이상 행위의 바른 지침도 없고 자기 헌신도 남아 있지 않다.' 우리는 온통 반대와 비판을 일삼았다. 모든 삶과 행동 방식에는 반대가 있기 마련이다. 따라서 실질적인 지혜는 모든 곳에 존재하는 반대로부터 무관심을 이끌어 내는 것이다. 만물의 전체적인 구조는 무관심[8]을 설파하고 있다. 생각에만 빠져 있지 말고, 어찌 됐든 그대의 일을 열심히 하라. 삶은 지적이거나 비평적인 것이 아니라 억센 현실이다. 삶의 주된 행복은 스스로 찾아낸 것을 의심 없이 즐길 수 있는 잘 융화된 사람들을 위한 것이다. 자연은 엿보는 것을 싫어한다. 그래서 우리 어머니들은 "얘들아, 밥이나 먹으렴. 더 이상 애기하지 말고."라고 말하면서 자연의 뜻을 바로 말하는 것이다. 시간을 채우는 것, 그것이 행복이다. 말하자면 현재의 시간을 채우고, 후회하거나 찬성할 틈을 남기지 않는 것이다. 우리는 삶의 표면 가운데에 살고 있

7　초절주의자들의 공동체 실험 농장인 브룩 농장(Brook Farm)을 가리킨다. 에머슨이 초절주의를 제창했지만, 정작 그 자신은 이 실험 농장에 참여하지 않았다. 그는 삶의 문제가 어떤 이론이나 결사로 해결되지 않는다고 생각했기 때문이다.
8　여기서 무관심은 자연의 중성적 상태를 의미하고, 인간의 삶에서는 중립적 태도를 의미한다.

으며, 삶의 진정한 기술은 그 위에서 스케이트를 잘 타는 것이다. 가장 오래되고 진부한 인습 아래에서 자연의 힘을 타고난 인간은 가장 새로운 세계에서도 똑같이 번영할 수 있으며, 그것은 삶을 다루고 취급하는 기술에 의해 가능하다. 인간은 어디서든 상황을 지배할 수 있다. 삶 자체는 힘과 형식의 혼합물이고, 둘 중 어느 하나가 조금이라도 과도해지는 걸 견딜 수 없는 법이다. 이 순간을 완성하고, 인생행로의 모든 걸음마다 삶의 목적을 발견하며, 가능한 한 좋은 시간을 많이 갖는 것이 지혜이다. 인생이 길지 않다는 점을 고려할 때 짧은 기간 동안 가난 속에 허우적거리든 높은 위치에 편안히 앉아 있든 걱정할 일이 아니라는 말은 정상적인 사람들이 아니라 광신자들이나 수학자들이 하는 말일 뿐이다. 우리가 할 수 있는 일은 매 순간에 있으니 지금 이 순간을 최대한 활용하자. 오늘의 5분이라는 시간은 내게는 다가올 지복(至福) 천년의 5분과 같은 가치를 지니고 있다. 우리 모두 균형을 잡고 현명하게 오늘을 우리 자신의 것으로 만들자. 남자들과 여자들을 모두 잘 대해 주도록 하자. 그들이야말로 진실한 사람들인 양 대하자. 어쩌면 그들은 진실한 사람들일 것이다. 사람들은 환상 속에서 마치 두 손의 힘이 빠지고 떨려서 일을 제대로 해낼 수 없는 술주정꾼처럼 살고 있다. 삶은 환상의 폭풍우와 같으며, 이러한 삶 속에서 안정을 유지하는 유일한 방법은 현재의 시간을 소중히 여기는 것이다. 한 점의 의심도 없이, 이 세상의 온갖 허영과 정치의 어지러움 속에서도 나는 보다 확고하게 신조를 지키고 있다. 우리가 지켜야 할 신조는 현재의 일을 나중으로 미루고 남의 탓으로 돌리며 소망하는 것이 아니라, 현재의 위치에서 우리가 대하는 사람이 누구이든 할 바를 다하며, 아무리 미천하고 불쾌해도 현실의 동료와 상황을 우주가 우리를 위해 그 모든 즐거움을 위임한 신비한 대리자로 받아들여야만 한다는 것이다. 현실의 동료와 상황이 비록 비열하고 악의적이라 해도, 그들의 만족은 정의의 마지막 승리이므로 시인의 목소리나 존경받는 사람들의 무심한 동정보다 더 납득할 만한 반향을 불러온다. 사려 깊은 사람이라면 아무리 자신의 동료가 지닌 결점과 부조리함으로 고통을 받을지라도, 누구에게나 범상치 않은 가치에 대한 감수성이 있다는 것을 인정할 수밖에 없다. 거칠고 보잘것없는 사람이라 할지라도 뛰어난 것을 느끼는 본능을 갖고 있다. 비록 그들이 그것에 공감을 하진 못해도, 분별없고 변덕스러운 방식이기는 하나 꾸밈없는 존경의 마음을 담아 그것에 경의를 표한다.

고상한 젊은이들은 삶을 얕본다. 그러나 나의 경우에 그리고 나와 함께하는 사람들의 경우에 그로 인한 소화불량은 없다. 우리에게 하루는 견실하고 확실히 좋은 것이기 때문에, 경멸의 표정을 지으며 함께하자고 애걸하는 것은 정중하다 못해 매우 지나친 것이다. 나는 공감으로 인해 더 열망하거나 감상적인 마음에 빠지기도 한다. 그러나 혼자 내버려 둬도 나는 매시간과 그 시간에 내게 주어진 것, 즉 하루에 주어진 있는 그대로의 음식을 술집의 가장 오래된 잡담처럼 진실로 맛있게 즐길 것이다. 나는 작은 은총에도 감사한다. 우주의 모든 것을 기대하다가 하나라도 최고에 못 미치면 실망하는 한 친구의 삶과 내 일기를 나는 비교해 보았다. 나는 내가 정반대에서 시작하고 있고, 아무것도 기대하지 않으며, 언제나 적당한 이익에 감사하는 마음이 충만하다는 것을 발견했다. 나는 반대의 경향들이 내는 불협화음을 당연한 것으로 받아들인다. 나는 주정뱅이와 싫은 사람들과의 관계에서도 수지가 맞는다. 그들은 유성이 덧없이 사라지는 현상처럼 잡을 수 없는 주변의 모습에 현실감을 부여한다. 나는 아침에 일어나면 언제나 여전한 세상, 아내, 아이와 엄마, 콩코드와 보스턴, 진실로 변함없는 그 영적인 세계, 심지어 얼마 떨어지지 않은 곳에 있는 그 유구한 악마도 본다. 만약 우리가 아무런 의문을 제기하지 않고 우리가 발견하는 행복을 받아들인다면, 우리는 그것을 축적하는 방법을 갖게 될 것이다. 커다란 행운은 분석으로 얻어지는 것이 아니다. 모든 행운은 삶의 길 위에 존재한다. 우리 존재의 중간지대는 중도의 지역이다. 우리는 공기가 희박하고 추운 영역인 순수 기하학과 생명의 기운이 없는 과학의 세계로 올라갈 수도 있고, 아니면 감각의 세계로 떨어질 수도 있다. 이 양극단 사이에 삶과 사상과 정신과 시의 적도인 좁은 지대가 존재한다. 더욱이 통속적인 경험에 있어서 모든 행운은 삶의 노상에 존재한다. 그림 수집가는 푸생의 풍경화나 살바토르의 크레용 스케치를 구하기 위해 유럽의 모든 그림 가게를 기웃거리며 돌아다니지만 〈예수의 변신〉, 〈최후의 심판〉, 〈성 제롬의 제찬봉령(祭粲奉

領)〉, 그리고 이와 같은 초월적인 주제의 그림들은 바티칸, 우피치, 루브르의 벽에 걸려 있다. 그곳에서는 아무리 미천한 사람도 그것들을 볼 수 있다. 모든 거리에서 볼 수 있는 자연의 모습들, 매일의 일몰과 일출, 어디서나 빠지지 않는 인체의 조각 작품은 말할 필요도 없을 것이다. 어떤 수집가는 최근에 런던의 대중 경매장에서 157기니라는 돈을 들여 셰익스피어의 자필 서명을 사들였다. 그러나 학생은 한 푼도 들이지 않고 《햄릿》을 읽을 수 있고 그 책에서 아직 발표되진 않았으나 가장 귀중한 비밀들을 발견할 수도 있다. 나는 가장 평범한 책들—성서, 호메로스, 단테, 셰익스피어, 밀턴—이외에는 어떤 책도 읽지 않을 생각이다. 그런데 우리는 매우 통속적인 삶과 이 지상의 삶을 못 견디고, 외진 곳과 비법을 찾아 여기저기 바삐 다니고 있다. 상상력은 인디언, 덫을 놓는 사냥꾼, 양봉꾼의 숲에 관한 지식에서 기쁨을 얻는 법이다. 우리는 스스로를 이방인이라 여기며, 미개인이나 야생의 짐승과 새들과 같이 이 지상에 매우 친밀하게 길들여지진 않았다고 생각한다. 그러나 그것들도 예외없이 배제된 면이 있다. 기어오르기, 하늘을 날기, 미끄러지기, 깃을 단 네 발의 인간에게도 배제된 면이 있는 법이다. 여우, 마멋, 매, 도요새, 알락해오라기 등은 가까이에서 보면 인간보다 이 세상에 더 깊이 뿌리를 박고 있는 것도 아니며, 마찬가지로 지상의 표면에 사는 존재에 불과하다. 그런데 새로운 분자 이론은 원자와 원자 사이에 천문학적인 공간이 있으며, 세상은 바깥에 모든 것이 있고 내부에는 아무것도 없음을 보여 주고 있다.

중간 세계야말로 최상의 세계이다. 자연은 우리가 아는 한 성자가 아니다. 자연은 교회의 선각자들, 금욕주의자들, 힌두교도들, 인디언들을 어떤 호의로 구별하진 않는다. 자연은 먹고 마시며 죄를 지으면서 이루어지는 것이다. 자연의 총아, 위대한 자, 강한 자, 아름다운 것 등은 우리의 법칙에서 나온 것이 아니며, 주일 학교에서 배운 것도 아니고, 그들의 음식을 저울질하지도 않으며, 율법을 정확히 지키지도 않는다. 우리가 자연의 힘으로 강해지고자 한다면 다른 나라의 국민들로부터 또한 빌려 온 씁쓸한 양심을 품어서는 안 된다. 우리는 지나갔거나 혹은 앞으로 다가올 천벌에 관한 모든 풍문들에 대항하기 위해 현재를 강하게 긴장시켜야 한다. 무엇보다 우선적으로 해결해야 할 중요한 문제들이 아직도 해결되지 않은 채 너무 많이 남아 있다. 그러므로 그것들이 해결될 때까지는 현재 우리가 하던 대로 해야 할 것이다. 무역의 공정성에 관한 논의가 계속되고 있고 그 논의가 1~2세기 동안에 끝나지도 않을 것이므로 뉴잉글랜드와 영국에서 계속 상점을 운영할 수 있다. 판권과 국제 저작권에 관한 법이 논의되어야 하며, 그사이 우리는 가능한 한 많은 책들을 팔아야 할 것이다. 문헌의 방편, 문헌의 논거, 생각을 기록하는 방식의 적법성 등에도 의문을 제기해야 한다. 양측 모두에게 할 말이 많을 것이다. 싸움이 격렬히 번져 가는 동안에도, 그대 친애하는 학자여, 그대의 바보 같은 임무에 매달려 매시간 한 줄씩 써서 보태야 하며 사이사이 한 줄이라도 덧붙여야 한다. 토지 소유권, 재산권 등이 논의되고 있으며 전당대회도 소집되었다. 투표가 있기 전에는 그대의 정원을 일구고 그대의 수확을 습득물이나 하늘의 선물로 간주하여 평화스럽고 아름다운 목적을 위해 사용하라. 삶 자체는 물거품과 같고 하나의 회의론이며 잠 속의 잠과 같다. 이 점을 인정하라. 아니, 삶의 환영들이 하고자 하는 대로 더 놔둬라. 그러나 그대 신의 총아여, 그대는 자신의 내밀한 꿈에 주의해야 한다. 그대는 경멸과 회의주의에 빠져서는 안 될 것이다. 세상에는 경멸과 회의주의가 팽배해 있다. 그대의 작은 방에 들어앉아서 나머지 사람들이 해야 할 일에 대해 의견 일치를 볼 때까지 계속 힘써 일하라. 사람들은 그대의 병과 소소한 습성이 그대로 하여금 이것은 하고 저것은 피하도록 요구한다고 말하고 있다. 그러나 그대의 삶은 덧없는 상태로 하룻밤 지새우는 텐트에 불과하다는 것을 알라. 그리고 그대가 아프건 건강하건 그대에게 할당된 일을 다 하라. 그대는 비록 병들어 있지만 더 악화되지는 않을 것이며, 그대를 다정히 품고 있는 우주는 더 나아질 것이다.

인간의 삶은 두 가지 요소, 즉 힘과 형식으로 이루어진다. 그러므로 우리가 삶을 달콤하고 건강하게 만들고자 한다면, 이 둘 사이의 균형이 변함없이 유지되어야 한다. 둘 중 어느 한 요소가 과도해지면 그것이 부족한 것만큼이나 해악을 끼친다. 모든 것은 극단으로 나아가려는 경향이 있다. 좋은 성질의 것도 나쁜 요소와 섞이지 않으면 해로워진다. 이러한 위험을 파멸 직전까지 몰아가기 위해서 자연은 각 개인의 특별한 습성을 넘쳐 나게 만든다. 여기 실험 농장 속에서 우리는 자연의 본성을 위배한 변절의 예로 학자들을 들 수 있다. 그들은 표현으로 인한 자연의 희생자들이다. 그대가 아주 가까이에서 예술가, 웅변가, 시인 등을 보면 그들의 삶이 기계 수리공이나 농부들보다 나은 점이 없고, 그들 자신은 불균형의 희생자들로, 너무나 속이 텅 비고 말라빠진 상태임을 발견하게 되며, 그들이 실패자이고 영웅이 아니라 엉터리라고 선언할 것이다. 마침내 예술은 인간을 위한 것이 아니며 질병에 지나지 않는다고 매우 합리적으로 결론을 내릴 것이다. 하지만 자연은 그대의 입장을 입증하지는 않을 것이다. 항거할 수 없는 자연은 인간을 이와 같이 만들었고, 또한 매일 그러한 인간을 무수히 많이 만들고 있다. 그대는 책을 읽고 그림이나 조형물을 바라보는 소년을 좋아할 것이다. 그런데 이렇게 읽고 바라보는 수많은 아이들이 최초의 작가이며 조각가가 아니고 무엇이겠는가? 지금 읽고 바라보는 그 자질을 조금 더 살린다면, 그들은 펜을 잡고 끌을 쥐게 될 것이다. 그리고 만약 누군가가 자신이 얼마나 순진하게 예술가가 되기 시작했는지를 상기해 보면, 자연이 그의 적[9]과 함께했음을 인식하게 된다. 인간은 영광의 불가능태[10]와 같은 존재이다. 그가 걸어야 할 길은 한 치도 채 안 되는 폭을 지니고 있을 뿐이다. 현명한 사람도 지혜가 지나치면 바보가 된다.

운명이 감내할 수만 있다면, 우리가 삶의 아름다운 한계들을 영원히 간직하면서도 원인과 결과로 알려진 왕국의 완벽한 계산[11]에

완전히 적응하는 것이 얼마나 쉬운 일이겠는가. 거리와 신문에서 드러난 삶은 너무도 분명해 보이기 때문에, 강한 결의를 품고서 날씨가 어떻든 상관없이 곱셈표를 고수한다면 성공을 보증할 것처럼 보인다. 그러나 이런! 단 하루, 아니 고작 30분도 안 되어 천사가 속삭이는 듯하더니 국민들이 수년간에 걸쳐 얻은 결론을 뒤집고 마는구나. 내일이면 다시 모든 것은 현실이자 모난 것이 되고, 습관적인 기준들은 다시 제자리를 찾을 것이며, 상식도 천재처럼 귀한 것, 말하자면 천재의 기초가 된다. 경험은 모든 계획의 손과 발이 된다. 하지만 이러한 이해를 바탕으로 자신의 사업을 하려는 사람은 곧 파산할 것이다. 권능은 선택과 의지라는 유료도로와는 전혀 다른 길, 즉 삶의 지하에 보이지 않는 터널과 수로를 가지고 있다. 우리가 외교관, 의사, 사려 깊은 사람들이라는 것은 우스꽝스러운 일이다. 그런 얼뜨기들은 없다. 삶은 놀라움의 연속이다. 그렇지 않다면 삶을 받아들이거나 유지할 가치가 없을 것이다. 신은 우리를 매일 소외시키고 우리로부터 과거와 미래를 숨기는 것을 즐긴다. 우리는 주위를 둘러보고 싶지만 신은 장엄하고도 고상하게 우리 앞에다 가장 순수한 하늘로 이루어

9   여기서 적은 선과 악, 밝음과 어둠, 장점과 결점 등 삶의 양극적 모순의 다른 한 극단을 말한다. 에머슨은 삶의 양극적 모순 속의 균형이 인간을 성숙시킨다는 균형적 시각을 견지하고 있다.

10   신적 존재의 영광을 구현하려는 인간의 노력은 애초부터 불가능을 예고하고 있기에, 에머슨은 인간을 '영광의 불가능태(golden impossibility)'라고 부른다.

11   삶은 인과법칙에서 한 치도 벗어날 수 없다.

진 앞이 보이지 않는 장막을 치고, 뒤에도 가장 순수한 하늘 장막을 하나 더 쳐 놓았다. 신이 다음과 같이 말하는 것 같다. '너희들은 과거를 기억하지도 못할 것이고, 미래를 예상하지도 못할 것이다.' 훌륭한 대화, 예절, 행동은 모두 관습을 잊고 이 순간을 위대하게 만드는 자발성으로부터 나온다. 자연은 계산적인 사람을 싫어한다. 자연의 방법은 도약하고 충동하는 것이다. 인간은 생명의 율동으로 살고 있다. 우리의 유기적인 움직임도 그러하다. 화학 및 에테르 작용 역시 파동을 일으키며 번갈아 나타난다. 이성은 끊임없이 대항해 나가지만 결코 성공을 거둘 수 없고 단지 적당함에 이를 뿐이다. 우리는 우연히 성공할 뿐이다. 우리의 주된 경험은 주로 우연적인 것이었다. 가장 매력적인 계층의 사람들은 간접적으로 힘을 행사할 뿐 직접적인 타격을 가하지 않는다. 그들은 천재적이기는 하지만 아직 사람들의 신임을 받지 못하고 있다. 누구나 천재들의 재능이 준 혜택을 큰 부담 없이 얻고 있다. 그들의 아름다움은 새나 아침 햇살의 아름다움이며 결코 인공적이지 않다. 천재의 사상 속에는 언제나 놀라움을 주는 요소가 있으며, 그것이 주는 도덕적 감정은 결코 다른 감정이 될 수 없기 때문에 '새로움'이라고 불릴 만하다. 이 새로움은 어린아이뿐만 아니라 가장 연로한 지성인에게도 새로운 것이다. '하나님의 왕국은 볼 수 있게 도래하지 않는다.' 마찬가지로, 실질적인 성공을 위해서는 너무 많은 계획을 세워서는 안 된다. 사람은 자신이 가장 잘할 수 있는 일을 할 때 눈에 띄지 않는 법이다. 그에게 가장 어울리는 행위 주위에는 어떤 마력이 있어서, 그 힘이 그대의 관찰력을 잃게 만든다. 그래서 그 행위가 목전에서 이루어져도 그대는 조금도 알 수 없다. 삶의 기술은 내성적인 성질을 띠기 마련이므로 그 모습을 드러내지 않으려 한다. 모든 인간은 태어나기 전까지는 불가능한 존재이다. 우리가 성공을 보기 전까지는 모든 것이 불가능하다. 열정적인 신앙심은 궁극적으로 가장 냉담한 회의주의와 일치한다. 즉 어떤 것도 우리의 소관이나 우리의 일이 아니며, 모든 것은 신의 소관이라는 것이다. 자연은 월계수의 가장 작은 잎사귀 하나도 우리에게 할애하지 않을 것이다. 모든 저술은 신의 은총으로 이루어지는 것이며, 모든 행위와 소유도 마찬가지다. 나는 기꺼이 도덕적인 사람이 되어 경계와 한계를 지키고 싶다. 이 점을 나는 소중하게 아끼지만 가장 중요한 것은 인간의 의지에 맡기고자 한다. 그러나 내가 이 글에서 성심을 다하고 있어도, 성공을 하든 실패를 하든 간에 나는 결국 영원으로부터 공급된 약간의 생명력밖에 볼 수 없다. 삶의 결과는 계산되지도 않고 계산할 수도 없다. 며칠 만에 알 수 없는 많은 것을 몇 년의 시간이 가르쳐 준다. 우리와 교류하는 사람들이 서로 대화하고 오가면서 많은 일들을 계획하고 수행하여 그 모든 것으로부터 어느 정도 성과를 얻기는 하지만, 전혀 예기치 못한 결과가 되고 만다. 개인은 언제나 실수를 범하는 법이다. 그가 많은 일들을 계획하고 다른 사람들을 보조원으로 끌어들이며, 어떤 이들과 혹은 전체와 싸움을 벌이기도 하고 많은 실수를 저지르면서 무언가가 이루어진다. 모든 사람에게는 다소 진보가 있으나 개인에게는 언제나 실수가 있다. 뭔가 새로운 것이 만들어지지만 그가 자신에게 약속했던 것과는 아주 다른 모습이다.

고대인들은 인간의 삶의 요소들을 계산할 수 없다는 것에 충격을 받아 우연에 신성을 부여했다. 그러나 이것은 그 신성의 불꽃에 너무 오랫동안 머물렀기 때문이다. 그 불꽃은 진실로 한 곳에서 빛나고 있지만 우주는 잠복되어 있는 동일한 불기운으로 따뜻하다. 삶의 기적은 자세히 설명될 수 없으며 하나의 기적으로 남아 삶에 새로운 요소를 도입하게 된다. 태아의 성장과정에 대해서, 내 생각에 에버라드 홈 경은 진화가 중앙의 한 점이 아니라 세 곳 또는 그 이상의 지점에서 상호작용으로 이루어진다는 사실을 밝혀냈다. 삶에는 기억력이 없다. 연속해서 진행되는 것은 기억될지 모르지만, 동시에 공존하거나 도저히 의식할 수 없는 보다 깊은 원인으로부터 갑자기 나온 것은 그 자체의 경향을 알 수 없다. 우리의 경우에도 마찬가지로, 우리는 때로는 회의적이거나 통일성이 없다. 이것은 우리가 형식과 결과에 깊이 빠져든 나머지 모든 것이 동등하지만 상반된 가치를 지니고 있는 것으로 보이기 때문이다. 우리가 영혼의 법칙을 받아들이는 동안에는 때로 종교적이다. 이런 혼란과 함께 여러 부분들이 같은 기간 동안에 성장하는 것도 견디어라. 그러면 그것들은 언젠가 전체의 일원이 되어 하나의 의지에 복종할 것이다. 그것들은 우리의 주의와 희망을 그 하나의 의지에, 그 은밀한 원인에 고정시킨다. 삶은 이것으로 인해 하나의 기대나 하나의 종교로 용해된다. 조화롭지 않으며 하찮고 특수한 것들 아래에 음악적 극치가 있다. 궁극적 이상은 언제나 우리와 함께 나아가고, 하늘도 언제나 흠이나 주름 하나 없이 존재하고 있다. 우리의 정신을 깨우는 방식만을 관찰하라. 내가 심오한 이성을 가진 사람과 대화를 나눌 때, 혹은 언제고 혼자 있게 되어 좋은 생각을 할 때면, 목이 말라 물을 마시거나 추운 날에 불가로 갈 때와 같이 곧바로 만족에 이르지는 않는다. 나는 처음에는 삶의 새롭고도 멋진 영역에 근접해 있음을 알게 된다. 지속적으로 책을 읽거나 생각을 하다 보면, 이 영역은 빛이 번쩍이는 사이에 그 심오한 아름다움과 고요함이 갑자기 발견되듯이 그 자체의 표식을 좀 더 보여 준다. 마치 하늘을 뒤덮고 있던 구름이 간간이 틈새를 내보이면서 다가오는 여행자에게 오지의 산들과 함께 영원한 고요함이 깃든 기슭 위의 풀밭, 그리고 그 위에서 양 떼가 풀을 뜯어먹고 목동들이 피리를 불며 춤추는 모습을 보여 주는 것과 같다. 그러나 이와 같은 사색의 영역으로부터 얻는 모든 통찰력은 최초인 듯 느껴지며, 앞으로도 계속 이어질 것을 약속하고 있다. 내가 이것을 만들지는 않았다. 나는 그곳에 이르러 이미 존재하던 것을 본 것이다. 내가 만든다고, 천만에! 오랫동안 수많은 시대에 걸쳐 사랑과 존경을 받았으며 생명의 기운으로 신선한 이 장엄한 광경, 사막의 햇빛에 빛나는 메카가 내 앞에 처음으로 모습을 드러냈을 때, 나는 어린아이 같은 환희와 놀라움에 싸여 손뼉을 친다. 그것이 펼치는 미래는 또 어떠한가? 나는 새로워진 심장이 새로운 아름다움에 대한 사랑으로 고동치는 것을 느낀다. 나는 당장이라도 세상에서 사라져 내가 서부에서 발견한, 새롭지만 다가갈 수 없는 아메리카에서 다시 태어나고 싶다.

오늘 또는 어제 시작된 것이 아니라
이 생각은 예로부터 있어 왔지. 하지만
언제 비롯되었는지 아는 사람은 없다네.

삶을 기분의 끝없는 변화라고 묘사했다면, 나는 이제 우리 내면에 변하지 않는 것이 있어서 마음의 모든 지각과 상태를 분류하고 있다는 말을 덧붙이지 않을 수 없다. 각자의 내면에 있는 그 의식은 차등 조절자[12]이며, 때로는 하나님과 동일시하고, 때로는 자신의 육신과 동일시한다. 삶 위에 삶이 있으며, 그것은 무한한 등급을 이루고 있다. 의식에서 비롯된 감정은 모든 행위의 존엄성을 결정한다. 그러므로 항상 문제는 그대가 무엇을 하고 무엇을 참느냐가 아니라 누구의 명령으로 그것을 하고 그것을 참는가에 있는 것이다.

운명, 지혜의 여신, 시와 음악의 신, 성령. 이런 기묘한 이름들은 그 무한한 실체를 포괄하기에는 의미가 너무나 제한적이다. 한계가 있는 지능으로는 아직도 이 원인 앞에서 무릎을 꿇어야 한다. 이 원인은 이름이 붙여지기를 거부한다. 형용 불가능한 원인을 두고 뛰어난 천재들은 명확한 상징으로, 이를테면 탈레스는 물로, 아낙시메네스는 공기로, 아낙사고라스는 사상으로, 조로아스터는 불로, 예수와 현대인들은 사랑으로 나타내려고 시도해 왔다. 그리하여 각자의 은유는 한 민족의 종교가 되었다. 중국의 맹자는 상당히 성공적으로 이것을 일반화했다. "나는 언어를 충분히 이해하고 있고 호연지기를 잘 기르고 있다."고 맹자가 말했다. 그러자 그의 상대가 물었다. "호연지기라 하신 것은 무엇입니까?" 맹자가 대답했다. "설명하기가 어렵다. 이 기운은 지극히 크고 극도로 강하다. 그것을 바르게 키우고 해함이 없이 하면, 그것은 천지간을 채울 것이다. 이 기운은 정의와 도리에 부합하고 도움이 되며 배고픔이 없다."[13] 보다 정확한 서술을 위해 우리는 이 일반화에 '실재'라는 이름을 부여하고, 그로 인해 우리가 갈 수 있는 극한까지 도달했음을 고백한다. 우리가 벽에 도달한 것이 아니라 한없는 진리의 바다에 이르렀다는 것으로 우주를 즐겁게 하기에 충분하다. 우리의 삶은 현재보다는 미래에 전망을 두며 그 삶을 소모하는 일들을 위해 존재하는 것이 아니라 이 호연지

12 에머슨은 개인의 의식 수준에 따라 업(業)이 결정되고, 그 업에 따라 무수한 삶이 전개된다고 보는 불교적 인생관과 비슷한 입장을 갖고 있다.

13 에머슨은 《맹자(孟子)》의 〈공손추장구(公孫丑章句)〉 상(上)편에 나오는 내용을 1828년 판 콜리의 영역본에서 인용하고 있다. "무시뇌야(無是餒也)"를 콜리는 "leaves no hunger(배고픔이 없다)"로 번역했는데, '이것이 없으면 굶주리게 된다'로 고치는 게 맞다. 원문은 '호연지기로 인해 허함이 없다'는 뜻이다.

기의 암시로서 존재하는 것 같다. 대부분의 삶은 단순히 재능을 광고하는 것처럼 보인다. 우리는 자신을 싼값에 팔지 말아야 한다는 가르침을 받고 있다. 바로 우리가 매우 위대하기 때문이다. 특히 우리의 위대함은 언제나 경향이나 방향성에 있을 뿐 행위에 있지 않다. 우리가 믿어야 할 것은 원칙이지 예외가 아니다. 고귀한 사람들과 무지한 사람들은 이렇게 구별된다. 그러므로 감정이 이끄는 대로 받아들일 때 영혼의 불멸성과 같은 문제에 관하여 우리가 믿는 것이 아니라 믿고자 하는 보편적 충동, 바로 이것이 실체적 상황이고 지구 역사에 있어서 가장 중요한 사실이다. 우리는 이 원인을 직접 작용하는 것으로 묘사할 수 있을까? 정신은 무기력하지 않으며 중개하는 기관을 필요로 하지 않는다. 그것은 충분한 힘을 갖고 있고 직접적인 효과를 낼 수 있다. 나는 설명할 필요 없이 설명된다. 나는 행동하지 않아도 느껴지고 내가 없는 곳에서도 느껴진다. 따라서 올바른 사람들은 모두 그들 자신의 칭찬으로 만족하는 법이다. 그들은 자신을 설명하길 거부하고, 새로운 행동이 그 일을 할 것이라는 데 만족한다. 그들은 우리가 언어 없이 언어를 초월해서 소통하는 것을 믿고, 또한 우리의 바른 행동은 아무리 떨어져 있어도 친구들에게 늘 영향을 끼친다는 것을 믿는다. 행동의 영향력은 거리로 측정될 수 있는 것이 아니기 때문이다. 그러니 내가 있을 것으로 기대되는 곳에 참석하기 힘든 상황이 발생했다고 해서 왜 내가 안달을 내겠는가? 비록 내가 그 모임에 없다 해도 현재 있는 곳에서의 나의 존재는 내가 그 장소에 참석한 것처럼 우정과 지혜의 공동체에 유익해야 한다. 나는 동일한 영향력을 모든 곳에서 발휘한다. 이와 같이 그 강건한 궁극적 이상은 우리 앞에서 여행한다. 그것은 결코 뒤로 빠진 적이 없다. 현재 자신의 행복이 보다 나은 행복을 알리는 소식이 되지 않는다면, 어느 누구도 만족을 주는 경험에 이를 수 없다. 앞으로, 앞으로 가자! 우리는 해방되는 순간에 삶과 의무에 관한 새로운 그림을 그릴 수 있다는 것을 알고 있다. 우리가 보유하고 있는 모든 기록을 넘어서는 삶의 원칙에 관한 요소들이 그대 주위의 많은 사람들의 마음속에 이미 존재한다. 이 새로운 선언은 사회의 신념들뿐만 아니라 회의주의도 포괄할 것이고, 불신으로부터 새로운 믿음이 형성될 것이다. 사실 회의주의는 불필요하거나 불법적인 것이 아니라 긍정적인 말을 제한하는 것이다. 새로운 철학은 가장 오래된 믿음들을 포함하고, 동시에 회의주의를 받아들여 그것으로부터 긍정을 이끌어 내야 한다.

우리의 신성한 보편적 자아를 왜곡시키는 낮은 자아의 발견[14]은 불행하게도 너무 늦어 피할 도리가 없다. 이 발견이 인간의 '원죄'라고 불린다. 이후로 우리는 항상 우리의 수단을 의심한다. 우리가 대상을 직접적으로 보지 않고 매개체를 통해서 보고 있으며

---

14 이 부분의 번역은 원문─"우리가 존재한다는 사실을 발견한 것"─대로 하면 도저히 이해가 안 되기 때문에, 에머슨 전집의 주석에 나온 해설을 대신 번역했다.

현재 우리의 모습이기도 한, 색이 들어가 진실을 왜곡시키는 렌즈를 교정하거나 그 오차의 양을 계산할 수단이 없다는 사실을 우리는 알게 되었다. 아마 이 주관 렌즈[15]는 창조의 힘을 가지고 있을 것이다. 어쩌면 대상은 존재하지 않을 것이다. 한때 우리는 눈으로 보았던 것 안에서 살았다. 이제는 모든 것들을 끌어들이려 하는 이 새로운 힘의 탐욕이 우리를 사로잡는다. 자연, 예술, 사람들, 문학, 종교, 대상 등이 연속적으로 끼워 맞춰지고, 신도 그 전체 관념들의 하나일 뿐이다. 자연과 문학은 주관적인 현상들이다. 모든 악과 선은 우리가 드리운 그림자이다. 오만한 사람에게는 거리가 온통 비굴한 것들로 가득하다. 겉치레가 많은 사람이 자신의 집사들에게 제복을 입히고 식탁에서 손님들의 시중을 들게 하는 것처럼, 기분 나쁜 마음이 거품처럼 뿜어내는 분노는 즉시 길거리의 신사 숙녀, 혹은 호텔의 상점 점원이나 술집 주인의 모습으로 바뀌어 우리 내부에 존재하는 위협적이고 모욕적인 것들을 죄다 위협하거나 모욕을 주고 있다. 이것은 우리의 우상 숭배에 있어서도 마찬가지다. 사람들은 시야를 만든 것이 바로 눈이고, 이러저러한 사람에게 영웅이나 성인의 이름을 붙여 인간성의 전형이나 대표로 만든 것이 바로 원숙한 마음의 눈이라는 사실을 잊고 있다. '섭리의 인간'인 예수가 좋은 사람이라는 데

---

15 세상은 관념으로 존재한다. 각자의 주관이 갖고 있는 의식의 렌즈에 비친 모습이 자신의 세계인 셈이다.

많은 사람들이 동의하는 것에도 이러한 시각의 법칙이 효과를 나타낼 것이다. 한편으로는 사랑으로, 다른 한편으로는 반대를 억누르며 참는 마음으로 우리가 예수를 시야의 중심에 두고 바라보고, 예수처럼 보이는 누구에게나 부여할 특성들을 예수에게 돌릴 것이라는 결론이 잠시 내려진다. 그러나 아무리 오래된 사랑이나 증오도 찰나에 끝날 수 있다. 절대적인 자연에 뿌리를 박고 있는 위대하고 점차 커져 가는 자아는 상대적인 존재를 모두 밀어내고 인간의 우정과 사랑의 왕국마저 폐허로 만든다. 모든 주체와 객체 사이에 존재하는 불평등 때문에 (정신세계의 의미에서) 결혼은 불가능하다. 주체는 신성의 수령자이므로, 신성과 매번 비교될 때마다 이 신비한 힘에 의해 그의 존재가 고양되는 것을 느낄 수밖에 없다. 비록 에너지로 느끼는 것은 아니지만 그 존재에 의해 실체의 보고(寶庫)를 느끼지 않을 수 없다. 또한 어떤 지성의 힘도 모든 주체 속에 영원히 잠자거나 깨어 있는 고유한 신성을 객체에게 돌릴 수는 없다. 사랑도 결코 의식과 의식의 투영을 동일한 힘으로 만들 수 없다. 모든 '나'와 '너' 사이에는 실물과 그림 사이에 있는 것과 같은 큰 간격이 존재할 것이다. 우주는 영혼의 신부이다. 사사로운 공감들은 모두 부분적인 것이다. 두 사람의 존재는 마치 두 개의 공과 같다. 두 공은 오직 한 점에서만 만날 수 있으며, 두 공이 접촉하고 있는 동안 각 구체의 다른 모든 점들은 활동력이 없는 법이다. 다른 점들의 차례 또한 반드시 오겠지만, 특별한 결합이 오래 지속되면 될수록 결합하고 있지 않은 부분들은 더 많은 욕망의 에너지를 얻게 된다.

삶은 이미지화될 수 있지만 반으로 나누어지거나 두 배로 커질 수는 없다. 삶의 통일성을 침해하는 것은 무엇이든 혼란을 주기 마련이다. 영혼은 쌍둥이가 아니라 독생자로 잉태되었다. 때가 되면 모습을 드러내겠지만, 겉으로는 어린아이의 모습을 하고 있다 해도 보편적인 운명의 힘을 지녔으며 어떤 생명의 공유도 허락하지 않는다. 모든 날과 모든 행위 속에 감추기 힘든 신성이 드러나고 있다. 우리는 다른 사람들을 믿지 않기 때문에 자신을 믿는다. 우리는 자신에게는 모든 것을 허용한다. 우리가 다른 사람에게 죄라고 부르는 것도 우리를 위한 하나의 실험에 불과하다. 사람들이 범죄를 그들이 생각하는 것처럼 가볍게 말하지 못하는 것은 바로 우리가 자신을 믿는다는 하나의 증거이다. 모든 사람은 다른 사람에게는 절대 만족스럽지 못한 곳을 자신에게는 안전한 지대라고 생각한다. 행위는 내면적으로 볼 때와 외면적으로 볼 때 너무나 달리 보이며, 그 행위의 성질과 결과에 있어서도 그렇다. 살인자에게 살인은 시인과 소설가가 생각하는 것처럼 그렇게 파괴적인 생각이 아니다. 그것은 사소한 일상의 주의를 흐트러뜨릴 정도로 그의 마음에 동요를 일으키거나 두렵게 하지 못한다. 그것은 매우 쉽게 계획될 수 있는 행위이지만, 결국에는 끔찍한 싸움을 야기하고 모든 인간관계를 뒤죽박죽으로 만들고 만다. 특히 사랑으로 비롯된 범죄는 당사자의 입장에서는 정당하고 공정해 보일지 모르지만, 일단 그런 일이 벌어지면 사회를 파괴하는 결과를 낳을 수도 있다. 어느 누구도 자신의 모든 것을 잃게 될 수 있으며, 자신의 마음속에 품은 그 죄가 흉악범의 그것처럼 사악한 것이라는 점을 마지막 순간에도 믿지 않는다. 왜냐하면 우리 자신의 경우에는 지성이 도덕적 판단을 제한하기 때문이다. 사실 지성에는 죄가 없다. 지성은 도덕률을 폐기하거나 초월하자는 입장이며, 율법을 사실과 똑같이 판단한다. "지성은 범죄보다 더 나쁘며, 그것은 일종의 실수이다." 나폴레옹은 지성에 관한 언어를 얘기하면서 이렇게 말했다. 지성에게 세상은 수학이나 양자론의 문제일 뿐이며, 칭찬과 비난 그리고 모든 심약한 감정도 배제된다. 도둑질도 모두 상대적인 것이다. 만약 그대가 절대적인 상황에 처한다면 훔치지 않는다고 장담할 수 있겠는가? 성자들은 지성의 관점이 아니라 양심의 관점에서 죄를 보기 때문에(심지어 그것을 사색할 때도) 슬픔을 느끼는 것이다. 일종의 사고의 혼란이다. 죄는 사고라는 점에서 보면 일종의 감소, 또는 축소된 것이다. 양심이나 의지의 관점에서 보면, 그것은 부패나 나쁜 것이다. 지성은 죄를 그림자, 즉 빛의 부재로 볼 뿐이며 결코 본질로 보지 않는다. 양심은 죄를 본질, 즉 본질적 악으로 분명히 느낀다. 그러나 그렇지 않다. 죄는 객관적 실체를 가지고 있으며, 결코 주관적인 것이 아니다.

이와 같이 우주는 불가피하게 우리의 색채를 띠게 되고, 모든 객체는 잇달아 주체 그 자체 속으로 떨어진다. 주체는 존재하며 확대해 간다. 모든 것들은 조만간 제자리를 잡기 마련이다. 나는 존재한다. 고로, 나는 본다. 우리가 어떤 언어를 사용하건, 우리는 현재 우리의 모습 이외의 다른 어떤 것도 말할 수 없다. 헤르메스, 카드모스, 콜럼버스, 뉴턴, 나폴레옹 등은 마음의 대행자들이다. 위대한 사람을 만나면 열등감을 느끼지 않도록 하자. 새로 온 사람을 마치 여행 중 우리의 소유지를 지나가다가 덤불숲에 양질의 점판암과 석회석과 무연탄이 있음을 알려 주는 지질학자처럼 대접하자. 어느 한 면에서 보여 주는 강한 정신의 발로인 부분적인 행동은 그것이 향한 대상을 바라보는 망원경과 같다. 그러나 영혼이 합당한 원환에 이르기 전까지는, 지식의 다른 모든 부분도 동일하게 과장된다. 그대는 새끼 고양이가 자신의 꼬리를 쫓아 귀엽게 도는 모습을 본 적이 있는가? 그대가 고양이의 눈으로 볼 수 있다면, 고양이를 둘러싼 수많은 모습들이 때로는 비극적이고 때로 희극적인 문제들, 긴 대화, 많은 인물들, 운명의 많은 부침으로 이루어진 복합적인 연극들을 공연하고 있는 것을 보게 될 수도 있다. 그러나 그사이에도 그것은 단지 조그만 고양이와 그 꼬리일 뿐이다. 우리의 가면무도회에서 울려 퍼지는 탬버린 소리와 웃음소리, 외침이 잦아들고 우리가 그것이 혼자만의 공연이라는 것을 아는 데 얼마나 시간이 걸릴까? 주체와 객체, 이 양자 사이의 전기 회로를 완성하는 데는 많은 것이 필요하지만 크기가 크다고 해서 보탬이 되지는 않는다. 주체와 객체의 관계가 케플러와 천체이든, 콜럼버스와 아메리카이든, 독자와 그의 책이든, 고양이와 그 꼬리이든 간에 그것이 뭐 그리 중요하겠는가?

　모든 시신(詩神)과 사랑과 종교가 이러한 발전 과정을 혐오하며, 실험실의 비밀을 거실에서 발표하는 화학자를 처벌할 방법을 찾으리라는 것은 사실이다. 사물을 개인적인 견지에서 또는 일시적인 기분에 빠져 바라볼 수밖에 없는 우리의 체질적인 필연성이 결코 적다고는 말할 수 없다. 하지만 신은 황량한 바위의 원주민이다. 그와 같은 결핍으로 인해 자기 신뢰가 도덕에 있어서 가장 중요한 덕목이 되고 있다. 아무리 수치스러워도 우리는 이 궁핍을 굳건히 고수해야 하며, 더 활발한 자아 발견을 통해 수많은 행동을 한 후에 삶의 축을 보다 확고하게 지녀야 한다. 진리의 삶은 냉혹하고 너무도 슬픈 것이지만, 눈물과 회한과 불안의 노예는 아니다. 그 삶은 다른 사람의 일을 하려고 하지 않으며, 또한 다른 사람의 삶의 현실을 채택하지도 않는다. 지혜의 주요 교훈은 자기 자신의 현실과 다른 사람의 현실을 구별하는 것이다. 내가 다른 사람들의 삶의 문제를 처리할 순 없지만, 삶의 모든 부정을 무릅쓰고 나 자신의 삶의 문제에 대해 나를 설득할 수 있는 열쇠를 갖고 있기 때문에, 그들 또한 그들이 처한 삶의 문제에 대한 열쇠를 갖고 있다는 사실을 나는 알게 되었다. 동정심이 많은 사람은 물에 빠진 사람들 가운데 수영을 할 줄 아는 사람과 같은 딜레마에 놓여 있다. 그를 붙잡으려는 사람들에게 만약 손가락이나 발 하나라도 내밀게 되면 그들로 인해 익사하고 말 것이다. 그들은 자신들의 악덕이 주는 불행으로부터 구원을 받고 싶기는 하지만, 그 악덕 자체로부터 벗어나려 하지는 않는다. 이처럼 단지 증상만을 돌보는 자선은 헛된 일이다. 현명하고 강건한 의사는 진찰의 첫째 조건으로 '그곳에서 나오라'고 말할 것이다.

이와 같이 미국을 얘기할 때 우리는 착한 본성 탓에, 그리고 사방에 귀를 기울임으로써 파멸하게 된다. 이러한 순응[16]은 대단히 유용한 힘을 빼앗아 간다. 인간은 직접 그리고 똑바로 삶을 바라보지 않으면 안 된다. 관심을 한곳에 집중하는 것이야말로 다른 사람들의 성가신 경박성에 대한 유일한 해답이다. 그 관심은 그들의 요구를 경박스럽게 만드는 목표에 대한 답이기도 하다. 이것은 신의 답변이며, 어떤 호소도 힘들게 생각할 여지가 없다. 아이스킬로스의 〈에우메니데스〉를 그린 플랙스먼의 드로잉에서, 오레스테스가 아폴론에게 간청을 하는 동안 복수의 세 여신들은 문간에서 잠을 자고 있다. 아폴론 신의 얼굴에는 후회와 연민의 그림자가 드리웠으나 두 세계의 영역이 결코 화해할 수 없다는 확신으로 인해 평온하다. 그는 다른 세계, 즉 영원하고 아름다운 세계에서 태어났다. 그의 발아래 엎드린 사람은 지상의 소란에 대해 관심을 가져 달라고 요청하고 있지만, 그의 천성으로는 지상에 발을 들여놓을 수 없는 상태이다. 그리고 그곳에 누워 있는 에우메니데스는 그림처럼 이 부조화를 표현하고 있다. 아폴론은

---

16 에머슨은 어린아이의 비순응적 태도를 가장 건강한 인간성으로 보고 있다. 이 책의 〈자립〉장을 창조하라.

신의 신성한 운명을 무겁게 짊어지고 있는 것이다.

　환영, 기질, 연속, 표면, 놀람, 현실, 주관, 이런 것들은 시간이라는 베틀에 걸린 실이며 삶의 지배자들이다. 나는 감히 그들의 순서를 정하고자 한 것이 아니라, 내 삶의 과정에서 발견한 대로 거론한 것이다. 나의 묘사가 어떤 완전성을 지녔다고 주장할 정도로 나는 어리석지 않다. 나는 하나의 조각에 불과하며, 이것은 나의 한 조각일 뿐이다. 나는 그 자체로 분명해서 확실한 형식을 갖춘 한두 가지 법칙을 매우 확신을 가지고 공언할 수는 있지만, 삶의 법전을 편찬하기에는 아직 나이 든 분에 비해 너무 어리다. 나는 삶의 강령에 관하여 내 시간을 빌려 이야기를 늘어놓고 있다. 나는 아름다운 그림을 많이 보았는데 헛되지는 않은 일이었다. 멋진 시간을 나는 살아왔다. 나는 열네 살 풋내기도 아니고, 게다가 7년 전의 나도 아니다. '성과가 어디 있냐?'고 묻고 싶은 사람은 물어보라. 나는 개인적인 성과만으로 충분하다고 본다. 성과란 이것이다. 즉 내가 명상, 상담, 진리의 축적으로부터 성급한 효과를 바라지 말아야 한다는 것이다. 나는 이 마을과 도시에 어떤 결과를, 그것도 바로 그달이나 그해에 명백한 효과를 요구하는 것은 안쓰러운 일이라고 느끼지 않을 수 없다. 결과는 원인처럼 깊고 오랜 세월이 걸리는 것이다. 그것은 인간의 일생이 다 사라질 만큼 기나긴 기간에 걸쳐 작용한다. 내가 아는 모든 것은 수용하는 것이다. 나는 존재하고, 나는 소유한다. 그러나 내가 획득하는 것은 아니다. 내가 어떤 것을 획득한다고 생각했을 때, 나는 아무것도 얻지 못함을 알았다. 나는 경이로움으로 위대한 운명의 신을 숭배한다. 나는 매우 광대하게 수용하기 때문에 이러저러한 것들을 과도하게 받아들인다고 해서 괴롭지 않다. 나는 수호신이 용서를 한다면 '한 푼을 받을 바에야 백만금을 받으리.' 라는 속담을 그에게 말하리라. 나는 새로운 선물을 받을 때 셈을 공평하게 하기 위해 내 몸을 야위게 하지는 않는다. 왜냐하면 내가 죽게 된다면 계산을 공평하게 할 수 없기 때문이다. 내가 받은 은혜는 첫날에 내가 쌓은 공덕을 넘는 것이었고, 그 후로도 계속 넘치게 받아 왔다. 나는 소위 공덕 그 자체도 받는 것의 일부분이라고 생각한다.

분명하고 실질적인 결과를 갈망하는 것도 나에게는 변절과 같은 것이다. 진심으로 나는 이렇듯 가장 불필요한 행동과 타협하는 일을 기꺼이 피하고자 한다. 삶은 내게 환상적인 겉모습을 띠고 있는 것으로 보인다. 가장 격렬하고 거친 행위 또한 환상적인 것이다. 삶은 단지 부드러운 꿈과 격렬한 꿈 사이의 선택에 불과하다. 사람들은 지식과 지적인 생활을 깔보고 행동을 촉구한다. 나는 알 수만 있다면, 알아 가는 것에 매우 만족한다. 그것은 존엄한 도락이고, 그것으로 오랫동안 나는 충분히 만족스러울 것이다. 조금이라도 알기 위해서라면 이 세상이라도 희생할 가치가 있을 것이다. 나는 언제나 아드라스티아[17]의 법칙을 명심하고 있다. "어떤 진리라도 얻은 사람은 다음 세상이 올 때까지 모두 해를 입지 않고 안전할 것이다."

　나는 도시에서 그리고 농장에서 소통하고 있는 세상이 내가 생각하는 세상이 아니라는 것을 알고 있다. 나는 그 차이를 관찰하고 있으며 앞으로도 관찰할 것이다. 언젠가 나는 이러한 모순의 가치와 법칙을 알게 될 것이다. 그러나 나는 사상의 세계를 구현하려는 작위적인 시도로 많은 것을 얻은 예를 찾지 못했다. 열성적인 많은 사람들이 잇달아 이런 식으로 실험을 하고 있지만 결국 우스꽝스럽게 되었을 뿐이다. 그들은 민주적인 태도를 취하고 있지만, 입에 게거품을 물고 성내며 증오하고 부정한다. 설상가상으로 내가 관찰한 바에 의하면, 그들이 제시한 성공의 시금석을 받아들인다 해도 인류 역사상 결코 단 한 건도 그러한 시도로 성공한 예가 없다. 나는 이 사실을 논쟁적으로, 혹은 '왜 그대의 세상을 구현하지 않는가?'라는 질문에 대한 대답으로 말하고 있다. 그러나 하찮은 경험주의에 근거하여 법칙을 섣부르게 판단하는 절망적인 태도는 나와는 거리가 멀다. 올바른 노력으로 성공을 거두지 못한 적이 없기 때문이다. 인내하고 인내하면, 우리는 마침내 승리할 것이다. 우리는 시간이라는 요소의 기만을 매우 경계해야만 한다. 먹고 잠자고 1백 달러를 버는 데는 상당히 많은 시간을 요하지만, 우리의 삶의 빛이 되는 희망과 통찰력을

17　그리스 신화에서, 자매들과 함께 제우스를 키운 유모 중 한 명으로, '피할 수 없는 여인'이라는 뜻이다. 아드라스테이아라고도 하며 복수의 신 네메시스와 동일시되기도 한다.

가지는 데는 매우 짧은 시간이면 족하다. 우리는 정원을 가꾸고, 저녁을 먹고, 아내와 집안일을 의논하지만, 이런 일들은 아무 감명도 주지 못하며 다음 주면 기억에서 사라지게 된다. 그러나 모든 인간이 언제나 돌아가는 고독 속에서, 인간은 새로운 세계로 가는 길목에 함께 가져갈 계시와 바른 정신을 갖게 되는 법이다. '조소에 개의치 말고, 패배에도 개의치 말라. 그리운 마음이여, 다시 일어나라!' 이런 말이 들리는 것 같다. 모든 정의를 위한 승리가 아직도 남아 있다. 그리고 이 세계가 실현하고자 하는 진정한 낭만은 실제적 힘을 향한 천재의 변용이 될 것이다.

운명

하늘에서 시작된 미묘한 조짐들

외로운 시인의 참된 증인이 되어 주고,

전조의 날개를 가진 새들은

그에게 신호하고, 주의를 주기 위해

깨우침의 노래를 들려주었다네.

그때, 필경사나 급사로부터

보다 거대한 문자로 쓰인 암시들을 배우는 것을

시인은 경멸할 만했지.

그리고 하루의 새벽녘, 그의 마음에는

저녁의 아련한 그림자들이 드리워 있었다네.

그와 같이 의미화된 자연물로

사실 예지는 연결되어 있지.

이를테면, 기다리는 선견(先見)은
창조하는 천재와 동일하다네.

몇 년 전 어느 겨울에 우연히도 우리의 도시들이 시대의 이론
에 관한 토의에 휩싸인 적이 있다. 기묘한 우연의 일치로 네다섯
명의 명사들이 각자 보스턴이나 뉴욕의 시민들에게 시대정신에
관해 강연을 했다. 또한 공교롭게도 그 주제는 같은 계절에 런던
에서 발행된 몇몇 주목할 만한 시사 논평과 신문들에서도 똑같
이 화제가 되고 있었다. 하지만 내게 시대의 문제는 처세의 실질
적인 문제로 귀결되었다. 나는 어떻게 살아야 하는가? 우리는 시
대의 문제를 해결할 수 없다. 우리의 기하학으로는 시대의 지배
적인 사상들의 거대한 궤도를 잴 수 없고 그 회귀를 볼 수 없으며
그 대립을 조정할 수도 없다. 우리는 단지 자기 자신의 양극성에
복종할 수밖에 없다. 만약 우리가 항거할 수 없는 명령을 받아들
여야만 한다면, 자신의 진로를 숙고하고 선택하는 것이 좋다.
　자신의 희망을 이루기 위한 첫걸음을 내딛을 때부터 우리는 요
지부동의 한계들을 접하게 된다. 우리는 사람들을 개혁할 수 있
다는 희망으로 격앙되어 있다. 많은 시도 후에 우리는 먼저 학교
에서 시작해야 한다는 것을 알았다. 그러나 소년 소녀들을 가르
치기란 쉽지 않다. 우리는 그들에게서 아무것도 이룰 수 없다. 우
리는 그들이 좋은 재목이 아니라고 결론을 내리고 있다. 우리는
보다 일찍 세대의 발생 초기에 개혁을 시작해야 한다. 말하자면

운명, 즉 세상의 법칙이 존재하는 곳에서 시작해야 한다.

그러나 만일 항거할 수 없는 명령이 있다면, 이 명령은 저절로 이해된다. 우리가 운명을 수용해야 한다면 우리는 자유, 개인의 중요성, 의무의 숭고함, 성격의 힘을 분명히 말해야 한다. 이 말도 사실이고, 저 말도 사실이다. 그러나 우리의 기하학은 이 양극을 측정하고 조절할 수가 없다. 무엇을 해야 하는가? 각각의 생각에 솔직히 순종함으로써, 각각의 현을 켜거나 원한다면 그 현을 세게 튕김으로써, 우리는 마침내 그 생각의 힘을 알게 된다. 다른 생각들에도 똑같이 순응함으로써 우리는 그 힘을 알게 되고, 그 것들을 조화시킬 온당한 희망이 생긴다. 비록 우리가 그 방식을 모르기는 하나 숙명은 자유와 일치하고, 개인은 세상과 일치하며, 나의 인기는 시대의 정신과 일치한다는 것을 우리는 확신하고 있다. 한 사람 한 사람에게 시대의 수수께끼를 풀 혼자만의 해결책이 있다. 누군가가 그 자신의 시대를 연구한다면, 그것은 인간의 삶에 대한 우리의 계획에 속하는 주요 논제들 중에서 각각을 차례로 채택하는 방식에 의해, 그리고 한 경험에 있어서 합치되는 모든 것을 확고하게 진술하고, 다른 경험들에 있어서 합치되지 않는 반대 사실들을 똑같이 올바르게 평가함으로써 진실한 한계들이 드러나는 것이어야 한다. 한 부분에 대한 지나친 강조는 모두 수정되어 올바른 균형이 이루어질 것이다.

그러나 사실들을 정직하게 진술하자. 미국은 천박하다는 오명을 갖고 있다. 위대한 사람들, 위대한 국민들은 허풍선이도 익살

꾼도 아니며 삶의 공포를 지각하는 자들이었고, 용기를 내어 그 것을 직면해 왔다. 조국에 자신의 신앙심을 구현하는 스파르타 인은 단 하나의 의문도 제기하지 않고 조국의 왕 앞에서 죽는다. 세상에 첫발을 내딛는 순간 철의 잎에 그의 운명이 쓰여 있다고 믿는 터키인은 일관된 의지로 적의 기병대를 향해 돌진한다. 터 키인, 아랍인, 페르시아인은 미리 정해진 운명을 받아들인다.

예정된 날 그리고 예정되지 않은 날,
이틀 동안에, 그대의 무덤에서 도망가는 것은 소용없으리.
첫 번째 날에는, 진통제도 의사도 구할 수 없고
두 번째 날에는, 우주도 그대를 죽일 수 없노라.

윤회를 믿는 힌두교도들 또한 확고부동하다. 지난 세대의 우 리의 캘빈주의자들은 유사한 위엄이 어린 어떤 일면을 갖고 있었 다. 그들은 우주의 무게가 자신들을 현재의 위치에 놓이게 한다 고 느꼈다. 그들이 무엇을 할 수 있었겠는가? 현인들은 이야기되 거나 투표로 정해질 수 없는 어떤 것, 즉 세상을 둘러싸고 있는 띠 나 벨트가 있다고 생각하고 있다.

운명은 신의 대사로서
신이 예지하신 조달을
세상 모든 곳에 실시하고,

그 힘은 너무 강해, 세상이 하나 되어

찬반으로 반대의 것을 맹세해도,

천년 동안에도 일어나기 힘든 일이

어느 날 하루에 일어날 수 있다네.

분명, 이 지상에서 우리의 욕망들은

전쟁, 평화, 증오, 사랑, 그 어떤 것이든

모두 신의 예지에 의해서 지배되는 법이라네.

— 초서, 〈기사 이야기〉

그리스 비극은 동일한 느낌을 표현했다. "일어날 것은 무엇이든지 운명 지어져 있다. 제우스 신의 헤아릴 수 없이 큰 마음은 인간이 범할 수 없는 것이다."

야만인들은 한 부족이나 마을의 지방 신을 고집한다. 예수의 폭넓은 윤리는 신에 의한 선택이나 편애를 가르치고 있는 마을 단위의 신학들로 빠르게 축소되었다. 그리고 때때로 융 슈틸링이나 로버트 헌팅턴 같은 상냥한 사람은 선한 이가 식사를 원할 때면 언제나 누군가가 그의 문을 두드려 50센트를 놓고 가게 한다는 말도 안 되는 섭리를 믿는다. 그러나 자연은 감상주의자가 아니다. 자연은 우리에게 응석 부리거나 마음대로 하게 내버려 두지 않는다. 우리는 세상이 거칠고 험악한 데다 남자나 여자를 익사시키는 데 조금도 개의치 않으며, 그대의 배를 티끌처럼 집어삼킨다는 것을 알아야 한다. 냉기는 사람들을 고려하지 않으며,

223

그대의 피를 얼얼하게 만들고, 그대의 발을 마비시키며, 사과처럼 인간을 얼게 만든다. 질병, 원소, 운, 중력, 번개 역시 사람들을 고려하지 않는다. 섭리의 방식은 다소 거칠다. 뱀과 거미의 습성, 호랑이를 비롯해 뛰어오르고 질주하는 잔인한 맹수들의 물어뜯기, 아나콘다가 먹잇감을 휘감고 뼈를 부러뜨리는 소리, 이 모든 것들은 자연계 안의 일이고 우리의 습성도 그들의 것과 유사하다. 그대가 막 식사를 마쳤고, 아무리 도살장이 몇 킬로미터 떨어진 우아한 거리에 용의주도하게 숨겨져 있다 할지라도 사치스러운 종족들, 즉 종족을 희생시키면서 사는 종족과 연루되어 있다는 것은 사실로 존재한다. 지구는 혜성들로부터의 충격, 행성들에서 발생하는 섭동, 지진과 화산에서 생기는 균열, 기후의 변화, 세차 운동의 영향을 받기 쉽다. 강은 숲이 개발되면 말라 버린다. 바다는 그 바닥을 변화시킨다. 마을과 도시는 그 속으로 무너져 간다. 리스본에서는 지진으로 사람들이 파리처럼 죽었다. 3년 전 나폴리에서는 수만 명의 사람들이 몇 분 만에 짓뭉개져 죽었다.[1] 어찌할 바를 모르는 괴혈병, 그리고 기후의 시퍼런 검은 아프리카 서부 지역, 카엔, 파나마, 뉴올리언스에서 대량 학살을 자행하듯 사람들을 베어 버렸다. 서부의 대초원은 말라리아로 흔들리고 있다. 귀뚜라미는 여름 한철 시끄럽게 울어 대다가 기온이 급격하게 떨어지면 하룻밤 사이에 조용해진다. 이렇듯 서리가 귀뚜

---

[1] 1857년 12월 17일 나폴리에서 발생한 규모 6.9의 지진으로 1만 1천 명이 사망했다.

라미에게 치명적인 것처럼 콜레라와 천연두는 어떤 부족들에게 치명적이라고 한다. 우리와 관계없는 것을 밝히거나, 얼마나 많은 종류의 기생충들이 누에에 매달려 있는지를 세어 보거나, 혹은 장내의 기생충들, 적충류들, 또는 세대교체의 모호성을 찾아보지 않더라도 상어의 형태, 상순(上脣), 으깰 수 있는 이로 덮여 있는 베도라치의 턱, 범고래의 공격 수단들, 이 밖에도 바다에 숨겨진 다른 전사들은 자연의 내부에 자리 잡은 잔인성에 대한 암시들이다. 그것을 이리저리 부인하지 말자. 자연의 섭리는 그 목적에 이르는 난폭하고 거칠며 헤아릴 수 없는 길들을 갖고 있다. 따라서 흰 도료에 그 거대한 가지각색의 수단들을 시험해 보거나 신학생이 입는 깨끗한 와이셔츠와 하얀 목도리로 그 무서운 후원자를 치장해 봤자 아무 소용이 없다.

그대는 인류를 위협하는 그 재난들이 예외적인 것이라서 우리가 대격변을 매일 대비할 필요가 없다고 말하려는가? 그렇다. 하지만 한 번 일어난 일은 다시 일어날 수 있고, 우리가 그 타격들을 피할 수 없는 한 그것들은 두려움의 대상이 되어야 한다.

그러나 이러한 충격과 파멸은 우리에게 매일 작용하는 다른 법칙들의 은밀한 힘보다는 덜 파괴적이다. 수단을 위해 목적을 희생하는 것이 운명이며, 말하자면 그것은 특성을 압제하는 조직이다. 척추의 형태와 힘에 따라 구성된 동물들의 무리는 일종의 운명의 책자이다. 새의 부리, 뱀의 두개골은 압제적으로 그 한계를 결정한다. 종족이나 기질의 규모도 그러하고, 성도 그러하고,

기후도 그러하며, 어떤 방향에 생명력을 잡아 가두는 재능의 반응도 그러하다. 모든 영혼은 그 자신의 집을 짓지만, 그 후에는 그 집이 그 영혼을 제한한다.

굵은 선들은 우둔한 사람도 쉽게 알 수 있다. 마부는 여전히 골상학자라서 그대의 얼굴을 들여다보고 자신의 노임이 확보될지를 파악한다. 반구형의 이마는 무언가를 의미하고, 올챙이배는 또 다른 것을 의미한다. 사팔눈, 들창코, 엉킨 머리카락, 피부색 등은 성격을 보여 준다. 사람들은 그 단단한 조직 속에 덮여 있는 것 같다. 기질들이 아무것도 결정하지 않는지 혹은 그것들이 결정하지 못하는 어떤 것이 있는지를 슈푸르츠하임[2]에게 물어보고, 의사들에게 물어보고, 케틀레[3]에게 물어보라. 네 가지 기질에 관한 의학 서적의 설명을 읽어 보면 그대가 아직까지 말하지 않았던 자신의 생각들을 읽고 있다고 여길 것이다. 검은 눈동자와 푸른 눈동자가 각기 사람들 앞에서 하는 역할을 찾아보아라. 어떻게 사람이 자신의 조상들에게서 벗어날 것이며, 혹은 아버지나 어머니의 생명으로부터 얻은 검은 핏방울을 자신의 정맥에서 빼낼 수 있겠는가? 마치 조상의 모든 성질들이 각각의 단지에 담겨 있는 것처럼 그것은 종종 그 가족 속에 나타난다. 말하

---

2 독일의 골상학자인 요한 가스파르 슈푸르츠하임. 에머슨은 1832년 보스턴에서 그의 강의를 들었을 가능성이 높다.
3 벨기에의 통계학자인 랑베르 아돌프 자크 케틀레. 사회적·정치적 문제들에 개연성 이론을 적용하였다.

자면 지배적인 어떤 성질이 그 집의 아들딸에게 깃들어 있다. 때로는 순수한 기질, 완전히 누그러지지 않는 정수, 그 혈통의 결함은 독립된 개인 속에 떨어져 나온 것이고 다른 사람들에게는 비례적으로 제거되어 있다. 우리는 이따금 동료의 표정 변화를 보고 그의 아버지나 어머니가, 때로는 먼 친척이 그의 눈의 창에 나타난다고 말한다. 다른 시간들 속에서 한 인간은 그의 조상들 중의 한 사람을 나타내는데, 그것은 마치 각각의 피부 속에 우리들 중의 일고여덟 명이 모여 있는 듯하다. 말하자면, 최소한 일고여덟 명의 조상들이 모여 앉아 그 사람의 생명이라는 새로운 음악 작품의 다양한 음조를 이루고 있다. 거리의 모퉁이에서 그대는 행인들 각자의 가능성을 그의 안면각, 표정, 눈의 깊이에서 읽는다. 그의 혈통이 그것을 결정한다. 사람들은 그들의 어머니들이 그들을 만든 바 그대로이다. 그대는 직조 기술자에게 시를 기대하거나 잡역부에게 화학적 발견을 기대하느니, 무명천을 짜는 직조기에 대고 캐시미어를 만들지 못하는 이유를 물어보는 것이 낫다. 도랑을 파는 사람에게 뉴턴의 법칙들을 설명해 달라고 부탁해 보라. 그의 두뇌의 섬세한 기관들은 백 년 동안 대대로 이어진 과로와 비참한 궁핍에 의해 쪼그라들었다. 인간이 어머니의 자궁에서 나올 때, 재능의 문은 그의 뒤에서 닫힌다. 그에게 그의 팔과 다리를 평가해 보라고 하라. 그는 겨우 한 쌍을 갖고 있을 뿐이다. 그렇게 그에게는 단지 하나의 미래가 있으며, 그것은 이미 그의 귓불에 예정되어 있고 그 작고 통통한 얼굴, 작고 쑥 들어간

눈, 웅크린 모습에 묘사되어 있다. 세상의 모든 특권과 모든 법률도 그를 시인이나 왕자로 만드는 데 참견하거나 도와줄 수 없다.

예수는 말했다. "여자를 본 순간, 그는 간통을 저질렀노라." 그러나 그의 체질 속에 있는 과다한 동물성과 결핍된 사고력 때문에, 그 여자를 보기 전에 이미 그는 간부(姦夫)인 셈이다. 거리에서 그를 만나거나 그녀를 만나는 사람은 그들이 서로의 희생자가 될 준비가 되어 있음을 안다.

어떤 이들에게는 소화와 섹스가 생명력을 흡수하고 이것들이 보다 강한 생명력을 지니며, 개인은 훨씬 더 약한 존재이다. 수벌의 수가 많을수록 벌집에는 좋다. 만약 훗날 그들이 이 동물성에 새로운 목적과 그것을 수행할 완전한 장치를 첨가시키기에 충분한 힘을 가진 보다 우성의 개인을 낳는다면, 모든 조상들은 기꺼이 잊힌다. 대부분의 남녀들은 단순한 한 커플 이상이다. 때때로 사람은 자신의 두뇌에 생겨난 새로운 세포나 비밀 조직을 갖고 있다. 예를 들어 건축학적·음악적·철학적 재주나 꽃·화학·안료·담화에 대한 어떤 예외적인 취미나 재능, 그림을 그리는 데 적당한 손, 춤추는 데 좋은 발, 여기저기 여행하기에 좋은 튼튼한 체격 등등의 기능은 결코 자연의 등급 속에서 그의 지위를 변화시키지 못하며 그저 일생을 보내는 데 알맞을 뿐이다. 감각의 수명은 이전처럼 계속되고 있다. 마침내 이러한 암시와 경향은 한 개체 안에 또는 연속적인 개체 속에 고착된다. 각 개체는 충분히 많은 양식과 힘을 흡수하여 스스로 새로운 중심이 된다. 그 새로운 재능은 매우 빠르게 생명력을 몰아내기 때문에 동물적 기능들을 수행하기에 충분치 않고 건강을 유지하기에도 힘들며, 그 결과 다음 세대에 만약 그와 유사한 특성이 나타나면 건강이 눈에 띄게 나빠져 생식력이 손상된다.

사람들은 도덕적 혹은 물질적 편견을 갖고 태어난다. 말하자면 상이한 목적지를 지닌 씨 다른 형제들인 셈이다. 그래서 나는 프라운호퍼 씨나 카펜터 박사가 고성능의 확대경을 가지고 수정나흘째 되는 날에 와서 그 태아를 보고 이 아이는 휘그당원이고 저 아이는 자유토지당원이라고 구별할 수 있을지도 모른다고 생각한다.

이 운명의 산을 들어 올리고 종족이라는 독재와 자유를 조화시키려는 시적 시도가 바로 힌두교도들에게 이렇게 말하도록 하는 것이다. '운명이란 단지 존재의 이전 상태에서 이루어진 행위들이다.' 나는 동서양에 존재하는 사고의 양극단이 일치하는 것을 셸링의 대담한 말 속에서 발견한다. "모든 사람에게는 자신이 영원으로부터 온 바대로 존재해 왔고, 결코 때에 맞춰 그렇게 된 것이 아니라는 어떤 느낌이 있다." 다소 덜 고상하게 말하면, 개인의 역사 속에는 언제나 그의 상태를 설명해 줄 것들이 있으며, 그는 현재 자신의 지위를 만들어 낸 당사자임을 알고 있다.

우리의 정치는 상당히 많은 부분에서 생리적이다. 이따금 부유한 사람은 한창때에 가장 광범위하게 자유의 원리를 선택한다. 영국에서는 부유하며 폭넓은 교제를 갖던 사람이 한창 건강이 좋을 때는 진보 진영에 서지만, 활력이 사라지기 시작하면 바로 진보적인 활동을 억누르고 부하들을 불러들이며 보수적인 사람이 되는 일이 언제나 생겨난다. 모든 보수주의자들은 개인적인 결점들로부터 나온 사람들이다. 그들은 처지나 특성에 의해 유약해졌으며, 그들 부모의 사치를 통해 절름발이와 장님으로 태어나고, 병자들처럼 방어적으로 행동할 수 있을 뿐이다. 그러나 강한 체력을 가진 사람들, 미개척지의 사람들, 뉴햄프셔의 거인들, 나폴레옹 가문의 사람들, 버크 가문의 사람들, 브로엄 가문의 사람들, 웹스터 가문의 사람들, 코슈트 가문의 사람들은 생명력이 쇠약해지고 결함들과 통풍, 중풍과 돈이 그들을 왜곡시킬 때까지 필연적으로 애국자들인 것이다.

가장 강한 사상은 대다수 사람들과 국가들 속에, 가장 건강하고 강한 사람들 속에 구현되어 있다. 아마도 선거는 무게 단위의 표준에 의한다고 볼 수 있다. 만약 당신이 디어본 저울로 한 마을에서 휘그당과 민주당의 무게를 유형적으로 잴 수 있다면 그들이 건초 천칭의 접시를 통과할 때, 당신은 확실하게 어떤 당이 그 마을을 손에 넣을지 예견할 수 있다. 대체로 시 행정위원들이나 시장, 시의원들을 저울에 올려놓고 재는 편이 오히려 투표를 결정짓는 가장 빠른 방법일 것이다.

과학에서 우리는 두 가지, 즉 힘과 환경을 고려해야 한다. 일련의 발견으로부터 우리가 알에 대해 아는 모든 것은 그것이 또 다른 액낭(液囊)이라는 것이다. 만약 5백 년 후에 보다 잘 관찰할 수 있고 보다 좋은 렌즈를 갖고 있다면, 인간은 마지막 관찰 대상 안에서 또 다른 것을 발견할 것이다. 식물과 동물의 조직 속에서 그것은 거의 똑같다. 최초의 힘 또는 경련이 작용하는 모든 것은 여전히 액낭, 액낭이다. 그렇다. 하지만 압제적인 환경이다! 새로운 환경 속의 태아 주머니, 어둠 속에 있는 태아 주머니가 동물이 되었고 빛 속에 있던 것이 식물이 되었다고 오켄[4]은 생각했다. 모(母) 동물 속에 있던 그것은 여러 변화를 통해 변하지 않는 태아 주머니 속에서 마침내 빠져나오는 기적적인 능력을 보여 주고, 깨어 나와 물고기, 새, 네발짐승, 머리와 다리, 눈과 발톱이 된다. 환경이 곧 자연이다. 자연은 당신이 매만질 수 있는 것이다. 당신이 매만질 수 없는 것도 많다. 우리는 두 가지, 즉 환경과 생명을 갖고 있다. 예전에 우리는 긍정적인 힘이 전부라고 생각했다. 이제 우리는 부정적인 힘, 즉 환경이 그 반쪽이라는 것을 알게 되었다. 자연은 압제적인 환경이다. 두꺼운 두개골, 껍질에 싸인 뱀, 육중한 바위 같은 턱, 강요된 활동, 광포한 경향, 선로 위에서 매우 강하지만 그것을 벗어나면 아무런 해도 끼칠 수 없는 기관차 같은 도구의 조건들, 얼음 위에서는 날개이지만 땅 위에서는 족쇄와 같은 스케이트 등이 그렇다.

자연의 책자는 운명의 책자이다. 자연은 거대한 책장들, 말하자면 한 잎 한 잎 결코 되돌아오지 않는 책장을 넘기고 있다. 자연

---

4 19세기 독일 자연철학자이자 박물학자인 로렌츠 오켄.

이 깐 낙엽은 화강암의 바닥을 이루고, 수많은 세월이 흐른 뒤 점판암층이 되고, 다시 수많은 세월이 지난 뒤 석탄층이 되며, 또 수많은 세월이 지난 뒤 진흙층이 된다. 식물의 형태들이 나타나고, 뒤이어 자연의 첫 번째 보기 흉한 동물들, 식충류, 삼엽충류, 어류, 그다음에 도마뱀류가 나타난다. 초기의 형태들 속에서 자연은 다만 그 미래의 상을 뜰 뿐이고, 통제하기 힘든 괴물들 밑에 도래할 자연의 통치자의 멋진 형상을 숨겨 두었다. 지구의 표면은 열이 식고 건조되어 종족들이 진화되고 인간이 탄생한다. 그러나 한 종족이 그 존속 기한을 채우고 나면, 그것은 다시 나타나지 않는다.

세계의 인구는 제한적인 인구이다. 최고가 사는 것이 아니라 지금 살 수 있는 자가 최고이다. 부족들의 규모, 그리고 승리가 한 종족에게 지속되고 패배가 다른 종족에게 지속되는 일정한 양상은 지층이 쌓이는 것처럼 한결같다. 우리는 역사에서 종족이 어떤 세력을 갖는지를 알고 있다. 우리는 영국인들, 프랑스인들, 독일인들이 미국과 호주의 모든 연안과 시장을 차지하고 이 나라들의 교역을 독점하는 모습을 보고 있다. 우리는 그 종족에서 갈라진 미국이라는 분파의 힘차고 의기양양한 습성을 좋아한다. 우리는 유태인들, 인디언들, 흑인들의 뒤를 따른다. 우리는 유태인들을 말살시키기 위해 아무리 많은 수고를 들여 봤자 헛된 일임을 알고 있다. 종족에 관한 녹스의 단편적인 글에 담긴 그의 불쾌한 결론들을 보라. 비록 그는 경솔하고 만족스럽지 못한 작가이지만 날카롭고 잊지 못할 진실을 말할 책임을 지고 있다. "자연은 종족을 존중하지만 잡종들은 존중하지 않는 법이다." "모든 종족은 그 자신의 거주지를 갖고 있다." "종족으로부터 거류지를 분리하면 그 종족은 실패로 끝난다." 그림의 보이지 않는 부분을 보라. 수백만의 독일인들과 아일랜드인들은 흑인들처럼 수많은 조분석(鳥糞石)을 갖게 될 운명이다. 그들은 배로 대서양을 건너고 마차로 미국까지 와서 도랑을 파고 고된 일을 꾸준히 하며 싸구려 옥수수를 만들고, 이제는 때 이르게 드러누워 대초원 위에 푸른 목초지가 되고 있다.

이와 같은 단단한 눈가림들 중의 또 다른 일단은 통계학이라는 새로운 과학이다. 그것은 가장 우연하고 예외적인 사건들이, 만일 인구수의 토대가 충분히 넓으면 일정한 계산의 문제가 되는 원칙이다. 보나파르트 같은 장군, 제니 린드 같은 가수, 혹은 바우디치 같은 항해사가 보스턴에서 태어날 거라고 말하는 것은 위험하다. 하지만 2천만 또는 2억의 인구에 근거하여 말한다면, 어떤 정확도가 확보될 수 있을지도 모른다.

특별한 발명품들의 날을 현학적으로 정하는 것은 부질없는 일이다. 그것들은 모두 50회가 넘는 반복을 통해 발명되어 왔다. 인간은 우두머리 기계이고 그 자신으로부터 파생된 이 모든 변화들이 장난감 모형들이다. 인간은 필요하다면 자기 자신의 구조를 모방하거나 복제함으로써 각각의 위급한 상황을 이겨 냈다. 바로 그 호메로스, 조로아스터, 메누를 찾기란 어렵다. 두발가인, 불카누스, 카드모스, 코페르니쿠스, 푸스트, 풀턴을 찾는 것은 훨씬 더 힘들다. 논쟁의 여지가 없는 이러한 발명가들이 수 세기에 걸쳐 수십 수백에 이른다. '대기는 사람들로 가득 차 있다.' 이러한 종류의 재능은 너무 많아 도구의 제작과 같은 구조적인 효율은 마치 그것이 원소들에 붙어 있는 것 같다. 마치 인간이 호흡하는 공기가 보캉송 가문, 프랭클린 가문, 와트 가문의 사람들로 이루어진 듯하다.

의심할 바 없이 백만 명 중 한 명꼴로 천문학자, 수학자, 희극 시인, 신비주의자가 있을 것이다. 천문학의 역사를 읽는 사람이라면 누구나 코페르니쿠스, 뉴턴, 라플라스가 새로운 인간, 즉 새로운 종류의 인간이 아니며 탈레스, 아낙시메네스, 히파르코스, 엠페도클레스, 아리스타르코스, 피타고라스, 오에노피데스가 앞서 그들을 예견했음을 지각할 수밖에 없다. 그들은 모두 왕성한 계산과 논리적 사고를 할 수 있는 팽팽한 기하학적 두뇌를 마찬가지로 갖고 있었다. 말하자면, 세계의 움직임에 병행하는 지성이었던 셈이다. 로마식 마일은 아마 자오선의 단위에 기초했을 것이다. 이슬람교도와 중국인들은 우리가 윤년, 그레고리력, 세차 운동에 대해 아는 것을 알고 있다. 뉴베드퍼드로 가져온 모든 자패(紫貝) 통 속에 오렌지 자패가 하나 들어 있듯이, 수천만의 말레이 사람들과 이슬람교들 중에도 천문학적인 두뇌의 소유자가 한둘은 있을 것이다. 대도시에서 가장 우연적인 일들 그리고 그 아름다움이 재난 속에 잠재된 일들은 빵 가게의 아침식사용머핀처럼 정확하게 주문에 맞추어 만들어진다. 〈펀치〉지(誌)는 정확히 일주일마다 한 가지의 표제 농담을 만들고, 신문들은 매일 한 가지의 좋은 뉴스 기사를 제공하려고 애쓴다.

그리고 억압의 풍습들, 직무 위반의 벌들도 적지 않은 역할을 한다. 기근, 티푸스, 한파, 전쟁, 자살, 무력해진 종족들은 세계 조직의 예상할 수 있는 부분들로서 평가되어야 한다.

이것들은 우리의 삶을 둘러싸고 있고, 직조기나 제분기처럼 일종의 기계적인 정확성을 보인다는 점에서 우리가 우연한 또는 뜻밖의 사건들이라고 부르는 말의 암시들이며, 산에서 나온 조약돌과 같다.

우리가 이러한 추세의 급류에 저항하는 힘은 너무나 터무니없이 무력해 보이기 때문에 그것은 단지 수백만 명의 강요하에 홀로 비판하거나 항변하는 일에 지나지 않게 된다. 나는 한창 폭풍우가 치는 가운데 사람들이 물속에서 파도와 싸우며 이리저리 휩쓸려 가는 모습을 보는 것 같다. 그들은 이해하는 눈빛으로 서로를 바라보지만, 그들이 서로를 위해 할 수 있는 일은 거의 없다. 만일 각자가 혼자서 물에 가라앉지 않고 떠 있을 수 있다면 그것만으로 대단한 일이다. 그렇게 그들은 자신의 시선에 대한 소유권을 갖고 있지만, 다른 모든 것은 운명의 소관이다.

우리는 이러한 현실, 세상의 중심인 우리의 씨 뿌려진 정원에서 이렇게 드러난 모습을 가벼이 다룰 수 없다. 삶의 어떠한 그림도 혐오스러운 사실들을 수용하지 않는 진실을 담을 수 없다. 인간의 힘은 많은 실험들을 통해 인간이 완전한 원을 파악할 때까지 모든 면을 만져야 하는 필요성에 둘러싸여 있다.

우리가 일반적으로 운명이라고 부르는, 자연 전체를 관류하는 요소는 우리에게 한계로 알려져 있다. 우리를 제한하는 모든 것을 우리는 '운명'이라고 부른다. 만약 우리가 짐승 같고 야만스러우면 운명은 잔인하고 무서운 모습을 띤다. 우리가 세련되면 우리의 방해물도 보다 세련되게 된다. 만약 우리가 정신적 수양을 쌓으면 운명의 대립은 정신적 형태를 띤다. 힌두교 전설에서 비슈누는 마야가 벌레와 가재로부터 코끼리에 이르기까지 모습을 바꿔 가는 동안 계속 마야를 따른다. 마야가 어떤 모습을 갖든 간에 비슈누는 같은 종류의 남성적 형태를 취했고, 마침내 마야는 여자와 여신이 되고 비슈누는 남자와 남신이 되었다. 한계들은 영혼이 정화되어 가면서 순화되지만, 필연의 고리는 언제나 맨 위에 놓여 있다.

스칸디나비아 하늘의 신들이 펜리스 울프[5]를 강철이나 산의 무게로 묶어 둘 수 없게 되자(그는 강철을 물어뜯었고, 발뒤꿈치로 무거운 산을 걸어차 버렸다), 그들은 비단이나 거미줄보다 부드럽고 유연한 끈으로 그의 발을 감았고, 이것이 그를 가두었다. 그가 걸어차면 찰수록 그 끈은 더 강하게 조여 왔다. 운명의 고리도 그렇게 부드러우면서도 견고하다. 브랜디, 감로수, 유황 에테르, 지옥 불, 영액, 시, 천재, 그 무엇도 이 유연한 끈을 없앨 수 없다. 왜냐하면 설사 우리가 시인이 사용하는 높은 감식력으로 그것을 고찰한다 해도, 생각 그 자체조차 운명 위에 존재하지 않기 때문이다. 그것 또한 영원한 법칙에 따라 작용해야 하는 법이고, 그 속에 있는 계획적이고 터무니없는 모든 것은 그 근본적인 본질과는 반대된다.

그리고 최후에 사고보다 높은 도덕적 세계 속에서 운명은 높은 것을 평평하게 고르고, 낮은 것을 들어 올리고, 사람에게 정의를 요구하며, 정의가 이루어지지 않으면 머지않아 언제나 일격을 가함으로써 옹호자의 모습으로 나타난다. 쓸모 있는 것은 오래 지속될 것이고, 해로운 것은 사라질 것이다. '행위자는 고통받게 되어 있다.'고 그리스인들은 말했다. "당신은 위로받지 않는 신을 위로할 수 있다." "신은 스스로 사악한 자를 위해 선(善)을 조달할 수 없다." 웨일스의 삼제가(三題歌)[6]는 그렇게 읊었다. "신이 동의할지는 모르지만 단지 잠시 동안일 뿐이다."라고 스페인의 시인은 말했다. 한계는 인간의 어떠한 통찰력에 의해서도 느낄 수 없다. 그것의 가장 높은 마지막 단계에 이르렀을 때, 통찰력 자체와 자유 의지는 그것의 유순한 성원들 중 하나이다. 그러나 우리는 일반화에 너무 깊이 빠져서는 안 되며 천부적 한계나 본질적 차

---

5 북유럽 신화에 나오는 늑대 같은 괴물로, 로키(Loki)의 아들이며 오딘을 죽일 운명을 타고 났다.

6 고대 웨일스 사람들의 시, 종교, 그리고 법을 세 개의 주제로 묶어 음유시인들이 부른 노래를 말한다.

이들을 보여 주어야 하고, 또한 운명의 다른 요소들도 올바르게 평가하려고 애써야 한다.

이렇게 우리는 물질과 정신과 도덕 속에서, 종족 속에서, 지층의 더딘 퇴적 속에서, 사고와 성격 속에서 운명을 추적하고 있다. 그것은 모든 곳에서 경계 혹은 한계가 된다. 그러나 운명은 자체의 주인을 갖고 있고 한계 또한 그 자체의 한계를 갖고 있는데, 이는 위와 아래, 안과 밖에서 볼 때 각기 다르다. 왜냐하면 비록 운명이 거대하기는 하나, 이원적인 세계에서는 또 하나의 사실인 생명력 또한 거대하기 때문이다. 만약 운명이 생명력을 따르고 또한 제한한다면, 생명력은 운명을 섬기고 또한 저항한다. 우리는 운명을 자연사로서 존중해야 하지만 자연사 이상의 측면이 있다. 물질을 엿보는 이러한 비평은 누구를 위해 존재하며, 또 그 실체는 무엇인가? 인간은 자연의 질서, 낭과 낭, 배와 손발, 사슬의 고리가 아니며, 또한 치욕스러운 자루도 아니고, 엄청난 반항심이며 우주의 양극을 함께 끄는 존재이다. 인간은 그의 밑에 존재하는 것—두개골이 두꺼운 부류, 뇌가 작은 부류, 물고기류, 사수류(四手類), 위장술이 서툰 네발짐승, 피할 수 없는 두발짐승—과의 관계를 거역하고 오래된 힘들의 일부를 상실함으로써 새로운 힘들을 보상받았다. 그러나 행성들을 폭발시키고 형성하는 번개, 즉 행성과 태양의 창조주는 인간의 내부에 있다. 한편에 자연적인 종류, 사암과 화강암, 바위 턱, 이탄지, 숲, 바다와 해안이 있고, 다른 한편에 사고, 즉 자연을 구성하고 해체하는 정신이 있다. 여기에 신과 악마, 정신과 물질, 왕과 모반자, 일격과 경련이 나란히 존재하며, 모든 인간의 눈과 두뇌 속에서 평화롭게 함께 달리고 있다.

인간은 자유 의지를 무시할 수 없다. 모순을 무릅쓰자면, 자유는 필요하다. 만약 당신이 스스로 운명의 편에 기꺼이 서서 운명이 전부라고 말한다면, 우리는 운명의 일부분이 인간의 자유라고 말하리라. 끊임없이 영혼 속에서 선택하고 행동하는 충동이 솟아오른다. 지능은 운명을 폐기한다. 인간이 생각하는 한, 그는 자유롭다. 그리고 비록 대부분의 사람들이 그렇듯이, 노예를 두고 자유에 대해 환호하는 것, 그리고 결코 감히 생각하거나 행동하려 하지 않았던 사람이 독립선언서나 투표권 법규 같은 서문을 두고 어떤 신문의 자유라고 경박하게 오해하는 것만큼 역겨운 것은 없다고 하지만, 운명을 바라보지 않는 것보다는 반대로 운명을 보는 것이 인간에게 유익하다. 실질적인 시각은 후자이다. 이러한 현실들과 인간의 건전한 관계는 그것들에 아첨하는 것이 아니라 이용하고 명령하는 것이다. '자연이라는 이름은 치명적이니 자연을 바라보지 말라.'고 신탁은 말했다. 이러한 한계들을 지나치게 생각하는 것은 천박함을 유발한다. 숙명, 탄생 별 따위를 많이 얘기하는 사람들은 위험하고 낮은 단계에 있으면서 그들이 두려워하는 재앙을 초래한다.

나는 본능적이고 영웅적인 종족들을 숙명을 믿는 거만한 자들로 열거했다. 그들은 숙명과 공모관계에 있다. 충실한 체념은 그 결과에 순응하는 법이다. 그러나 도그마는 약하고 게으른 자들에 의해 신봉될 때 다른 인상을 준다. 운명에 비난을 퍼붓는 자들은 바로 약하고 사악한 사람들이다. 운명의 올바른 효용은 우리의 행동을 자연의 고상함으로 높이는 것이다. 자연의 힘들은 그 자체에 의한 것이 아니면 거칠고 극복할 수 없다. 그와 같이 인간도 놔두어라. 그의 가슴에서 공허한 자만을 비우고, 예절과 품행에 의해 자연의 기준에서 그의 주권을 보여 주게 하라. 중력이 잡아당기듯 그의 목적을 유지하게 하라. 어떤 힘도, 어떤 설득도, 어떤 뇌물도 그로 하여금 이 점을 포기하지 못하게 할 것이다. 인간은 강, 오크 나무, 산과 비교해서 틀림없이 유리할 것이다. 인간은 그것들 못지않게 흐르고, 뻗어 나가며, 저항할 것이다.

운명의 최고의 효용은 중대한 용기를 가르치는 것이다. 바다에서 화재를 당하거나, 친구의 집에서 콜레라가 발생하거나, 그대의 집에 강도가 들거나, 의무를 수행하다 위험에 처한다 해도 숙명의 천사들이 그대를 보호한다는 것을 믿고 모든 위험에 맞서라. 만약 그대에게 피해를 주는 운명을 믿는다면, 어찌 됐든 그대의 이익을 위해 그것을 믿어라.

왜냐하면 만약 운명이 그토록 우세하다면, 인간도 역시 그것의 일부분이고 운명으로 운명을 직면할 수 있기 때문이다. 만약 우주가 이러한 잔혹한 사건들을 갖고 있다면, 우리의 원자들도 저항력에 있어서 마찬가지로 잔인하다. 우리는 육체 안에 있는 공기의 반작용이 없다면 대기에 의해 짓밟힐 수밖에 없다. 유리막으로 만들어진 통은 바다와 똑같은 물로 채워져 있으면 바다의 충격을 견딜 수 있다. 만약 타격에 무한한 힘이 있다면 반동의 무한한 힘도 존재한다.

1. 그러나 운명에 반항하는 운명은 단지 회피이자 방어이다. 또한 숭고한 창조적 힘들도 역시 존재한다. 사고력이 나타남으로써 인간은 노예의 상태에서 자유의 몸으로 변하고 있다. 우리가 태어났고 그 후에 다시 태어났으며 그렇게 여러 번 반복했다고, 우리는 자신들에 대해 올바르게 말한다. 우리는 매우 중요한 연속적인 경험들을 하기 때문에 새로운 것은 오래된 것을 망각하고, 따라서 일곱 하늘 또는 아홉 하늘의 신화를 잊고 있다.[7] 일상의 전성기, 즉 인생의 향연에서 최고의 날은 내부의 눈이 만물의 통일성과 법칙의 편재성을 바라보기 시작한 날이다. 즉 내부의 눈이 존재하는 것은 필연적이고 당연하게 존재한다는 사실, 혹은 그것이 최고의 것이라는 사실을 본다. 이러한 지복은 높은 곳에서 낮은 곳으로 우리에게 임하고 있으며 우리는 그것을 보고 있

---

7 고대 유럽의 우주관으로는 일반적으로 북두칠성에서 유래하는 일곱 하늘의 전설과 아홉 하늘의 전설이 있다. 후자의 경우, 세계는 원형의 커다란 판과 같은 대지가 그 중심을 이루고 있고 그 대지를 커다란 바다가 둘러싸고 있으며, 다시 그 주위를 끝을 알 수 없는 안개가 둘러싸고 있다고 한다. 이것을 바탕으로 아홉 개의 세계가 나누어진다. 이것은 크게 신과 인간이 사는 세계인 지상, 지상을 둘러싼 세계, 그리고 그 너머의 또다른 세계로 나누어진다.

다. 그것이 우리의 내부에 있다기보다는 우리가 그 속에 있다. 만약 대기가 우리의 폐 속으로 들어오면 우리는 호흡하고 살며, 그렇지 못하면 우리는 죽는다. 만약 빛이 우리의 두 눈에 들어오면 우리는 보고, 그렇지 않으면 보지 못한다. 그리고 만약 진리가 우리의 마음에 임하면, 마치 성장하여 세상에 나가듯이 우리는 갑자기 진리의 차원으로 팽창한다. 우리는 마찬가지로 입법자이다. 우리는 자연을 대변한다. 우리는 예측하고 알아맞힌다.

이러한 통찰력은 모든 사람에 반하여, 다시 말하면 다른 사람들뿐만 아니라 우리 자신을 거슬러 우리를 우주의 모임과 이익에 관여하게 한다. 통찰력을 통해 말하는 사람은 무엇이 마음에 부합하는지를 스스로 단언한다. 그것의 불멸성을 알기에 '나는 불멸한다'고 그는 말한다. 그것을 정복할 수 없다는 걸 알기에 '나는 강하다'라고 말한다. 그것이 우리 안에 있는 것이 아니라 우리가 그 안에 있다. 그것은 피조물의 것이 아닌 조물주의 것이다. 만물은 그것에 의해 영향을 받고 변화한다. 그것은 사용할 뿐 사용되지 않는다. 그것은 그것을 공유하지 못한 자들과 공유한 자들을 구별한다. 그것을 함께 나누지 못한 자들은 평범한 무리들이다. 그것은 그 자체로부터 비롯된다. 그것은 옛사람들이나 보다 나은 사람들, 복음, 조직, 대학, 관습에서 비롯되지 않는다. 그것이 빛나는 곳에서 자연은 더 이상 강제적이지 않으며, 만물은 음악이나 그림 같은 인상을 준다. 인간 세상은 웃음이 없는 희극처럼 보인다. 주민, 관심, 정부, 역사, 이 모든 것은 장난감 집

속의 장난감들이다. 그것은 특정한 진실들을 과대평가하지 않는다. 우리는 지성인으로부터 인용된 모든 사상과 말을 간절히 듣는다. 그러나 그 앞에서 우리의 마음은 깨어나 활동하며, 아주 빠르게 그가 하는 말을 잊고, 그의 생각보다 우리 자신의 생각의 새로운 움직임에 훨씬 더 관심을 갖는다. 우리가 갑자기 오르게 되는 권위, 비인격성, 자기 본위에 대한 경멸, 법칙의 영역이 바로 우리의 마음을 끄는 것이다. 예전에 우리는 이쪽으로 한 걸음 저쪽으로 한 걸음 발을 옮겼다. 이제 우리는 기구를 타고 있는 사람들과 같으며, 우리가 떠난 지점, 혹은 우리가 도착하려는 지점보다는 노정에서 누리는 자유와 장관에 대해 더 많이 생각한다.

당신은 지능을 더하는 만큼 근본적인 힘을 증가시킨다. 의도를 꿰뚫어 보는 자는 그것을 관장하고, 필히 그래야 할 것을 의도한다. 우리는 앉고 지배하며, 비록 잠을 자지만 우리의 꿈은 실현될 것이다. 우리의 생각은 비록 그것이 떠오른 지 고작 한 시간밖에 안 된 것이라 할지라도, 생각과 의지에서 분리될 수 없는 가장 오랜 필연성을 확인한다. 그것들은 언제나 공존해 왔음이 틀림없다. 생각은 분리되지 않으려 하는 주권과 신성을 우리에게 알린다. 그것은 나의 것도 아니고 그대의 것도 아니며, 모든 마음의 의지이다. 모든 사람들을 사람답게 만드는 영혼 그 자체처럼, 그것은 그들의 영혼들 속으로 흘러들어 간다. 알려진 바처럼 우리 대기의 상층부에 그 높이까지 올라오는 모든 미분자들을 나르는 항구적인 서풍의 기류가 존재하는지 나는 알지 못하지만, 영혼들이 어떤 순수한 상태의 지각에 이르면 이기주의보다 높은 인식과 동인(動因)을 받아들인다는 것을 깨닫고 있다. 의지의 바람은 영원히 영혼들의 우주를 관통해 옳음과 필연의 방향으로 분다. 그것은 모든 지성들이 숨을 들이쉬고 내쉬는 공기이고, 세상을 질서와 궤도 속으로 진입시키는 바람이다.

모든 것이 조형적인 영역 속으로 마음을 끌어올림으로써 생각은 물질적 우주를 분해시킨다. 그 자신의 생각에 따르는 두 사람 중에서 더 깊은 생각을 가진 자가 더 강한 인물일 것이다. 언제나 한 사람은 다른 한 사람 이상으로 신의 섭리가 지닌 의지를 그 시대에 표현한다.

2. 만약 생각이 자유로워진다면, 도덕적 감정도 그렇게 된다. 정신적 작용의 혼합은 분석되기를 거부한다. 하지만 우리는 진리가 승리하게 하려는 욕망이 진리의 지각과 결합되어 있다는 것과 애정이 의지에 필수적이라는 것을 알 수 있다. 더욱이 강한 의지가 나타나는 경우, 그것은 보통 어떤 조직의 통일성에서 생긴다. 이것은 몸과 마음의 전체 에너지가 한 방향으로 흘러들어 간 것과 같다. 위대한 힘은 모두 실제적이고 본질적이다. 강한 의지를 제조할 수는 없다. 타격에 균형을 주기 위한 타격이 분명히 존재할 것이다. 생명력이 의지 속에 나타나는 곳에서, 그것은 보편적 힘에 의존하는 게 틀림없다. 알라리크와 보나파르트는 진리에 의지했으며, 그렇지 않으면 의지가 매수되거나 굴복될 수 있다

고 믿었음에 틀림없다. 어떤 유한한 의지에도 통할 수 있는 뇌물이 존재한다. 그러나 보편적 목적들에 대한 순수한 공감은 무한한 힘이고, 매수되거나 굴복될 수 없다. 도덕적 감정을 경험한 자는 누구나 무한한 힘을 믿을 수밖에 없다. 가슴에서 고동치는 모든 맥박은 신으로부터의 맹세이다. 만약 '숭고한(sublime)'이라는 말이 어린아이에게 무서운 힘을 암시하는 것이 아니라면, 나는 그것이 의미하는 바를 모르겠다. 영웅주의에 관한 이야기와 용기에 관한 명칭과 일화는 논쟁이 아니라 자유에 관한 멋진 말들이다. 이러한 것들 중 하나는 페르시아의 시인 하피즈의 시이다. "하늘의 문에 쓰여 있다네. 스스로를 운명에 의해 배반당하게 두는 자에게 슬픔을!" 역사를 읽음으로써 우리는 운명론자가 되는 것인가? 반대 의견이 보여 주지 않는 용기가 무엇이란 말인가! 그것은 상호 반응하는 우주에 맞서 방해받지 않고 용감하게 싸우는 다소 일시적인 기분의 의지이다.

그러나 통찰력은 의지가 아니며, 또한 애정도 의지가 아니다. 지각은 차갑고, 선은 소망 속에서 죽는다. 볼테르가 말했듯이, "존경할 만한 사람들의 불행은 바로 그들이 겁쟁이들이라는 것이다". 의지의 활동력을 일으키기 위해 이들 둘의 융합은 반드시 필요하다. 인간을 그의 의지로 전환시키는 과정을 통해 그를 의지로, 의지를 그로 만드는 것을 제외한다면 어떤 추진력도 존재할 수 없다. 그리고 어떤 진리에 대한 올바른 인식력을 갖고 있는 자라면 언제라도 그것의 희생자가 되기 위해 그것에 반응한다고 대담하게 말할지도 모른다.

　본성에 있어서 한 가지 중대하고 얕잡을 수 없는 것은 의지이다. 사회는 의지의 부족으로 인해 비굴하고, 따라서 세상은 구세주와 종교를 필요로 한다. 한 가지 길은 올바로 가는 것이다. 영웅은 그 길을 보고 그 목적을 향해 가며, 기반과 버팀목을 위해 세상을 그의 밑에 두고 있다. 그는 다른 사람들에게 세상으로서 존재한다. 그의 찬성은 명예이고, 그의 반대는 불명예이다. 그의 시선은 햇빛의 힘을 갖고 있다. 개인의 영향력은 기억 속에서 오직 가치 있게 우뚝 솟아오르며, 우리는 숫자, 돈, 기후, 중력, 그리고 나머지 운명을 기쁘게 잊는다.

　만약 한계가 성장하는 인간의 척도라는 것을 안다면, 우리는 그것을 허용할 수 있다. 마치 어린아이들이 아버지의 집에 있는 벽에 등을 대고 서서 해마다 그들의 키를 금을 그어 새기듯이, 우리는 운명에 맞선다. 그러나 그 소년이 어른으로 성장해서 그 집의 주인이 되면, 그는 그 벽을 허물고 새롭고 더 큰 집을 세운다. 그것은 단지 시간의 문제이다. 용감한 청년들은 모두 용을 타고 그것을 다스리는 훈련을 하는 중이다. 그의 기술은 이러한 열정들과 미숙한 힘들로 무기와 날개를 만드는 것이다. 두 가지 것들, 즉 운명과 생명력을 보면서 이제 우리는 통일성을 믿을 수 있게 되는가? 대부분의 인류는 두 신(神)을 믿는다. 그들은 친구와 어버이로서 여기 집과, 사회단체, 문학, 예술, 사랑, 종교의 영역에서 하나의 신의 지배를 받지만 기계학, 증기와 기후 처리, 무역, 정치의 영역에서 그들은 또 다른 신의 지배하에 들어간다고 생각한다. 게다가 한 영역을 다른 한 영역으로 옮기는 방법과 방식을 전환시키는 것은 실질적인 실수일 것이다. 가정에서 인정 있고 진실하고 후덕한 사람들이 거래소에서 얼마나 난폭하고 교활한 사람들이 될 것인가! 거실에서 경건한 사람들이 투표소에서 무뢰한들을 위해 얼마나 투표를 할 것인가! 그들은 어느 정도까지는 신의 보호를 받고 있다고 믿는다. 그러나 증기선에서, 전염병이 창궐하는 지역에서, 전쟁터에서, 그들은 악의적인 힘이 지배한다고 믿는다.

그러나 관계와 결합은 특정한 장소에 때때로 존재하는 것이 아니라 모든 곳에, 그리고 언제나 있는 것이다. 신의 질서는 그들의 시선이 멈추는 곳에서 멈추지 않는다. 우호적인 생명력은 이웃한 농장과 행성에서도 동일한 법칙들에 작용한다. 그러나 경험이 없는 곳에서 그들은 그것과 충돌하여 상처를 입는다. 그렇다면 운명은 사고의 불꽃 밑을 아직 통과하지 않은 사실들을 위한 이름이다. 말하자면, 이해되지 않는 원인들을 위한 명칭이다.

그러나 우리를 멸종시키려고 위협하는 모든 혼돈의 분출은 지능에 의해 건전한 힘으로 변화될 수 있다. 운명은 이해되지 않는 원인들이다. 바다는 배와 선원을 티끌처럼 집어삼킨다. 그러나 수영하고 배를 손질하는 법을 배우면, 배를 집어삼켰던 파도는 그것이 헤치고 나아가는 길을 열 것이고 수면의 물거품이나 깃

털, 동력이라도 되는 양 앞으로 나르게 된다. 냉기는 사람들을 고려하지 않으며, 그대의 피를 얼얼하게 하고 이슬처럼 인간을 일게 만든다. 그러나 스케이트 타는 법을 배우고 나면 얼음은 그대에게 우아하고 달콤하며 시적인 동작을 선물할 것이다. 냉기는 그대들의 팔다리와 두뇌를 천재에 고정시키고, 그대들을 시대의 주요 인사들로 만들 것이다. 추위와 바다는 당당한 색슨족을 훈련시킬 것이고, 그리하여 자연도 그 민족을 없앨 수 없어 저기 영국에 천년 동안 가두어 둔 후에 일백의 영국과 일백의 멕시코를 만들어 낸다. 그 민족은 모든 혈통들을 흡수하고 내려다본다. 그리고 멕시코 이상으로 물과 수증기의 신비, 전기의 진동, 금속의 연성, 하늘의 마차, 방향타가 달린 기구가 그대를 기다리고 있다.

매년 티푸스에 의해 죽는 사람의 수는 전쟁에서 학살되는 사람의 수를 훨씬 능가한다. 하지만 배수 시설을 개선하는 것만으로도 티푸스를 멸종시킬 수 있다. 괴혈병에서 유래한 배편에서의 역병은 운반할 수 있거나 손에 넣을 수 있는 레몬주스와 식품들에 의해 치료되고 있다. 콜레라와 천연두에 의한 인구 감소는 배수와 예방접종으로 끝낼 수 있다. 그 밖의 모든 전염병들도 거의 원인과 결과의 연결 고리 안에 있어서 격퇴가 가능하다. 그리고 기술은 독을 뽑아내는 한편, 보통 정복된 적으로부터 어떤 이익을 빼앗는다. 유해한 급류가 인간을 위해 꾸준히 일한다고 알려지고 있다. 인간은 야생동물들을 양식이나 의복이나 노동을 위해 유용한 것으로 만든다. 화학 폭발들은 그의 시계처럼 통제된다. 이것들은 이제 그가 타는 말이다. 인간은 말의 발, 바람의 날개, 증기, 기구의 기체, 전기를 이용해 모든 방식으로 움직이고, 자기 자신의 구성요소로 독수리를 사냥하겠다고 위협하며 의기양양하게 서 있다. 그가 자신의 운반자로 만들지 못할 것은 아무것도 없다.

수증기는 얼마 전까지 우리가 무서워한 악마였다. 옹기장이나 놋갓장이에 의해 만들어진 모든 냄비 뚜껑에는 그 적을 내보내고, 그것이 냄비와 지붕을 들어 올리고 집을 가져가지 않도록 구멍이 나 있었다. 그러나 우스터의 후작, 와트, 풀턴은 동력이 있는 곳에 악마가 있는 것이 아니라 신이 있으며, 그것을 이용해야 하고 결코 끊거나 낭비해서는 안 된다고 생각했다. 동력이 냄비들과 지붕들과 집들을 그리 쉽게 들어 올릴 수 있었을까? 동력은 그들이 찾고 있던 노동자였다. 동력은 훨씬 더 저항력 있고 위험한 다른 악마들, 말하자면 수천 평방미터의 땅, 산, 물의 중량과 저항, 기계류, 세상의 모든 사람들의 노동력들을 일소하고 가두며 강요하는 데 사용될 수 있었다. 그리고 동력은 시간을 늘리고 공간을 줄이게 한다.

이 점을 제외한 다른 면에서는 보다 높은 종류의 증기로도 지금까지 일이 썩 잘되지 못했다. 대중의 의견은 세상의 공포였기에 국민들을 즐겁게 함으로써 그것을 없애고자 하거나, 아니면 그 위에 군인 계층, 군주 계층, 맨 위에는 왕으로 이루어진 사회의 계층들을 차례로 쌓고, 성, 요새, 경찰의 걸쇠와 쇠테들까지 그 위에 올리려 했다. 그러나 때때로 종교 원리는 그 쇠테들을 거두어들이고 부수며 그 위에 산더미처럼 놓인 모든 것들을 쪼개려 했다. 통일성을 믿는 정치계의 풀턴과 와트 같은 사람들은 그것이 하나의 동력이라는 것을 알았다. 그리하여 사회의 다른 성향을 통해 그것을 만족시킴으로써(정의가 모든 사람을 만족시키듯이), 즉 그것을 산더미처럼 쌓아 두는 대신에 같은 수준으로 분류하여, 그들은 이러한 공포를 가지고 가장 해가 없고 원기 왕성한 형태의 국가를 만들고자 도모해 왔다.

고백하건대, 운명의 교훈은 너무도 혐오스럽다. 누군들 말쑥한 골상학자가 자신의 운수를 판단하는 것을 좋아하겠는가? 자신의 두개골, 척추, 골반 속에 색슨족이나 켈트족의 모든 결점들이 숨겨져 있으며, 그것들이 장대한 희망과 결의로 고무되어 있는 자신을 이기적이고 비열하고 비굴하며 교활한 동물 같은 상태로 떨어뜨릴 게 분명하다는 것을 누군들 믿고 싶겠는가? 어느 박식한 의사는 나폴리 사람이 어른이 되면 틀림없이 악당이 될 것이며, 그건 변하지 않는 사실이라고 우리에게 말한다. 이것은 다소 과장된 것이지만 통용될 수도 있는 말이다.

그러나 이것들은 보고이자 창고이다. 인간은 결점에 감사하고, 재능에 대한 어떤 두려움을 가지고 있어야 한다. 탁월한 재능은 그를 불구로 만들 수 있을 정도로 그의 힘에 크게 의존하며, 결점은 반대쪽에서 그에게 이익을 준다. 유태인의 상징인 인내는 그 민족을 오늘날 지상의 지배자 중의 지배자로 만들었다. 만약 운명이 광석과 채석장이라면, 만일 재해가 성공하는 데 유효하다면, 만약 한계가 미래의 힘이라면, 만일 재난과 대립과 중압감이 날개이고 수단이라면, 우리는 조화를 이룰 것이다.

운명은 개선을 포함한다. 상승하려는 그 노력을 허락하지 않는다면 우주의 어떠한 진술도 전혀 건전함을 가질 수 없다. 전체와 부분들의 경향은 이익을 향하고 활력에 비례한다. 모든 개체 뒤에서 조직은 종말을 고하고 그 앞에서 자유가 시작된다. 더 좋은 것이 최고의 것이다. 첫 번째로 나타난 가장 열등한 종족들은 죽었다. 두 번째로 등장한 불완전한 종족들은 사멸하고 있거나, 아니면 보다 고등한 종족을 성숙시키기 위해 남아 있다. 최후의 종족인 인간에게서 볼 수 있는 관대함, 새로운 인식, 그리고 그가 동료들에게 강요하는 사랑과 칭찬은 모두 운명으로부터 자유로 나아감을 증명하는 것들이다. 그가 성장하면서 벗어던진 조직의 칼집과 장애로부터 의지를 해방시키는 것, 그것이 이 세상의 목표이자 목적이다. 모든 재난은 자극이자 귀중한 암시이고, 그의 노력들이 아직 완전히 소용이 닿지 않는 경우, 그것들은 어떤 경향으로서 말한다. 전체 동물계는—이에는 이로 앙갚음하는 게걸스러운 싸움, 먹이를 놓고 벌이는 다툼, 고통의 비명과 승리의 함성, 그리고 마침내 모든 동물, 상호 반응하는 전체 집단이 보다 높은 쓰임을 위해 부드러워지고 순화될 때까지—충분한 거리를 두고 바라보면 기쁨을 준다.

그러나 어떻게 알지 못하는 사이에 운명이 자유가 되고 자유가 운명이 되는지를 보려면, 모든 피조물의 뿌리들이 얼마나 멀리 뻗어 나가는가를 관찰하거나, 아니면 연결의 실마리가 전혀 없는 지점을 가능한 한 찾아보라. 우리의 삶은 협동의 과정이며 멀리까지 관련되어 있다. 이 자연의 매듭은 매우 잘 묶여 있어서 어느 누구도 솜씨 좋게 그 양 끝을 찾아낸 적이 없다. 자연은 복잡하고 중복되어 있으며 뒤섞여 있고 무한하다. 크리스토퍼 렌은 아름다운 킹스 칼리지 예배당에 대해 "누군가가 초석을 어디에 깔 것인지를 그에게 말한다면, 그는 이것과 똑같은 건물을 지을 것이다."라고 말했다. 하지만 모든 것이 부분들의 일치이고 결합이며 균형인 '인간'이라는 이 집에서 우리는 최초의 원소를 어디서 찾을 수 있는가?

관계의 망은 서식지와 동면에서 찾아볼 수 있다. 동면을 관찰하다 보면, 어떤 동물들이 겨울에 움직임이 없는 반면 다른 동물들은 여름에 움직이지 않는 것을 알 수 있다. 그렇다면 동면은 잘못된 명칭이다. '긴 잠'은 한기의 결과가 아니며, 그 동물에게 적당한 음식이 공급되느냐에 의해 조절된다. 과일과 같은 먹이가 제때에 없으면 동물의 움직임이 없어지고, 음식이 준비되어 있으면 그 활동력을 되찾는다.

시력은 빛 속에 존재하고, 청력은 귓속에, 발은 땅 위에, 지느러미는 물속에, 날개는 하늘 속에, 그리고 각각의 피조물은 상호 적합성을 가지고 그것이 의도된 장소에 존재한다. 모든 지역은 그 자체의 동물상(動物相)을 갖는다. 동물과 그것의 먹이, 기생 동물, 적 사이에는 조정이 존재한다. 균형은 계속 유지된다. 개체수가 감소하거나 초과하는 것은 허락되지 않는다. 유사한 조정들이 인간에게도 존재한다. 음식은 그가 도착하자 요리되고, 석탄은 구덩이 속에 있고, 집은 환기되며, 호우로 질퍽거리던 진흙은 말라붙고, 동료들은 같은 시간에 도착하여 사랑, 연주회, 웃음과 눈물로 그를 기다린다. 이러한 조정들은 거칠지만, 보이지 않는 것은 덜 거칠다. 공기와 음식보다 많은 것들이 모든 피조물에게 속해 있다. 그의 본능들은 충족되어야 하고, 그는 가까이 있는 것을 용도에 맞게 구부리고 맞추어 경향을 만드는 힘을 갖고 있다. 그는 보이는 것들뿐만 아니라 보이지 않는 것들이 바로 그를 위할 때 비로소 존재할 수 있다. 그렇다면 단테 혹은 콜럼버스의 출현은 하늘과 땅에서, 그리고 보다 아름다운 하늘과 땅에서 어떤 변화들이 일어났음을 우리에게 알리는 것인가!

어떻게 이것이 초래되었는가? 자연은 낭비가가 아니며, 그 목적에 이르는 최단의 길을 택한다. "요새를 원한다면, 요새를 세워라."라고 장군이 군인들에게 말하는 것처럼, 자연은 행성이든, 동물이든, 혹은 나무든 간에 모든 피조물이 자기 자신의 일을 함으로써 살아가도록 한다. 행성은 스스로 만들어진다. 동물성 세포는 저절로 생기며, 게다가 원하는 대로 만들어진다. 모든 피조물, 굴뚝새, 용은 자신의 잠자리를 만들 것이다. 생명이 존재하는 순간부터 물질의 자기 관리 그리고 흡수와 사용이 있기 마련이다. 생명은 자유이다. 즉, 생명은 그 양과 직접적으로 비례한다.

당신은 새로 태어난 사람이 활동력이 없다고 확신할지도 모른다. 생명은 자발적이고 초자연적으로 그 주변에서 활동한다. 당신은 생명이 저울 위의 무게로 평가될 수 있다거나, 혹은 생명이 그 피부, 즉 애쓰고 발산하며 방출하는 그것 속에 포함되어 있다고 생각하는가? 아무리 작은 양초도 그 빛으로 1리를 가득 채우고, 인체의 조직 위에 도드라진 젖꼭지 모양의 작은 돌기들도 별 모양으로 뻗어 있다.

완수되어야 할 것이 있으면, 세상은 그것을 수행하는 법을 안다. 식물의 싹은 필요에 따라 잎, 과피, 뿌리, 나무껍질, 가시를 만든다. 필요에 따라 첫 번째 세포는 위, 입, 코, 손톱으로 전환된다. 세상은 그 생명을 영웅이나 목자에게 불어넣고, 그를 필요로 하는 곳에 놓는다. 단테와 콜럼버스는 그 시대에 이탈리아인이었지만, 오늘날이라면 러시아인이나 미국인일 것이다. 여건이 무르익으면 새로운 사람들이 온다. 적응은 일시적이지 않다. 숨은 목표, 그 자체를 초월한 목적, 행성들이 안정되고 결정화된 다음 짐승과 인간에게 생명을 불어넣는 상호관계는 멈추지 않고 보다 미세하고 특수한 것들로 영향을 미쳐, 보다 미세한 것으로부터 가장 미세한 것까지 나아간다.

세상이 품은 비밀은 인간과 사건 사이의 유대이다. 인간은 사건을 만들고, 사건은 인간을 만든다. 시대를 요약하는 몇몇 심오한 사람들과 몇몇 활동적인 사람들—이를테면 괴테, 헤겔, 메테르니히, 애덤스, 칼훈, 기조, 필, 코브던, 코슈트, 로스차일드, 애

스터, 브루넬, 그 밖의 다른 사람들—을 제외하면 '시대'와 '연대'
는 과연 무엇이란 말인가? 성(性) 사이에, 혹은 동물의 종족과 그
것이 먹는 먹이나 그것이 이용하는 열등한 종족들 사이에 존재하
는 것과 동일한 적합성이, 인간과 시대와 사건 사이에도 존재한다
고 가정되어야 한다. 연결하는 매듭이 숨겨져 있기 때문에, 그는
운명이 이질적이라고 생각한다. 그러나 영혼은 그것에 닥칠 사건
을 포함한다. 왜냐하면 사건은 단지 사상이 실현된 것이고, 우리
가 스스로에게 기원하는 것은 언제나 부여받고 있기 때문이다.
사건은 그대의 모습의 흔적이다. 그것은 그대의 피부처럼 그대에
게 적합하다. 각자가 하는 행위는 그 자신에게 적당하다. 사건들
은 그의 몸과 마음의 아이들이다. 우리는 운명의 영혼이 우리의
영혼이라는 것을 배운다.

아! 지금까지 난 몰랐다네,
내 길잡이와 운명의 길잡이가 하나라는 것을.

하피즈가 노래하듯, 사람들을 혹하게 하고 그들이 목적으로
삼고 행동하는 모든 하찮은 것들—집, 땅, 돈, 사치품, 권력, 평판
—은 중첩된 환영을 둘러싼 한두 겹의 얇은 천과 동일한 것이다.
사람들로 하여금 기꺼이 머리를 부서뜨리게 만들고, 매일 아침
엄숙하게 줄지어 행진하게 하는 모든 북소리들과 달가닥거리는
소리들에서 가장 감탄할 만한 점은 우리로 하여금 사건들이 임

의적이며 행동과 무관하다고 믿게 만든다는 것이다. 마술사의 집에서 우리는 그가 인형을 움직이는 수단인 얇은 철사를 감지한다. 하지만 우리는 원인과 결과를 연결하는 줄을 식별할 수 있는 매우 날카로운 눈을 가지고 있지는 않다.

인생의 부침들을 그가 지닌 성격의 결과로 만듦으로써, 자연은 마술적으로 인간을 그것들에 맞춘다. 오리들은 물로 가고, 독수리들은 하늘로 가고, 섭금류들은 바닷가로 가고, 사냥꾼들은 숲으로 가고, 판매원들은 회계실로 가고, 군인들은 국경으로 간다. 그러므로 사건들은 사람들과 같은 줄기에서 자란다. 인생의 즐거움은 삶을 사는 인간에게 달려 있으며, 일이나 장소에 좌우되지 않는다. 삶은 황홀경이다. 우리는 어떠한 광기가 사랑에 속하는지, 어떤 힘이 하찮은 대상을 천국의 빛깔로 칠하는지를 알고 있다. 미친 사람들이 옷, 음식, 물, 다른 숙박시설에 무관심하듯이, 그리고 우리가 꿈속에서 침착하게 터무니없기 짝이 없는 행동들을 하듯이, 인생의 잔에 담긴 한 방울 이상의 포도주로 인해 우리는 낯선 사람과 일과 조화를 이룬다. 민달팽이가 땀 흘려 배나무 잎사귀 위에 그 끈적끈적한 집을 만들고, 사과 위의 솜털이 많은 진딧물이 자신의 잠자리를 분비하며, 물고기가 그 껍질을 내놓듯이, 각 피조물은 그 자체로부터 자신의 조건과 영역을 만들어 내놓는다. 젊은 시절 우리는 무지갯빛 꿈에 싸여 황도대처럼 용감하게 행동한다. 나이가 들면 우리는 또 다른 종류의 땀—통풍, 열병, 류머티즘, 변덕, 초조와 탐욕—을 내놓는다.

인간의 성쇠는 성격의 결과이다. 인간의 친구는 그의 매력이 만들어 낸 것이다. 우리는 운명의 예를 찾아 헤로도토스와 플루타르코스에게 간다. '우리 각자는 자신의 영혼을 감내한다.' 성격 속에 있는 모든 것을 규정하려는 사람들의 경향은 우리가 숙명으로부터 벗어나기 위해 하는 노력들이 단지 우리를 그것으로 안내할 뿐이라는 오랜 믿음 속에 표현되어 있다. 최후의 또는 총체적인 탁월함의 증거로서, 사람이 자신의 장점보다는 자신의 지위에 대해 칭찬받는 걸 더 좋아한다는 사실을 나는 알게 되었다.

인간은 앞으로 맞닥뜨릴 사건들에서 드러나는 자신의 성격을 보게 될 것이다. 그런데 그것은 그 자신으로부터 발산되며 그와 함께하는 것이다. 예전에 그가 하찮은 것들 사이에 있는 자신을 발견했듯이, 이제 그는 거대한 조직 안에서 하나의 역할을 수행하며 그의 성장은 야망과 동료들과 업적에 표현되어 있다. 그는 운의 일부처럼 보이지만, 인과관계의 일부이다. 말하자면 그가 채우는 틈새에 꼭 맞게 각이 지고 갈린 모자이크 조각인 것이다. 따라서 각 마을에는 지력이나 업적에 있어서 그 마을의 농작물, 생산, 공장, 은행, 교회, 삶과 사회의 방식을 설명해 주는 어떤 사람이 존재한다. 만약 그대가 그를 만날 기회가 없다면, 그대가 보는 모든 것은 그대에게 다소 혼란을 줄 것이다. 만약 그대가 그를 본다면 매사가 분명해진다. 우리는 매사추세츠에서 누가 뉴베드퍼드를 건설했고, 누가 린, 로웰, 로렌스, 클린턴, 피치버그, 홀리

오크, 포틀랜드, 그 밖의 시끄러운 시장들을 건설했는지 알고 있다. 만약 그들이 투명하다면, 그들 각자는 그대에게 사람이라기보다는 걸어 다니는 도시로 보일 것이고, 그대가 그들을 어디에 놓든지 간에 그들은 도시를 건설할 것이다.

역사는 두 가지 것들, 즉 자연과 사고의 작용과 반작용이다. 이를테면 포장도로의 연석 위에서 서로 미는 두 소년들과 같다. 모든 것은 밀거나 밀린다. 따라서 물질과 정신은 그렇게 영원한 기울어짐과 균형 속에 있다. 인간이 연약할 때에는 대지가 그를 차지한다. 그는 머리와 애정을 심는다. 점차 그는 대지를 차지하고, 사고의 아름다운 질서와 생산성으로 정원과 포도밭을 갖는다. 우주의 모든 고형물은 이지(理智)가 접근함에 따라 유동체로 화할 채비를 하고 있고, 그것을 녹이는 힘이 바로 이지의 척도이다. 만약 그 벽이 철석같이 단단하게 남아 있다면, 그것은 사고의 부족 때문이다. 미묘한 힘에 따라 그것은 마음의 특성을 설명하는 새로운 형태들로 흘러 들어갈 것이다. 우리가 지금 앉아 있는 도시가 어떤 사람의 의지에 복종해 온, 일치하지 않는 것들의 집합이 아니고 무엇인가? 화강암은 다루기 힘들지만 그의 손은 보다 강했고, 따라서 그것은 손에 들어왔다. 철은 땅속 깊은 곳에서 돌과 굳게 결합되어 있지만 그의 불을 피할 수 없었다. 나무, 석회, 물자, 과일, 고무는 지상과 바다에 흩어져 있었지만 벗어날 수 없었다. 그것들은 여기 모든 사람의 노동이 미치는 곳에 있는데, 그것은 그가 바라는 바이다. 세상 전체는 사고의 줄을 타고 그것이 건설하려는 양극이나 지점들로 흘러 들어가는 물질의 흐름이다. 인간의 종족들은 지상에서 나타나 그들을 지배하는 생각에 사로잡혀 무장을 하고, 이 형이상학적 추상화를 위해 격심하게 싸우는 파벌들로 나뉘어 있다. 사고의 특성은 이집트인과 로마인, 오스트리아인과 미국인을 구별 짓는다. 한 시기에 무대에 등장한 사람들은 모두가 서로 관련되어 있다. 어떤 생각들은 세상에 퍼져 있다. 우리가 그것들로 이루어져 있기 때문에, 우리는 모두 감수성이 강하다. 그중에서도 어떤 이들은 다른 사람들보다 훨씬 더 감수성이 강하며, 이들이 먼저 그 생각들을 표현한다. 이것은 발명과 발견의 기묘한 동시성을 설명한다. 진리는 세상에 널리 퍼져 있다. 가장 감수성이 강한 사상가가 그것을 최초로 알릴 테지만, 잠시 뒤에 모든 이들이 그것을 전할 것이다. 감수성이 매우 예민한 여자들 역시 도래하는 시각을 가리키는 최고의 계기 바늘이다. 위대한 사람, 즉 시대정신이 가장 많이 스며든 사람은 감수성이 강한 사람이다. 말하자면, 빛에 대한 요오드의 반응처럼 자극에 민감하고 예민한 기질을 갖고 있는 사람이다. 그는 극미한 유인력들도 느끼고 있다. 그는 정교하게 균형 잡힌 바늘에 의해서만 느낄 수 있을 정도로 미약한 기류에 따르기 때문에, 그의 마음은 다른 사람들보다 올바르다.

상호 의존 관계는 결함들 속에서도 보인다. 뮐러는 건축학에 관한 논문에서 그 목적에 정확히 부합하는 건물은 비록 아름다움이 의도되지 않았다 하더라도 결과적으로 아름다울 것이라고 가르쳐 주었다. 나는 인간의 구조 속에 있는 유사한 통일성이 다소 전염성이 강하며 널리 퍼져 있음을 발견한다. 기질 속의 미숙함이 논의 속에 나타날 것이고, 어깨에 있는 의기소침함은 말과 손으로 하는 일에 나타날 것이다. 만약 그의 마음이 보인다면, 그 의기소침함 또한 보일 것이다. 만약 인간이 목소리 속에 높낮이의 변동이 있다면, 그것은 그의 문장, 그의 시, 그가 만들어 낸 우화의 구조, 그의 사색, 그의 박애 속에 흘러 들어간다. 그리고 모든 사람이 자신의 악마에 의해 추적당하고 자신의 병에 의해 고통을 받는 것처럼, 이것은 그의 모든 활동을 억제한다.

그렇게 각각의 인간은 각각의 식물처럼 고유한 기생충을 갖고 있다. 강하고 엄격하며 까다로운 본성은 나의 잎을 갉아먹는 민달팽이와 나방보다 더 공격적인 적들을 갖고 있다. 바구미, 나무좀, 칼벌레가 그것에 기생한다. 그런 식으로 사기꾼이 제일 먼저 그를 갉아먹고, 그다음에 고객이, 그다음에는 돌팔이 의사가, 그 뒤를 이어 부드럽고 그럴듯한 말을 하는 신사가 몰록처럼 잔인하고 이기적으로 그를 갉아먹는다.

이러한 상호 의존 관계는 실제로 존재하며 간파될 수 있다. 만약 연결하는 줄이 있다면, 사고는 그것을 따라가 보여 줄 수 있다. 인간의 영혼이 영민하고 유순할 때 특히 그러하다. 초서는 이렇게 노래했다.

혹은 만일 자기 본유의 영혼이

사람들이 아는 것처럼 완전하다면,

미래를 알고

모든 운명에 대해

모든 이와 어떤 이에게 알려 주리라.

선견이나 상징으로.

하지만 우리의 육신은 없다네

그것을 바르게 이해할 힘이.

그것이 너무 모호하게 통고되어 있기 때문이지.

어떤 사람들은 운(韻), 우연의 일치, 전조, 주기성, 예감으로 이루어져 있다. 그들은 자신이 찾는 사람을 만난다. 친구가 말하려고 준비하는 것을 그들은 먼저 그에게 말한다. 그리고 수많은 전조들은 그들에게 앞으로 일어날 일을 알린다.

거미집의 놀라운 복잡성, 그 디자인에 있어서의 놀라운 항구성을 이 방랑하는 삶은 수용한다. 우리는 파리가 어떻게 짝을 찾는지 궁금해하지만, 해마다 우리는 두 명의 남자들과 두 명의 여자들이 법적인 또는 육체적인 유대 없이 인생의 황금기의 대부분을 서로 가까운 거리에서 보내는 것을 발견한다. 여기서 주는 교훈은 바로 우리는 우리가 찾고자 하는 것을 발견하리라는 것이다. 우리가 피하려는 것은 우리를 피한다. 괴테가 말했듯이 "우리가 젊어서 소망하는 것은" 너무 자주 우리의 기도를 들어주기에 고통을 받는 "노년에 산더미처럼 우리에게 돌아온다". 따라서 우리가 소망하는 것은 반드시 갖게 된다고 확신할 수 있기 때문에, 우리는 주의를 기울여 오직 숭고한 것들을 조심스럽게 요구해야 한다.

인간의 조건이 지닌 신비에 대한 하나의 열쇠이자 하나의 해법, 즉 운명, 자유, 예지의 오래된 매듭을 푸는 해결책은 존재한다. 바로 이중 의식의 제안이다. 서커스의 곡마사들이 재빠르게 몸을 던져 이 말에서 저 말로 옮겨 타거나, 혹은 한쪽 발을 한 말의 등에 올리고 다른 한 발을 다른 말의 등에 올린 채로 꼿꼿이 서는 것처럼, 인간은 자신의 개인적인 본성의 말과 공적인 특성의 말을 번갈아 탄다. 그래서 한 인간이 운명의 희생자가 되면 허리에는 좌골 신경통이, 마음에는 고통이 일어난다. 이를테면 발이 휘고 기지는 비뚤어지며 못마땅한 얼굴과 이기적인 기질, 점잔 빼는 걸음걸이와 자만의 감정이 생겨난다. 아니면 그의 종족의 결함에 의해 가루로 화한다. 말하자면 그는 자신의 몰락으로 이익을 보는 우주와의 관계 위에 다시 모이게 되어 있다. 고통받는 악마를 버림으로써, 그는 그의 고통으로 보편적인 이익을 확보하는 신을 편들게 될 것이다.

가치를 떨어뜨리는 기질과 종족의 견인력을 상쇄시키기 위해 이 교훈을 배우도록 하라. 그것은 바로 자연 전체에 걸쳐 있는 두 가지 요소들의 교묘한 공존에 의해 그대를 불구로 만들거나 마비시키는 것은 모두 어떤 형태로든 신성의 보상을 끌어낸다는 것이다. 좋은 의도는 갑작스러운 힘을 얻는다. 신이 말을 달리고 싶어 하면, 작은 부스러기나 자갈도 싹을 틔우고 날개 달린 발을 내밀어 말로서 그를 모신다.

자연과 영혼을 완벽한 융합의 상태로 유지하며, 모든 원소가 보편적 목적에 이바지하도록 하는 신의 통일성을 위해 제단을 세우자. 나는 눈송이, 조가비, 여름 풍경, 별들의 장관에는 경탄하지 않지만, 우주 위에 놓인 아름다움의 필연성에는 경탄한다. 말하자면 모든 것은 그림 같고, 그래야만 한다. 지평선 위의 무지개와 그 곡선, 그리고 푸른 하늘의 아치는 단지 눈의 유기적 조직에서 생긴다. 내가 바라볼 때마다 광휘와 우아함을 보게 된다면, 어리석은 애호가들이 나를 데려가 화원이나 햇빛으로 물든 구름, 또는 폭포를 찬미할 필요가 없다. 내재하는 필연성이 아름다운 장미를 혼돈의 이마에 놓고, 조화와 즐거움이 자연의 중심 의지임을 드러낼 때, 여기저기서 일정치 않은 광휘를 선택하는 것은 얼마나 헛된 일인가.

아름다움의 필연성을 위한 제단을 세우자. 만약 사람들이 예외적으로 하나의 엄청난 의지가 만물의 법칙을 이길 수 있다는 의식으로 자유롭다고 우리가 생각한다면, 그것은 마치 한 어린 아이의 손이 태양을 끌어내릴 수 있는 것과 같다. 만약 최소한의 특별한 것에서라도 우리가 자연의 질서를 혼란시킬 수 있다면, 누가 생의 재능을 수용하려 할 것인가?

모든 것이 한 부분으로 구성되며, 원고와 피고, 친구와 적, 동물과 식물, 먹이와 먹는 자가 같은 종류임을 분명히 하는 아름다움의 필연성을 위한 제단을 세우자. 천문학에서 거대한 우주 공간은 단지 성질이 다른 체제가 결코 아니다. 지질학에서 광대한 시간은 단지 오늘과 똑같은 법칙이다. 왜 우리는 자연을, 다름 아닌 '구현된 철학이자 신학'을 두려워해야만 하는가? 왜 우리는 똑같은 요소들로 만들어져 있으면서도 야만적인 요소들에 의해 짓밟히는 것을 두려워해야만 하는가? 예정된 위험을 피할 수 없고, 또한 예정되지 않은 것을 초래할 수 없다는 것을 인간으로 하여금 용감하게 믿게 만드는 아름다움의 필연성을 위한 제단을 세우자. 거칠게 또는 부드럽게 그를 교육시켜 우연은 존재하지 않는다는 것을 지각하게 하는 필연성을 위한 제단을 세우자. 법칙은 존재의 전체를 지배하며, 지성을 갖춘 법칙이 아니라 지성 자체인 법칙은 인격적이지도 않고 또한 비인격적이지도 않다. 그것은 언어를 경멸하고 이해를 뛰어넘는다. 그것은 사람들을 용해시키고 자연에 생기를 주지만, 가슴속의 순수함이 그것의 모든 전능함을 발휘할 수 있게 한다.

에머슨의 실용주의적 중도

에머슨(Ralph Waldo Emerson, 1803~1882)이 우리에게 친숙해진 것은 그가 소로우(Henry David Thoreau, 1817~1862)에게 많은 영향을 끼친 사람이라고 알려지면서부터이다. 소로우의 생태주의적 삶은 현대 문명에 지친 많은 도시인들에게 삶의 여유를 선사했다. 한때 에머슨은 소로우에게 실질적인 삶의 터전과 더불어 생태주의적 삶의 이론적 배경을 제공했다고 볼 수 있다. 소로우가 오두막을 짓고 산 월든 호숫가의 숲은 에머슨 소유의 땅이었고, 소로우는 한때 에머슨의 집을 자주 방문하면서 그와 그 가족의 영향을 받을 수밖에 없었다. 어떤 면에서는 소로우가 에머슨의 초절주의(Transcendentalism)를 몸소 실천한 사람이라고 할 수도 있지만, 실제 두 사람의 삶의 방식과 과정은 사뭇 다르다. 에머슨은 생태주의자들에게 큰 영향을 미친 《자연(*Nature*)》을 발표했지만, 정작 그 자신은 숲으로 들어가 살지 않았다. 오히려 그는 일상의 현실에서 객관적으로 삶을 관조하고, 그 속에서 조화와 균형을 유지하며 자주적으로 사는 것이 지식인의 사명이라고 보았다. 소로우가 에머슨의 사상을 실현했다고 하는 관점은 자주적 삶의 방식이 행복이란 측면에서 가장 경제적인 삶의 방식임을 소로우가 몸소 실증해 보였다는 점에 근거한다. 이처럼 삶의 처세에 있어서 미국의 지성인들에게 끼친 에머슨의 영향은 지대하다. 현재 가장 영향력 있는 미국의 투자자 워런 버핏이나 몇 년 전에 타개한 스티브 잡스도 에머슨의 자립정신으로부터 깊은 감명을 받았다고 한다. 그 외에도 많은 미국의 지도자들이 에머슨의 영향을 받았다. 미국이 빠른 시간 안에 발전할 수 있었던 것은 이질적인 문화의 다양성 속에서 미국만의 통일성을 이끌어 낼 수 있었기 때문이다. 통일성 속의 다양성, 또는 다양성 속의 통일성이라고 하는 미국 문화의 특징이 바로 에머슨 사상의 특징이다. 달리 말하면 미국 문화가 지닌 실용주의적 특성을 가장 미국적으로 표현한 것이 에머슨의 초절주의라고 할 수 있다.

에머슨의 사상이 현재 우리에게도 또한 의미가 있는 것은 그의 실용주의적 중도를 통해 다문화, 다종교 사회에서 조화롭게 사는 지혜를 우리가 배울 수 있기 때문이다. 서양은 외면적으로는 현실 지향적이며 물질주의적이고 합리적인 면모를 보이지만, 내면적으로는 내세 지향적이다. 반면 동양은 외면적으로는 이상 지향적이며 정신주의적이고 직관적으로 보이지만, 내면적으로는 현세 지향적이다. 따라서 서양의 기독교는 내세에서 구원을 구하지만, 동양의 유불선은 상대적으로 현세에서 구원을 얻고자 한다. 보상의 원리가 두 세계에 작용하면서 두 세계 모두 전체적인 균형을 어느 정도 유지하고 있는 셈이다. 에머슨의 초절주의는 동양과 서양의 특성을 모두 포괄하고 있다. 에머슨의 사상은 동서양의 종교적 본질을 모두 포용하여 종교의 형식을 깨부수고 진리에 입각해 새로운 틀 속에서 동서양의 종교를 융합하고 있다. 그런 의미에서 그의 신관(神觀)은 실용주의적 양키이즘의 전통과 조화와 균형을 중시하는 동양의 중도 사상에 모두 통한다고 볼 수 있다. 서양적 세계관인 다양성과 동양적 세계관인 통일성이 에머슨의 사상 속에 융합되어 있기 때문이다. 요약하자면, 에머슨의 초절주의 속에 동양의 직관적 사고와 서양의 합리주의적 사고가 중도라는 교집합을 통해 용해되어 있고, 에머슨은 그것을 실질적으로 삶 속에 구현하고자 했다.

에머슨을 이해하기 어려운 것은 에머슨의 철학이 관념의 철학이 아니라 삶의 철학이기 때문이다. 많은 사람들이 자신의 관념 체계로 또는 하나의 이론으로 심지어 어느 일면만을 보고 에머슨을 평가하기 때문에, 그에 대한 평가가 비평가마다 극단적으로 다를 수밖에 없다. 에머슨을 단편적으로 보고 판단하면 그를 온전히 평가할 수 없다. 에머슨은 삶을 총체적으로 보고 있다. 우리의 삶은 양극단적인 많은 요소들이 만들어 내는 교향곡과 같다. 삶의 어느 한 요소가 전체 인생을 대변할 수는 없다. 에머슨의 글은 삶의 총체성을 담으려는 노력의 결과이다. 따라서 에머슨의 철학도 총체적인 관점에서 복합적으로 봐야 한다. 에머슨을 이해할 때 이 점을 가장 주의해야 한다. 이 책에서는 에머슨의 삶의 철학을 가장 잘 표현하고 있는 작품들 중 다섯 편을 골라 번역했다. 시중에 중복된 번역본이 여러 권 있지만, 비전공자가 한 것이 대부분이라 상당히 훌륭한 번역임에도 불구하고 중요한 대목에서 오역이 많이 있었다. 이번 기회에 오역을 바로잡고 에머슨을 제대로 알릴 수 있기를 바라는 마음이고, 이러한 작업은 에머슨을 전공한 모든 사람의 의무이자 사명이라고 생각한다.

에머슨은 기본적으로 종교적 전통 속에서 태어났다. 그는 자신을 포함해 3대째 목사직을 수행한 독실한 기독교 집안에서 성장했다. 그에게 신은 삶의 진리 그 자체라고 할 수 있다. 그러나 그는 기독교의 형식주의 교리가 갖는 한계를 느끼고 1832년 목사직을 사임했다. 그에게는 형식으로서의 죽은 신이 아니라 우리의 삶 속에 실질적으로 살아 있는 신이 중요했던 것이다. 한동안 정신적 순례를 한 후에 그는 그 신을 자연 속에서 발견했다. 그는 자연과 인간과 신이 하나가 되는 그 신비한 체험을 《자연》에 발표했다. 1836년에 발표한 이 소책자와 더불어 미국 초절주의가 시작되는데, 이 글에서 에머슨은 인간, 자연, 그리고 신의 원초적 관계의 회복을 촉구했다. 에머슨의 종교관은 그대로 그의 삶의 방식에 적용되고 있다. 형식이 아닌 실질적인 종교가 중요하듯이, 에머슨은 가식적인 삶이 아니라 진실한 삶을 추구했다. 1841년에 발표한 〈자립〉과 〈보상〉은 삶에 대한 근본적이고 동시에 실질적인 성찰을 보여 주고 있다. 한편 우리의 삶은 정체되어 있지 않기 때문에, 우리는 불가피하게 끊임없는 자기 변신을 꾀하지 않을 수 없다. 이 과정에서 우리는 삶의 의지와 중도적 지혜가 필요하다. 1844년에 발표한 〈경험〉과 1860년에 발표한 〈운명〉은 에머슨의 적극적인 삶의 의지와 원숙한 중도적 지혜를 보여 주고 있다. 또한 그가 받은 동양사상의 영향 역시 엿볼 수 있다.

에머슨 자신은 본질적으로 낙천적인 사람이었지만, 그의 삶 자체는 그리 평탄치 않았다. 여덟 살 때 아버지를 여읜 이래, 그는 모진 가난, 허약한 체질로 인한 잦은 병치레, 형제들의 죽음, 신학상의 회의, 첫 번째 아내와의 사별, 자식의 죽음 등 수많은 우여곡절을 겪으며 살았다. 이러한 인생의 과정에서 에머슨은 두 번의 큰 위기에 부딪혔고 그 시련들을 중도의 지혜로 헤쳐 나갔다. 1830년에서 1832년 사이에 한 번의 큰 위기가 있었고, 1838년부터 1844년 사이에 두 번째 큰 위기가 있었다. 1831년 첫 번째 아내의 사별과 그다음 해의 목사직 사임 후에 에머슨은 한동안 정신적 방황을 겪었다. 첫 번째 위기 때에 에머슨은 자연 속에 투영된 신의 얼굴을 보고 범우주적 낙관주의의 분위기 속에서 비관적 위기를 넘겼다. 반면에 1842년 아들 왈도(Waldo Emerson)의 죽음을 정점으로 맞이한 에머슨의 두 번째 위기 때에는 삶에 대한 회의가 오히려 지나친 낙관주의의 치우침을 바로잡고 그의 삶에 균형적 시각을 주었다.

에머슨의 글의 특징은 반복이다. 그는 자연과 삶의 모든 사실들을 가능한 한 많이 그의 시와 산문의 소재로 다루고 있다. 따라서 그의 글은 반복이 많을 수밖에 없다. 물론 이러한 경향은 그의 글보다 휘트먼(Walt Whitman, 1819~1892)의 시 속에서 더 쉽게 볼 수 있지만, 그가 즐겨 사용한 목록 방식(catalogue method)은 만물의 순환과 통일성을 보여 주기 위한 그의 불가피한 선택이었다. 그것은 분명 유사한 우주관을 보이는 휘트먼에게도 긴요한 문학적 수법을 제공했다고 볼 수 있다. 이러한 문학적 수법으로 인해 에머슨의 글을 보는 것은 마치 자연을 보는 것과 유사하다. 자연이 우리에게 근원적 통일성의 이미지를 다양한 각도에서 다양한 시간에 주는 것처럼, 그의 글도 다양한 예를 통해 삶의 근원적 진실을 보여 주고 있다. 자연이 이원적 구조를 이루고 있지만 상보적이고 순환적인 변용을 통해서 조화와 균형의 상태인 중성(中性)을 이루고 있듯이, 에머슨의 삶의 원리도 삶의 양극적 모순 사이에서 모순을 수용하고 초월하여 삶의 객관적 진실을 확보하기 위한 태도의 균형을 보이고 있다.

미국 문학에서 생태학적 전통은, 어떤 의미에서 미국의 성립 과정과 관련이 깊다. 초기 식민지 이주민들은 그들의 신대륙 이주를 정당화하고 새로운 사회를 건설하기 위해 강한 종교적 신념으로 하나로 단결할 필요가 있었다. 비록 새로운 가나안을 건설하기 위해 선택된 인간으로서 미국적 아담이라는 소명의식으로 그들 각자는 새로운 사회 건설에 매진할 수 있었지만, 그들의 신교 윤리는 근대 자본주의의 윤리적 근거를 마련해 줌으로써 지나친 인간 중심의 개발을 가능하게 했다. 에머슨은 산업혁명 자체보다는 그것이 초래하고 있는 인간의 물화(物化)를 염려하고 있다. 그는 19세기 미국에 팽배한 물질주의적 세계관을 바라보며, 그것이 자연과 인간 모두에게 얼마나 막대한 피해를 주는지를 인식하고 있다. 에머슨은 물질문명의 혜택을 인정할 뿐만 아니라 동시에 그 피해에 대한 경고의 메시지도 전하며, 자연의 생태적 질서를 찾을 것을 우리에게 권하고 있다. 그러나 에머슨은 소로우처럼 자연으로 돌아가라고 권하지는 않는다. 오히려 그는 물질과 정신의 화해를 촉구하고 있다. 그는 지나친 정신주의나 지나친 물질주의 모두 인간의 행복에 장애가 된다고 보고 있다. 그의 유기론적 사상 체계에서 보면, 정신과 물질은 서로 적절한 상보적 관계를 유지할 때 인간과 자연의 생태적 균형이 가장 잘 유지된다고 볼 수 있다.

에머슨의 생태적 인식은 신, 자연, 인간에 대한 근본적이고 생태적인 통찰에서 비롯된다. 어떤 의미에서 자연은 진리의 예시자이며, 그런 자연의 모습은 아름다우면서도 우리가 가까이 다가가기 힘든 경외감을 불러일으키기도 한다. 그러나 자연의 끝없는 변용 속에 내재한 영원성의 암시를 통해 인간은 결국 잃어버린 존엄성과 인간성을 회복할 수 있다. 에머슨의 생태적 자각은 인간의 자주적 삶인 자립에 근거한다. 그리고 그 자립은, 그의 입장에서는 인간과 자연의 올바른 관계 정립을 통해 이룩되었다. 그런 의미에서, 그는 제일 먼저 자연에 대한 올바른 인식을 촉구했다. 그의 생태적 자각은 시적 통찰에 의한 자연과 인간의 원초적 관계, 즉 존재의 통일성에 대한 깨달음을 통해 이루어지고 있다. 그의 시적 상상력이 종교와 과학, 영혼과 물질을 통합하여 일상과 기적을 하나로 인식하고 자연과 인간의 원초적 관계를 통찰한다고 말할 수 있다.

자연 그리고 신과의 원초적 관계의 회복은 에머슨의 자립정신의 기초가 되고 있다. 모든 존재의 통일성에 대한 믿음으로부터 생긴 자신감은 천재에 대한 그의 정의 속에 함축되어 있다. 그는 천재와 일반인의 차이가 지력의 차이에 있는 것이 아니라 자신의 "자발적 인상"을 부끄럼 없이 말하느냐 그러지 못하느냐에 달려 있다고 본다. 따라서 그는 천재를 다음과 같이 정의하고 있다. "자신의 생각을 믿는 것, 자신의 마음속에서 자신에게 옳은 것이 모든 사람들에게도 옳다고 믿는 것, 그것이 천재이다." 비록 자신의 입장을 개진함에 있어서 논리에 모순이 있을지라도, 진정한 위인들은 남의 칭찬에 사로잡히지 않기 때문에 "비일관성"에 개의치 않는다. 오히려 그들은 "어리석은 일관성"을 비웃는다. 에머슨은 역설적으로 "위대한 것은 오해받는 법이다."라고 말하고 있다. 한편 비일관성은 지그재그로 가는 범선의 항해에 비유되는 "동일한 경향"인 전체적인 일관성에 의해 보상된다. 에머슨이 추구하는 조화로운 중도의 상태는 파도와 같이 단지 일시적인 것이며 그 통일성은 늘 새롭게 재편된다. 따라서 그것은 관념화되고

정체된 중도가 아니라 늘 새로운 환경에 맞게 변화하는 것이다. 중도에 입각한 에머슨의 자주적 삶의 철학은 생득적인 것만은 아니다. 그것은 "성격의 힘은 누적된다."는 그의 주장에서 분명하다. 따라서 에머슨의 자립의 정신은 신이 주신 생득적인 성령의 힘과 개인의 누적된 성격의 힘이 결합하는 데서 나온다.

자립을 통해 인간은 절대적 존재와 일대일로 마주할 수 있는 힘을 얻게 된다. 에머슨에게 자립은 '자재(自在)'의 근간이다. 에머슨은 인간의 순응심이 자립을 막는 가장 큰 적이라고 생각한다. 그런 의미에서, 어린아이들의 비순응적 '무관심'을 그는 가장 건강한 인간성의 태도로 보고 있다. 에머슨은 어른이 된다는 것을 자기 내부의 소리를 외면하고 남의 소리에 관심을 갖기 시작하는 '의식적인 인간'이 되는 것으로 간주한다. 그러나 그는 어른이 되는 것을 두려워하지 않는다. 어른이 다 되어 버린 우리는 다시 어린 시절로 돌아갈 수 없지만, 인간의 한계로 주어진 운명을 극복하고 자연과 같은 본연의 상태로 돌아가 자연과의 합일 속에서, 세상의 모순과 갈등에 흔들리지 않는 보다 원숙한 중립적인 본연의 인간, 즉 자연인(自然人)이 될 수 있다.

에머슨의 인생관에서도 자연의 존재 양상으로서의 양극성과 보상의 원리는 그의 삶의 원리로서 생활철학이라고 할 수 있다. 인생에 있어서도 기쁨 속에 슬픔이 잉태되어 있고 불행은 행복의 씨앗이다. 불행과 행복은 동전의 앞뒷면과 같이 서로 떨어질 수 없는 운명적 보상 관계를 형성하고 있다. 슬픔과 실패를 맛본 자

273

만이 행복과 성공의 참의미를 깨달을 수 있는 것이다. 에머슨은 첫 번째 아내와의 사별, 자식의 죽음 등 삶의 시련을 통해 분명히 인생의 비극적 요소들을 절감했을 것이다. 비록 불행이라는 상처의 치료에 긴 시간이 필요했지만, 그 시련은 보상 효과로서 그의 삶의 태도에 있어서 긍정적인 변화들을 가져왔다. 물론 이러한 변화는 그의 부단한 노력에 의한 것이다. 에머슨은 불행으로부터 오히려 삶의 적극적인 의지를 회복하고 있는 셈이다.

에머슨의 올바른 처세술의 출발점은 자신의 운명을 바로 보는 것이다. 그가 운명이라고 부르는 것은 우리를 둘러싸고 "우리를 제한하는 모든 것"으로, 그것은 자연의 냉혹한 법칙이고 자연 자체이며, 또한 인간의 한계이다. 자연 만물에서 볼 수 있는 양극적 특성이 우리의 삶 속에도 존재한다. 따라서 모든 존재는 그 자체에 모순, 즉 자신의 한계를 담고 있다. 그런 의미에서, "특성을 압제하는 조직"은 그 자체의 한계를 결정한다. 결과적으로 "모든 영혼은 그 자신의 집을 짓지만, 그 후에는 그 집이 그 영혼을 제한한다."고 볼 수 있다. 그렇다면 인간은 다른 피조물과 다름없이 영원히 운명의 굴레에서 벗어날 수 없는 것인가? 만약 그렇다면 사유하는 인간과 다른 피조물 사이에 어떤 차이가 있는 것인가? 에머슨은 우리의 운명을 제한하는 모든 것을 수용하면서 그것을 오히려 발전의 기회로 삼고 있다. 운명을 받아들이기만 할 뿐 변화시키지 못한다면, 인간이 짐승과 다른 점이 없을 것이다. 닥쳐올 운명을 에머슨은 회피하지 않는다. 우리의 운명에도 보상의 원리는 분명히 작용하지만, 그 보상은 인간의 적극적이고 자주적인 정신에 의해 이루어진다. 인간이 자유 의지를 가지고 생각하는 한, 인간은 운명으로부터 자유로울 수 있다. 인간의 자유 의지는 인간의 한계를 역으로 발전의 발판으로 삼는다. 운명은 끝없이 인간에게 항거하기 힘든 굴레를 드리우지만, 인간은 불굴의 정신으로 위기를 전화위복의 기회로 삼을 수 있다. 따라서 "운명의 최고의 효용"은 인간에게 "중대한 용기"를 심어 주는 것이다. 인간이 다른 피조물과 다른 점에 대해 에머슨은 인간의 "엄청난 반항심"이라고 말하고 있다. 삶의 의지로서의 생명력은 인간에게 생득적으로 부과된 압제적인 환경으로서의 운명에 반항한다. 그는 운명을 한편에서 수용하면서 다른 한편에선 반항하는 양면적 움직임을 보이고 있다. 그런 의미에서, 인간의 한계로 주어진 운명에 대항하는 그의 반항 정신은 늘 새롭게 재편되는 삶 속에서 객관적 질서를 찾아가는 창조적 정신이고, 그 과정에서 보이는 그의 비일관성은 불가피한 현상이다.

이 과정에서 삶의 양면을 바로 보고 그 모순을 헤쳐 나가는 비결로 에머슨은 '이중 의식(double consciousness)'을 제안하고 있다. 에머슨의 이중 의식은 최적의 상태를 찾으려는 실용주의적 중도의 관점이다. 따라서 그의 중도는 단순히 양극단의 중간이 아니다. 그것은 지나침에 대한 그의 경계이다. 예수의 황금률, 공자의 중용, 그리고 석가의 중도의 지혜가 에머슨의 사상 속에서 실제적으로 녹아 들어 있다. 에머슨은 지나침 못지않게 부족함도 경계한다. 그는 무엇보다 실제적 균형을 중시하고 있다. 이 과정에서 통찰력과 애정, 운명과 생명력, 다양성과 통일성 등의 삶의 양극적 요소들을 어떻게 배합할 것인가에 대한 실제적인 문제가 남는다. 에머슨은 스케이트에 대한 비유로 이 문제를 설명하고 있다. "우리는 삶의 표면 가운데에 살고 있으며, 삶의 진정한 기술은 그 위에서 스케이트를 잘 타는 것이다." 우리가 미끄러지기 쉬운 삶의 빙판 위에서 좌우의 균형을 잘 잡고 삶의 기술로서 "스케이트 타는 법을 터득한다면" 삶의 양극적 요소들로 인한 모순이 역설적으로 우리에게 "우아하고 달콤하며 시적인 동작"을 줄 수 있다. 따라서 인간에게 주어진 모든 시련과 자연의 한계는 오히려 "그가 타는 말"이 될 수 있는 것이다.

에머슨이 말하는 삶의 기술로서의 이중 의식은 결국 실제적 삶의 모순을 원숙하게 헤쳐 나가기 위한 불가피한 선택이다. 그런 의미에서, 그는 실제적 삶과 삶의 순간들을 무엇보다 중시한다. 따라서 그는 현재의 "시간을 채우는 것, 그것이 행복이다."라고 말하고 있다. 우리네 인생의 덧없음에도 불구하고, 에머슨은 현재의 생활과 일을 충실히 수행할 것을 주문하고 있다. 일상생활의 강조는 인생의 원숙기에 접어든 그의 삶의 지혜이다. "환상의 폭풍우"와 같은 우리의 삶 속에서 최상의 처세술은 균형을 잘 잡고 바로 지금 여기, 지상의 삶에 충실한 것이다. 다시 말해서, "현재의 시간을 소중히 여기는 것"이 최상의 방책인 것이다.

궁극적으로 에머슨이 추구하는 삶은 진실한 삶이다. 어떤 형식이나 관념에도 얽매이지 않는 진실로 자유로운 삶은 바로 조화와 균형의 삶이다. 종교의 문제에 있어서도 에머슨의 글에는 어디에도 기독교 신앙의 우월적 독선이 담긴 언급이 없다. 그는 모든 종교의 본질이 같다는 것을 깨닫고 있다. 그런 의미에서 그는 종교적 배타주의를 가장 혐오한다. "종교적 배타주의자는 다른 사람들이 들어오지 못하게 천국의 문을 닫으려 애씀으로써, 자기 스스로에 대해 천국의 문을 닫는다는 사실을 알지 못한다." 그에게 중요한 것은 종교적 진실이지 종교의 형식이나 명칭이 아닌 것이다. 비록 당시에도 많은 사회적 비난과 논쟁을 야기했지만, 에머슨 스스로도 지적했듯이 하나님(Jehovah)과 범천(Brahma)과 같은 다른 종교의 신을 서로 뒤집어 부를 수 있는 정신적 여유만 갖는다면, 즉 인식의 자유를 갖고 있다면 아무런 종교적 갈등도 일어나지 않을 것이다. 사실 우리가 절대적 존재에 대해 종종 얘기하고 있지만, 그 존재의 수준에 이르지 않고는 그 경지를 알 수 없다. 결국 각자 자기 수준에서 이해하고 말할 수 있을 뿐이다. 따라서 인식의 한계를 넘어선 고차원의 진리를 우리의 고정된 언어의 틀로 얘기하는 것은 불가능하다. 일상의 모든 영역에 있어서도 인식의 한계는 곧바로 삶의 한계로 이어지고 있다. 에머슨의 실용주의적 중도는 다양한 삶의 가치들을 고정된 틀에서 보는 것이 아니라, 삶의 변화와 관계의 흐름 속에서 지금 여기의 실제적 진실을 충실히 따르는 것이다. 우리는 에머슨의 글을 통해서 인식의 감옥을 깨고 나오는 것이 자유롭고 진실한 삶으로 가

는 유일한 길이라는 것을 알 수 있다. 진실한 삶만이 유일한 종교
인 셈이다.

은행나무 위대한 생각 03

자연

1판 1쇄 발행 2014년 4월 16일
1판 7쇄 발행 2024년 4월 2일

지은이 · 랄프 왈도 에머슨
옮긴이 · 서동석
펴낸이 · 주연선

(주)은행나무
04035 서울특별시 마포구 양화로11길 54
전화 · 02)3143-0651~3 | 팩스 · 02)3143-0654
신고번호 · 제 1997-000168호(1997. 12. 12)
www.ehbook.co.kr
ehbook@ehbook.co.kr

ISBN 978-89-5660-764-1 04800
     978-89-5660-761-0 (세트)